MARTIN SCOTT

Der grüne Stein

Buch

Die Verteidigung der Stadt Turai steht und fällt mit einem geheimen Medaillon, in das ein grüner Stein eingearbeitet ist. Dieses magische Juwel kann frühzeitig vor drohenden Angriffen warnen und ist deshalb von unschätzbarem Wert. Ausgerechnet dieses wertvolle Objekt geht der neu gewählten Obersten Hexenmeisterin Lisutaris verloren. Verzweifelt wendet sie sich an den lebenslustigen und trinkfesten Abenteurer Thraxas, seines Zeichens Privatdetektiv und Turais stadtbekanntes Schlitzohr, der ihr das gute Stück zurückbringen soll. Eine leichte Aufgabe, wie es scheint, denn das verlorene Geschmeide kann nicht weit sein, doch auch andere sind an dem grünen Stein interessiert. Und bald schon stolpert Thraxas über die erste Leiche ...

Autor

Hinter dem Pseudonym Martin Scott verbirgt sich der in Glasgow geborene Schiftsteller Martin Millar. Für seinen ersten Turai-Roman wurde er mit dem World Fantasy Award ausgezeichnet. Martin Scott lebt seit über zwanzig Jahren in London.

Martin Scott bei Blanvalet

DIE GEHEIMNISSE VON TURAI: 1. Der Drachentöter (24182) • 2. Das Zaubergift (24183) • 3. Das Wagenrennen (24184) • 4. Die Reise zu den Elfeninseln (24185) • 5. Der Konvent der Zauberer (24246) • 6. Der grüne Stein (24252)

Weitere Bände sind in Vorbereitung.

Martin Scott

Der grüne Stein

Die Geheimnisse
von Turai 6

Aus dem Englischen
von Wolfgang Thon

BLANVALET

Die Originalausgabe erschien
unter dem Titel »Thraxas and the Dance of Death«
2002 bei Orbit, London.

Umwelthinweis:
Alle bedruckten Materialien dieses Taschenbuches
sind chlorfrei und umweltschonend.

Blanvalet Taschenbücher erscheinen im
Goldmann Verlag, einem Unternehmen der
Verlagsgruppe Random House GmbH.

1. Auflage
Deutsche Erstveröffentlichung November 2003

Umschlaggestaltung: Design Team München
Umschlagillustration: Agt. Schlück/Maitz
Satz: deutsch-türkischer fotosatz, Berlin
Druck: Elsnerdruck, Berlin
Titelnummer: 24252
Redaktion: Gerhard Seidl
UH · Herstellung: Peter Papenbrok
Made in Germany
ISBN 3-442-24252-5
www.blanvalet-verlag.de

1. Kapitel

Es ist Sommer. Es ist heiß. Und die Stadt stinkt. Ich wurde soeben vor Gericht als Lügner beschimpft und Ziel eines Schwalls von Beleidigungen, unter dem selbst eine Statue zusammengezuckt wäre. Ich bin so gut wie pleite, habe keinen neuen Auftrag in Aussicht und brauche dringend ein Bier. Das Leben im Allgemeinen und im Besonderen ist eher hart zu mir. Und es ist kein guter Moment für meine verrückte Gefährtin Makri, mir die Ohren damit vollzujammern, dass sie eine Prüfung ablegen muss.

»Gut, dir steht eine Prüfung bevor. Du wolltest doch unbedingt auf die Innungshochschule gehen. Was hast du denn erwartet?«

»Hier handelt es sich nicht einfach um eine schriftliche Klausur. Ich muss nach vorn kommen und vor dem ganzen Kurs reden. Dabei habe ich ein schlechtes Gefühl.«

»Du hast in den Gladiatorensklavengruben gekämpft. Da solltest du eigentlich an Zuschauer gewöhnt sein.«

Makri schüttelt so heftig den Kopf, dass ihre schwarze Mähne auf ihrem schmalen Rücken tanzt. Unter diesem Haarhelm verbergen sich Makris spitze Elfenohren. Die ihr häufig Schwierigkeiten einbringen.

»Das war etwas anderes. Damals habe ich Orgks niedergemetzelt. Das war längst nicht so anstrengend, wie vor einer Gruppe von Studenten reden zu müssen. Bei denen handelt es sich ausschließlich um Händlersöhne mit viel Geld und Dienstboten in ihren Villen. Sie verspotten mich immer, weil ich nur eine Kellnerin bin. Und außerdem: Wie soll ich mich ordentlich vorbereiten, wenn es in der Stadt heißer ist als in der orgkischen Hölle und stinkt wie in einem Abwasserkanal?«

Die Sommer in Turai sind nie sonderlich angenehm, und dieser Sommer verspricht genauso mies zu werden wie der letzte, als Hunde und Menschen auf den Straßen zusammenbrachen und das Hauptaquädukt von ZwölfSeen achtzehn Tage hintereinander trocken war – ein neuer Rekord.

Makri lamentiert weiter über ihre bevorstehende Prüfung, aber ich bin von meiner jüngsten Erfahrung vor Gericht noch zu sehr in Beschlag genommen, als dass ich auf sie achten könnte. Vor einigen Monaten habe ich einen Dieb am Hafen auf frischer Tat ertappt, einen gewissen Baxin. Er hat Elfenwein gestohlen. Ich habe ihn verfolgt und dingfest gemacht und ihn zusammen mit einem Haufen von Beweisen der Transportgilde überantwortet. Bedauerlicherweise hat es einen turanianischen Kriminellen noch nie daran gehindert, selbst dann mit einer ausgezeichneten Verteidigung vor Gericht aufzuwarten, wenn er in flagranti erwischt worden ist. Dieser widerwärtige Winkeladvokat in der Anwaltstoga, den Baxin angeheuert hat, konnte die Jury tatsächlich davon überzeugen, dass sein armer Mandant nur das unschuldige Opfer einer Verwechslung geworden ist. Der eigentliche Kriminelle in diesem Fall, so legte der Kerl dar, wäre der berüchtigt unzuverlässige Detektiv Thraxas, ein Mann, dessen fragwürdiger Charakter schließlich stadtbekannt wäre.

»Verdammter Mist, letzten Winter hat niemand von meinem fragwürdigen Charakter geredet, als ich die Stadt vor Schande bewahrt habe. Ganz zu schweigen davon, dass Lisutaris nur durch meine Hilfe zur Oberhexenmeisterin der Zaubererinnung gewählt worden ist. Da hieß es nur: ›Danke, Thraxas, du bist ein Held.‹«

»Na ja, wörtlich hat das eigentlich keiner gesagt«, wendet Makri ein.

»Das hätten sie aber tun sollen.«

»Wenn ich mich recht erinnere, habe ich sogar einige Zauberer murmeln hören, dass du von Rechts wegen ins Gefängnis gehören würdest. Und der Vizekonsul war sehr ärgerlich, dass du am letzten Tag des Zaubererkonvents volltrunken aufgekreuzt bist. Und zudem hat auch der Konsul gedroht …«

»Ja, fein, Makri. Du musst mir die Undankbarkeit dieser Stadt nicht bis in die kleinste Einzelheit unter die Nase reiben. Gäbe es auch nur ein Fünkchen Gerechtigkeit auf dieser Welt, dann würde ich jetzt neben einem Schwimmbecken im Palast herumliegen, statt zu einer Kaschemme im schlimmsten Viertel der Stadt zurückzulatschen.«

Wir kämpfen uns weiter durch die unerträgliche Hitze. Ganze Rudel von Hunden liegen bewegungslos auf den Straßen herum. Deren Lehm wird von der Hitze gebacken. Bettler kauern verzweifelt an jeder Straßenecke. Willkommen in ZwölfSeen, dem Heim der Einwohner unseres Stadtstaats, mit denen es das Leben nicht gerade rosig meint. Seeleute ohne Schiff, Arbeiter ohne Arbeit, Söldner ohne Schlachten, heruntergekommene Huren, zwielichtige Zuhälter, schonungslose Schläger, armselige Ausreißer und der ganze Bodensatz der Unterschicht, die sich allesamt gerade so durchschlagen. Und von denen keiner härter ums Überleben kämpft als der magische Detektiv Thraxas, Ex-Palast-Ermittler, Ex-Soldat, Ex-Söldner, ständig pleite, rapide alternd, übergewichtig, ohne jede Perspektive auf Besserung, und der wirklich dringendst ein Bier braucht.

»Ich bin sicher, dass nicht alle Studenten an der Innungshochschule vor dem ganzen Kurs referieren müssen«, fährt Makri fort. Sie scheint nicht zu bemerken, dass ich mich im Moment nicht gerade brennend für ihre Probleme interessiere. »Professor Toarius zwingt mich nur dazu, weil er mich hasst. Er erträgt es einfach nicht, dass ich eine Frau bin. Und mein orgkisches Blut kann er auch nicht riechen. Seit ich mich eingeschrieben habe, hat er es auf mich abgesehen. ›Mach dies nicht! Lass das gefälligst!‹ Überall fadenscheinige Einschränkungen. ›Du darfst während der Rhetorikkurse kein Schwert tragen.‹ Oder: ›Bedrohe deinen Philosophietutor nicht mit der Axt!‹ Ich sage dir, Thraxas, er macht mir das Leben wirklich schwer.«

»Sehr schwer, Makri, wirklich. Und jetzt hör endlich auf, mir von deiner verdammten Prüfung vorzujammern.«

Von der Stadtmitte Turais bis zum Mond-und-Sterne-Boulevard ist es eine weite Strecke. Als wir endlich die Ecke des Quintessenzwegs erreichen, schwitze ich wie ein Schwein. Ich würde mir ja eine Wassermelone vom Markt kaufen, wenn ich nicht meinen letzten Guran, den ich besessen habe, bei einer gewagten Investition verloren hätte. Ich habe auf einen Wagen gesetzt, der möglicherweise das Rennen gewonnen hätte, wäre er nicht von einem Orgk-Schätzchen von Fahrer gelenkt worden, der über zwei linke Hände und einen armseligen Orientierungssinn verfügte.

In den schmalen Gassen handeln Jugendliche mit Boah. Boah ist eine sehr wirksame Droge, welche die Stadt in ihrem Würgegriff hält. Die Zivilgarde ist von der Bruderschaft entweder bestochen oder eingeschüchtert worden und drückt beide Augen zu. Die Süchtigen beäugen uns, während wir vorübergehen und überlegen, ob wir vielleicht lohnende Opfer für einen schnellen Straßenraub sein könnten. Aber beim Anblick der Schwerter an Makris Hüften und meiner stattlichen Figur lassen sie ihre Absichten schnell fallen. Es ist überflüssig, sich mit uns anzulegen, wo sie doch jede Menge leichterer Opfer finden können.

Die Sonne brennt unbarmherzig auf uns herab. Auf dem Marktplatz wirbeln die zahlreichen Kunden eine erstickende

Staubwolke auf. Als wir endlich in der *Rächenden Axt* ankommen, bettle ich geradezu nach einem Bier. Ich marschiere hinein, dränge mich durch die Nachmittagstrinker und greife nach dem Tresen, wie ein Ertrinkender ein Rettungsseil umklammern würde.

»Bier. Schnell.«

Die Kaschemme gehört Ghurd, einem Barbaren aus dem Hohen Norden. An der Seite dieses Mannes habe ich auf der ganzen Welt gefochten. Deshalb erkennt er meinen verzweifelten Zustand auch sofort, verzichtet auf Höflichkeitsfloskeln und füllt mir einen Krug. Ich leere ihn mit einem Zug und schnappe mir rasch den nächsten.

»Ist es vor Gericht schlecht gelaufen?«

»Sehr schlecht. Sie haben Baxin freigesprochen. Jetzt bekomme ich nicht mal den Verurteilungsbonus. Und du wirst nicht glauben, welche Dreckskübel die Anwälte über mich ausgegossen haben. Ich sage dir eins, Ghurd: Ich habe diese stinkende Stadt bis obenhin satt. Man kann hier keine ehrliche Arbeit verrichten, ohne dass ein korrupter Bonze einen in den Schmutz zieht.«

Mein Krug ist leer.

»Was ist los? Herrscht hier etwa Biermangel?«

Ghurd reicht mir den dritten Krug und grinst mich an. Er ist um die fünfzig, und nach seinem aufregenden Leben als Söldner genießt er das friedliche Dasein in seiner Kaschemme. Früher einmal war er ein wüster Krieger, doch jetzt ist er noch gutmütiger als ich. Natürlich war Ghurd auch klug genug, so viel Geld zu sparen, dass er sich davon eine Kaschemme kaufen konnte. Ich habe meinen ganzen Sold verspielt. Oder versoffen.

Bei meinem vierten Bier beklage ich mich lauthals bei niemandem im Besonderen darüber, dass Turai zweifellos die schlimmste Stadt im ganzen Weiten Westen ist.

»Ich sage Euch, ich hab mich schon in Orgk-Dörfern herumgetrieben, in denen es zivilisierter zuging als bei uns. Wenn mich die Bonzen das nächste Mal anflehen, dass ich ihnen den Karren aus dem Dreck ziehen soll, können sie lange warten. Sollen sie sich doch woanders umsehen!«

Doch auch das Bier kann meine Stimmung nicht heben. Selbst Tanroses Wildeintopf richtet nichts aus. Als die Kaschemme sich allmählich mit Hafenarbeitern füllt, die von ihrer Nachmittagsschicht aus den Lagerhäusern hereinschauen, schnappe ich mir noch ein Bier und gehe nach oben. Ich war einmal Hoher Ermittler im Palast und lebte in einer schnuckeligen Villa in Thamlin. Jetzt hause ich in zwei schäbigen Zimmern über einer Kaschemme. Das stimmt mich nicht gerade zufrieden mit meinem Leben. Makri wohnt in einer anderen Kammer auf derselben Etage. Ich stoße fast mit ihr zusammen, als sie herauskommt. Sie hat ihr winziges, zweiteiliges Kettendress angezogen, wie immer, wenn sie ihre Schicht als Kellnerin anfängt.

»Schon bessere Laune?«, erkundigt sie sich.

»Nein.«

»Seltsam. Normalerweise müssten doch acht oder neun Biere reichen. Was hast du denn? Du bist doch schon früher vor Gericht beschimpft worden. Wenn ich mich recht erinnere, bist du doch sogar noch letztes Jahr im Senat kritisiert worden, hab ich Recht?«

»Allerdings. Ich wurde sogar von den Besten behelligt. Ist dir eigentlich klar, dass ich mich an demselben Punkt befinde wie damals, als du vor zwei Jahren angekommen bist?«

»Du meinst, du bist betrunken?«

»Nein, ich bin pleite. Ohne einen Heller auf der Naht. Ich bin darauf angewiesen, dass Ghurd mir Kredit für mein Bier gewährt, bis irgendein Nichtsnutz durch die Tür stolziert und mich bittet, in irgendeinem Fall zu ermitteln. Zweifellos werde ich dabei meinen Hals riskieren, und das für lausige dreißig Gurans am Tag. Das ist nicht gerecht. Bedenke nur, was ich alles für die Stadt getan habe. Ich habe in den Kriegen gekämpft, habe die Niojaner zurückgehalten und die orgkischen Horden zurückgetrieben. Hat mir jemals jemand dafür einen Orden an die Brust geheftet? Kein Gedanke daran! Und wer hat die Stadt gerettet, als Harm der Mörderische versucht hat, Turai mit seinem Acht-Stadien-Terror auszuradieren? Ich. Erst letzten Winter habe ich sozusagen im Alleingang dafür gesorgt, dass eine Turanierin Oberhexenmeisterin der Zaubererinnung wurde.«

»Dabei habe ich dir geholfen.«

»Ein bisschen. Was aber nichts an der Tatsache ändert, dass ich Besseres verdient hätte, als in dieser miesen Taverne zu vergammeln. Ich sollte im Palast arbeiten.«

»Da warst du doch angestellt. Sie haben dich gefeuert, weil du getrunken hast.«

»Das unterstreicht nur meinen Standpunkt. Es gibt einfach keine Dankbarkeit. Eines kann ich dir sagen: Wenn dieser nutzlose Vizekonsul Zitzerius sich noch einmal hier blicken lässt und meine Hilfe sucht, schiebe ich ihm einen Drachenzahn in seinen Rüssel und schicke ihn in die orgkische Hölle. Sollen sie doch alle zur Hölle gehen!«

»Es ist einfach nicht fair!«, erklärt Makri.

»Damit hast du verdammt Recht!«

»Ich verstehe einfach nicht, warum ich diese mündliche Prüfung ablegen soll. Ich muss so viel kellnern, dass ich kaum Zeit für mein Studium habe.«

Für ihr Gejammer habe ich nur einen verächtlichen Blick übrig. Ich sehe das folgendermaßen: Wenn jemand, der Elfen- und Orgk-Blut sowie einen Schuss Menschenblut in den Adern hat, beschließt, seine Wächter niederzumetzeln, in die Zivilisation zu entkommen, und sich dann sofort an einer

Hochschule einschreibt, hat er sich seine Probleme selbst zuzuschreiben. Makri hätte Gladiatorin bleiben sollen. Davon verstand sie wirklich etwas. Sie war unbesiegter Champion. Sie ist schlicht gesagt die wildeste Kämpferin, die ich im Weiten Westen jemals gesehen habe. Das Abschlachten von Gegnern zählt zu ihrer Spezialität. Die Innungshochschule dagegen ist eine alberne Institution, die ein langes Studium der Rhetorik, Philosophie, Mathematik und Gott weiß was sonst noch verlangt. Kein Wunder, dass Makri unter Druck steht. Diese … Frau, ich benutze einmal diesen in ihrem Fall etwas ungenauen Begriff, schwebt, selbst wenn sie gute Laune hat, am Rande des Wahnsinns. Vermutlich ist das ein Resultat ihres gemischten Bluts, ihrer spitzigen Elfenohren und ihres Glaubens, dass alle Fährnisse des Lebens im Zweifelsfall mit einigen wohlgesetzten Schwerthieben gelöst werden können.

Makri geht nach unten. Ich nehme mein Bier mit in meine Zimmerflucht, schlage die Tür hinter mir zu und befreie mein Sofa von dem Müll, der sich darauf angesammelt hat. Ich habe die Nase voll. Diese Armut macht mich fertig. Es muss für einen begabten Mann wie mich doch einen Weg geben, hier in dieser Stadt weiterzukommen. Ich trinke mein Bier aus. Nach einer Weile krame ich eine Flasche Kleeh aus einer Schublade meiner Kommode und mache damit weiter. Der Kleeh rinnt mir brennend die Kehle hinunter. Das ist beste Qualität, gebrannt in den Hügeln von Turai. Die Sonne bahnt sich den Weg durch die Löcher in den Vorhängen. In meinen Räumen ist es heißer als in der orgkischen Hölle. Wie soll ein Mensch bei einer solchen Hitze nachdenken? Vermutlich werde ich meine Tage in ZwölfSeen beschließen, pleite, wütend und unbetrauert. Ich leere die Kleehflasche, werfe sie in den Müll und schlafe ein.

2. Kapitel

Ich träume von der Zeit, als ich ein Bierwetttrinken in Abelasi gewonnen habe. Ich musste gegen sieben Gegner antrinken, und sie alle lagen bereits besinnungslos unter dem Tisch, als ich noch unverdrossen nach mehr Bier schrie, und zwar fix, verdammt noch mal! Das war eine meiner Sternstunden … Ich werde rüde aus diesem Traum geweckt, weil jemand versucht, mir den Arm auszurenken. Ich springe auf und greife nach meinem Schwert.

»Ich bin's.« Sie ist es. Makri.

Die Störung erbost mich. »Wie oft muss ich dir noch sagen, dass du nicht in mein Zimmer kommen sollst!«, brülle ich sie an. »Ich schwöre dir, wenn du noch einmal uneingeladen hier auftauchst, dann mache ich dich fertig.«

»Du könntest mich nicht mal fertig machen, wenn man mir beide Arme auf den Rücken gebunden hätte, du fetter Ochse«, kontert Makri. Sie ist nicht gerade jemand, die einen schönen, deftigen Streit ausschlägt.

»Eines Tages mache ich eine halbe Portion aus dir, du dürres Trollschätzchen.«

Jetzt erst fällt mir auf, dass Makri nicht allein ist.

»Du erinnerst dich an Dandelion?«

Meine Laune sinkt auf den Nullpunkt. Ach was, sie stürzt in einen bodenlosen Abgrund. Selbst in einer Stadt, in der es von merkwürdigen Gestalten nur so wimmelt, fällt Dandelion auf. Sie ist eine besonders merkwürdige junge Frau. Letztes Jahr hat sie mich einmal engagiert, und auch wenn ich zugeben muss, dass am Ende alles korrekt gelaufen ist, hat mich die ganze Angelegenheit nicht unbedingt für sie eingenommen. Dandelion ist verschroben. Nicht so barbarisch wie Makri oder so ätherisch wie die Elfen. Sie ist einfach nur verschroben. Eines der Dinge, die mir an ihr nicht gefallen, ist ihre Gewohnheit, barfuß herumzulaufen. Das kann ich einfach nicht verstehen. In einer Stadt, deren Straßen bis zum Überlaufen mit Müll übersät sind, widerspricht das jedem Fünkchen gesunden Menschenverstandes. Man kann jederzeit auf eine tote Ratte treten oder auf Schlimmeres. Außerdem trägt Dandelion einen langen Rock, auf den sie die Zeichen des Tierkreises gestickt hat, und plappert irgendwelchen Blödsinn davon, dass sie mit der Natur kommuniziere. Sie hat mich im Auftrag der Delfine engagiert, die in unserer Bucht leben. Wahrscheinlich war auch nichts anderes von ihr zu erwarten.

»Was wollt Ihr?«, knurre ich sie an. »Drückt Eure sprechenden Delfine mal wieder ein Zipperlein?«

Die Delfine sprechen natürlich nicht turanianisch, sondern verständigen sich in einem komplizierten Pfeifdialekt. Ich habe selbst gehört, wie Dandelion mit ihnen geflötet hat, aber ich vermute stark, dass sie nur so getan hat, als wäre das ein wechselseitiges Gespräch.

Sie versucht ein Lächeln, aber sie ist sichtlich nervös. Wahrscheinlich flößt es den Leuten Unbehagen ein, wenn ich mit meinem Schwert in der Hand herumstehe, also stecke ich es weg. Vielleicht hat die Frau ja doch irgendwas Nützliches auf dem Herzen. Mir fällt ein, dass sie mich damals ganz gut bezahlt hat, mit einigen wertvollen antiken Münzen, die angeblich aus der Bucht stammten. Ich kann es mir nicht leisten, irgendwelche Klienten zu verscheuchen, ganz gleich, wie exzentrisch sie auch sein mögen.

»Dandelion möchte dir eine Warnung überbringen«, erklärt Makri.

Sie verzieht dabei keine Miene, aber ich spüre, dass sie sich insgeheim köstlich amüsiert. Wahrscheinlich entspricht es ihrer kruden Vorstellung von einem großartigen Scherz, mir Dandelion auf den Hals zu hetzen, wenn ich gerade zehn Bier ausschlafe.

»Eine Warnung? Von den Delfinen?«

Dandelion schüttelt den Kopf. »Nicht von den Delfinen. Obwohl sie immer noch sehr dankbar für deine Hilfe sind. Du solltest ihnen einmal einen Besuch abstatten.«

»Wenn ich das nächste Mal das unwiderstehliche Bedürfnis verspüre, mit der Natur zu kommunizieren, führt mich der erste Weg geradewegs zum Strand. Und was ist das für eine Warnung?«

»Du wirst in ein ganz schreckliches Blutvergießen verwickelt werden.«

Dandelion sieht mich gespannt an. Ich starre zurück. Einen Augenblick herrscht Schweigen. Die Stille wird nur von dem Geschrei der Händler draußen auf der Straße unterbrochen. Am Fuß der Außentreppe, die von meinem Büro hinunterführt, findet ein unaufhörlicher Streit zwischen einer Fischverkäuferin und einem Messerschleifer statt. Sie schreien sich schon die ganze Woche wegen irgendwelcher Territorialansprüche an. Das Leben in ZwölfSeen ist niemals friedlich.

»Ein schreckliches Blutvergießen? Das ist alles?«

Dandelion nickt. Ich suche nach meinem Kleeh. Er ist alle.

»Ich bin Detektiv. Ich wate immer in Blutlachen herum. Das liegt an der ungesunden Gegend. Die Leute hier mögen es eben nicht, wenn man zu viele Fragen stellt.«

»Du verstehst nicht«, behauptet Dandelion. »Ich meine nicht ein bisschen alltägliche Gewalt. Oder den ein oder anderen Toten. Ich meine viele, viele Tote, mehr Tote, als du zählen kannst. Eine Orgie von Blut, wie du sie noch nie erlebt hast.«

Mir brummt der Schädel. Der Anblick von Dandelion mit ihren nackten Füßen und ihrer merkwürdigen Kleidung ist einfach unerträglich. Ich würde sie am liebsten die Treppe hinunterwerfen.

»Wer hat Euch denn diese Warnung überbracht? Die Bruderschaft? Der Freundeskreis?«

»Niemand hat sie mir überbracht. Ich habe sie in den Sternen gelesen.«

Makri kann einfach nicht mehr an sich halten und kichert. Ich bedenke die beiden mit einem verächtlichen Blick.

»Ihr habt sie in den Sternen gelesen?«

»Ja«, sagt Dandelion und nickt eifrig. »Letzte Nacht am Strand. Ich bin so schnell wie möglich hergekommen, um dich zu warnen. Ich schulde dir etwas wegen ...«

»Verschwindet aus meinem Büro!«, brülle ich. »Makri, wie kannst du es wagen, mir diese Missgeburt auf den Hals zu hetzen? Damit sie mir derartig auf die Nerven geht? Wenn sie in fünf Sekunden noch hier ist, bringe ich euch beide um, das schwöre ich! Wisst ihr denn nicht, dass ich ein viel beschäftigter Mann bin? Und jetzt schert euch zum Teufel!«

Makri scheucht Dandelion schnell aus dem Zimmer. An der Tür bleibt sie stehen.

»Du solltest vielleicht auf sie hören, Thraxas. Immerhin ist sie bei dem Fall mit den Delfinen auch mit den Informationen rübergekommen.«

Ich teile Makri ziemlich brüsk mit, dass ich dankbar wäre, wenn sie meine Zeit nie wieder vergeudet, und füge noch ein paar Flüche hinzu, die ich mir normalerweise für die Rennbahn aufhebe. Makri verschwindet und knallt die Tür hinter sich zu. Ich reiße sie wieder auf, schreie ihr noch ein paar deftige Verwünschungen hinterher und lasse mich dann schwer auf mein Sofa fallen. Meine Laune ist soeben noch schlechter geworden. Ich brauche unbedingt mehr Schlaf. Es klopft an der Außentür. Ich ignoriere es. Es klopft wieder. Ich ignoriere es weiter. Meine Außentür wird von einem Minderschließzauber geschützt, der genügt, um die meisten Menschen abzuhalten. Mir ist nicht nach Gesellschaft. Ich habe mich gerade auf das Sofa gelegt, als die Außentür auffliegt und Lisutaris, die Herrin des Himmels, über die Schwelle schreitet. Lisutaris ist die Nummer eins der Hexenmeister in Turai. Sie ist sogar die Nummer eins aller Magier der Menschenländer, seit sie zur Oberhexenmeisterin der Zaubererinnung gewählt worden ist. Die Nummer eins wirft mir einen finsteren Blick zu.

»Warum habt Ihr nicht geöffnet?«

»Ich habe mich darauf verlassen, dass mein Schließzauber unerwünschte Eindringlinge abhält.«

Das entlockt Lisutaris ein müdes Lächeln. Ein Schließzauber von meinesgleichen stellt für eine so mächtige Zauberin, wie sie es ist, kein Problem dar.

»Habt Ihr vor, hier den ganzen Tag herumzulungern?«

Ich rapple mich mühsam hoch. Lisutaris ist eine wichtige Persönlichkeit und außerdem sehr wohlhabend. Sie verdient Respekt, obwohl ich sie häufig genug in einem beinah komatösen Stadium gesehen habe, das durch den übermäßigen Genuss des Narkotikums Thazis herbeigeführt worden ist. Deshalb brauche ich wohl nicht allzu förmlich zu sein.

»Empfangt Ihr Eure Klienten immer so?«

»Nur, wenn ich versuche, die Nachwirkungen von zu viel Bier wegzuschlafen. Ist das ein Höflichkeitsbesuch? Und warum habt Ihr Euch eigentlich verkleidet?«

»Ich bin geschäftlich hier. Weil ich Euch engagieren will. Und ich habe mich verkleidet, damit mich niemand erkennt.«

Turais Zauberer tragen einen sehr auffälligen Regenbogenmantel. Und da Lisutaris auch noch eine sehr vornehme Adlige ist, kleidet sie sich darunter auch meist in ein sehr teures Gewand und legt viel Schmuck an, spaziert in goldenen Sandalen herum und dergleichen mehr. Heute jedoch ist sie in das einfache Gewand der niederen Klassen gehüllt, obwohl jeder, der genauer hinsieht, erkennen würde, dass ihre extravagante Frisur nicht in einem der billigen Läden geschaffen worden sein kann, die man in ZwölfSeen findet. Selbst in einer einfachen Toga ist Lisutaris, Herrin des Himmels, eine hinreißende Frau. Sie ist etwa so alt wie ich, aber sie war schon immer eine elegante Schönheit und achtet sehr auf ihr Aussehen.

»Wie ich sehe, hat sich hier nichts geändert«, sagt sie, wischt etwas Müll von einem Stuhl und nimmt ohne viel Umstände Platz. »Ist es denn wirklich nötig, in einem solchen Dreck zu hausen?«

»Privatdetektive werden eben nicht sonderlich gut bezahlt.«

»Ich glaube, dass Ihr für Eure Hilfe beim Konvent der Zauberer ganz ausgezeichnet bezahlt wurdet.«

»Nicht so gut, wie ich hätte bezahlt werden sollen. Und außerdem haben sich einige Investitionen, die ich in jüngster Zeit getätigt habe, nicht so ausgezahlt, wie ich es erwartet hätte.«

»Ihr meint, Ihr habt alles beim Wagenrennen verloren?«

»So ist es.«

Lisutaris nickt. »Ich habe auch Geld beim letzten Renntag verloren. Allerdings kann ich es mir leisten. Also, Thraxas, ganz offensichtlich braucht Ihr Geld. Ich erwarte daher, dass Ihr meinen Fall liebend gern übernehmen werdet.«

»Setzt mich ins Bild.«

Es entsteht eine kleine Pause, in der sich Lisutaris eine Thazisrolle anzündet. Sie bietet mir auch eine an, und ich greife zu. Thazis ist weit verbreitet und eigentlich ein mildes

Rauschmittel, aber Lisutaris ist eine sehr starke Raucherin. Sie hat sogar eine neue Art von Wasserpfeife erfunden und einen Zauber gewirkt, der das Wachstum der Pflanzen beschleunigt. Die Bürger von Turai sind zwar stolz darauf, dass eine von unseren Zauberinnen als Oberhexenmeisterin der Zaubererinnung gewählt worden ist, aber sie wären bestimmt ziemlich überrascht, wenn das ganze Ausmaß von Lisutaris' Sucht herauskommen würde. Normalerweise ist sie am Ende des Tages so berauscht, dass sie nicht mehr gerade gehen kann. Sie war eigentlich als Kandidat für das Amt der Oberhexenmeisterin der Zaubererinnung nie wirklich geeignet, aber ein besserer war nicht zu finden. Sehr zum Ingrimm von Vizekonsul Zitzerius. Passend oder nicht, es war jedenfalls eine Erleichterung für den Vizekonsul, den Konsul und den König, dass eine Turanierin gewählt wurde. Das garantiert uns Hilfe von allen Zauberern im Weiten Westen, falls wir jemals wieder von den Orgks angegriffen werden. Wozu es früher oder später unausweichlich kommen wird.

»Habt Ihr schon einmal etwas vom Grünen Juwel der Zauberer gehört?«

Ich schüttele den Kopf. »Ich habe es nicht einmal bis zum Gesellen gebracht. Mein Wissen um die Magie weist große Lücken auf.«

»Nicht viele Menschen wissen davon«, fährt Lisutaris fort. »Man könnte es ein Staatsgeheimnis nennen. Selbst ich ahnte nichts von seiner Existenz, bis ich nach meiner Ernennung zur Oberhexenmeisterin der Innung Zugang zu verschiedenen Regierungsgeheimnissen bekam. Das Grüne Juwel ist Turais einzige Versicherung gegen einen unerwarteten Angriff. In den Händen eines mächtigen Zauberers reagiert das Juwel als ein Allsehendes Auge. Ganz gleich, wie geheim die Orgks ihre Angelegenheiten auch halten, wissen wir durch das Juwel sofort, wann sie ihre Armeen gegen uns zusammenziehen. Also ist es ein höchst bedeutungsvolles Schmuckstück.«

Die Existenz eines solchen Kunstwerks überrascht mich, und Lisutaris' Erklärungen verwirren mich ein wenig.

»Das klingt so, als wäre sein Besitz ganz praktisch. Aber was meint Ihr mit ›einziger Versicherung‹ gegen eine unerwartete Invasion? Die Zaubererinnung hat viele Zaubersprüche gewirkt, die uns rechtzeitig vorwarnen können.«

»Richtig. Aber die orgkische Zaubererinnung hat die letzten fünfzehn Jahre mit vereinten Kräften versucht, jeden einzelnen von ihnen zu neutralisieren. Es gab etwas mehr als zwanzig Weitsehende Sprüche, die wir benutzen konnten. Der Geheimdienst der Regierung hat herausgefunden, dass es jetzt nur noch zwei oder drei gibt, die reibungslos funktionieren. Die Orgks haben den Rest mit Gegenzauber erfolgreich außer Kraft gesetzt. Die orgkische Zaubererinnung ist sich erheblich einiger als die anderen Vereinigungen im Osten. Während ihre föderalistischen Staaten sich in Kleinkriegen gegenseitig aufrieben, haben sie vereint an diesem Problem weitergearbeitet. Wenn sie jetzt auch noch Gegenzauber für die wenigen uns verbliebenen Anrufungen finden, mit denen wir ihre Bewegungen überwachen, ist das Grüne Juwel der einzige Schutz, der den Weiten Westen vor dem Untergang retten kann.«

Dieses Gerede über die Orgk-Kriege ist zwar sehr unangenehm, hat aber meine Aufmerksamkeit geweckt. Ich habe im letzten Krieg gegen die Orgks gekämpft. Lisutaris ebenfalls und auch Ghurd sowie praktisch jeder körperlich einigermaßen gesunde Turanier, der alt genug war, ein Schwert zu schwingen oder einen Zauber zu wirken. Auf dem Höhepunkt dieses wilden und zerstörerischen Kampfs gelang es uns, sie von den Zinnen unserer Stadt zu werfen und zurückzutreiben, aber die Sache stand lange auf des Messers Schneide, bis die Elfen aus dem Süden eingriffen. Ohne ihre Hilfe wäre Turai jetzt eine Provinz des orgkischen Reiches. Oder ein rauchgeschwärzter Trümmerhaufen.

»Also waren die orgkischen Zauberer fleißig, und wir sind jetzt auf dieses Grüne Juwel angewiesen?«

»Genau so ist es«, bestätigt Lisutaris. »Ich darf wohl davon ausgehen, dass ich Euch die Bedeutung dieses Schmuckstücks genügend ins Bewusstsein gerufen habe?«

»Habt Ihr. Was ist damit?«

»Es wurde mir anvertraut.«

»Ah ja? Und?«

»Ich habe es verloren.«

»Ihr habt es verloren. Wie?«

»Ich habe es während der Wagenrennen in meinem Beutel verwahrt. Das ist keineswegs so leichtsinnig, wie es klingen mag. Um das Juwel richtig nutzen zu können, ist es erforderlich, dass der entsprechende Zauberer damit vertraut wird und seine Eigenschaften unter allen Umständen kennen lernt. Bedauerlicherweise war es nicht mehr in meinem Beutel, als ich nach Hause ging. Es ist mir möglicherweise herausgefallen, als ich meiner Assistentin Geld gegeben habe, damit sie eine Wette für mich platzieren konnte.«

»Auf welchen Wagen habt Ihr gesetzt?«

»Städtevernichter.«

»Eine sehr schlechte Wahl. Er hat mich einen gehörigen Batzen Geld gekostet.«

»Das Juwel war …«

»Glaubt Ihr nicht auch, dass irgendwas daran faul war, wie er in der letzten Runde ausgeschieden ist? Ich habe das Gefühl, dass der Wagenlenker bestochen worden ist.«

»Natürlich habe ich die ganze Zeit danach gesucht, aber …«

»Ich bin ganz und gar nicht davon überzeugt, dass Melis

die Reine die richtige Besetzung für das Amt des Stadionzauberers war. Ich glaube, dass da eine Art von Bestechung vorgeht, die sie nicht durchschaut oder nicht durchschauen …«

Lisutaris unterbricht mich kalt und erklärt mir, dass sie nicht hierher gekommen ist, um über unsere Verluste beim Wagenrennen zu lamentieren.

»Ich habe die wichtigste Geheimwaffe der Nation verloren und muss sie schnellstens wiederbekommen. Wenn sich dieser Verlust erst einmal herumspricht, wird mich der König bestimmt aus der Stadt verbannen oder möglicherweise noch Schlimmeres anordnen. Aus diesem Grund würde ich es sehr zu schätzen wissen, wenn Ihr unverzüglich mit Euren Ermittlungen beginnen würdet.«

»Kein Grund zur Aufregung. Ich habe Euch nur meine Anteilnahme an Eurem Missgeschick ausdrücken wollen. Städtevernichter hätte dieses Rennen mühelos gewinnen müssen. Mittlerweile haben wir Zustände, dass man nicht einmal mehr eine ehrliche Wette abgeben kann.«

Ich bemerke, dass die Augen der Herrin des Himmels bedrohlich funkeln. Also komme ich zum Geschäft.

»Ihr müsst mir mehr Einzelheiten erzählen.«

»Das Grüne Juwel befindet sich in einer Fassung. Es ist eine Silberarbeit der Elfen. Sie ist sehr auffällig. Aber Ihr braucht nicht lange zu ermitteln. Ich konnte zwar das Medaillon nicht sofort an Ort und Stelle aufspüren. Ihr versteht sicher, dass ich kein Aufsehen auf meinen Verlust lenken wollte, indem ich noch unter der Nase von Konsul Kahlius einen Suchzauber im Stadion wirkte. Aber sobald ich zu Hause war, habe ich meine ganzen Zauberkräfte eingesetzt. Mittlerweile habe ich das Medaillon aufgespürt. Es wird in einer Taverne in der Nähe des Hafens aufbewahrt. In der *Pickelkeule*. Kennt Ihr dieses Etablissement?«

»Ja. Es ist genau die Art Kaschemme, in der gestohlener Schmuck landet.«

»Das habe ich mir gedacht. Ihr werdet sicher begreifen, Thraxas, dass absolute Geheimhaltung notwendig ist. Ich kann nicht riskieren, dass der König, der Konsul oder meine Zaubererkollegen erfahren, dass ich das Juwel verloren habe. Aus diesem Grund kann ich nicht selbst in die Kaschemme gehen und die Leute mit Zaubersprüchen in die Luft jagen. Man würde Erklärungen verlangen, die ich nur sehr ungern abgeben würde.«

Das verstehe ich nur zu gut. In einer Stadt, deren Bewohner die Orgks fürchten und hassen, würde jedem sehr bald das Leben zur Hölle gemacht werden, der leichtsinnigerweise unseren wirksamsten Schutz gegen sie vertändelt hätte. Es ist zwar schockierend, wie verantwortungslos Lisutaris vorgegangen ist, aber eigentlich überrascht mich das nicht besonders. Ihr Thaziskonsum ist so stark, dass solche Dinge einfach passieren mussten, nachdem sie erst einmal zur Oberhexenmeisterin der Zaubererinnung gewählt worden ist.

»Warum habt Ihr nicht einfach jemanden aus Eurem Haushalt hingeschickt?«

»Ich fand das zu gefährlich. Selbst wenn man meine Diener nicht erkennt, kann ich nicht wissen, wer später von dieser Angelegenheit erfahren könnte. Turanianische Dienstboten sind nicht gerade für ihre Diskretion berühmt. Meine Sekretärin ist zwar absolut loyal, aber sie ist eine sehr junge Frau von zartem Körperbau und für eine solche Aufgabe nicht geeignet. Ich kenne zwar die Adresse, unter der Ihr das Juwel finden könnt, aber ich weiß nicht, was Euch dort noch erwartet.«

»Sehr wahrscheinlich jemand, der es nur höchst ungern zurückgeben möchte. Die *Pickelkeule* ist eine berüchtigte

Diebeshöhle. Macht Euch keine Sorgen. Ich bringe es Euch zurück.«

Nach Lisutaris' Beschreibung der Ereignisse erscheint es mir sehr wahrscheinlich, dass der Dieb nicht einmal weiß, was er da erbeutet hat. Er befindet sich vielleicht sogar in dem Glauben, dass er nur ein ganz normales Schmuckstück gestohlen hat, und will es so bald wie möglich mit einem guten Profit weiterverkaufen.

Lisutaris rutscht unbehaglich in meinem stickigen Zimmer hin und her. Im Winter hatte die Herrin des Himmels wie alle Zauberer Wärmezauber über ihre Kleidung gewoben, um die bittere Kälte abzuhalten. Aber sich selbst mittels Zauberei abzukühlen ist erheblich schwieriger. Ein besorgter Ausdruck huscht über ihr Gesicht.

»Da in diesem Fall größte Diskretion vonnöten ist, werdet Ihr doch nicht auf Eure politischen Machtmittel zurückgreifen wollen, habe ich Recht?«

Ich runzle die Stirn. Ich habe mich nach Kräften bemüht zu vergessen, dass ich überhaupt über solche Mittel verfüge. Nach vielen Jahren als Zivilist in Turai wurde ich vor einigen Monaten von Zitzerius, dem Vizekonsul, höchst unerwartet in das Amt eines Volkstribuns erhoben. Dieses Tribunat ist eine Art Volksvertretung und war unbesetzt, bis Zitzerius mich letzten Winter nominiert hat. Er hat das nur getan, damit ich Zugang zum Konvent der Zauberer bekam. Es lag niemals in seiner Absicht, geschweige denn in meiner, dass ich wirklich irgendwelche offiziellen Handlungen durchführte. Aber ich wurde erpresst, meine Macht als Volkstribun einzusetzen, um eine Räumung zu verhindern. Natürlich spielten dabei die üblichen politischen Intrigen eine wesentliche Rolle. Seitdem bin ich sorgfältig darauf bedacht, mich von der finsteren politischen Welt Turais fern zu halten, und spiele meine Rolle als Tribun so weit wie möglich herunter. Ich habe mich sogar rundheraus geweigert, die Autorität, die mir diese Position verschafft, noch einmal zu nutzen. Mir ist völlig klar, dass ich im anderen Fall mit der einen oder anderen politischen Partei über Kreuz geraten würde.

»Keine Sorge. Es ist ein reines Ehrenamt. Senator Lohdius hat mich zwar einmal dazu gezwungen, es auszuüben, aber das ist auch schon alles.« Das Amt habe ich ein Jahr inne, und ich kann nur hoffen, dass die letzten Monate meiner Amtszeit unbemerkt von der Öffentlichkeit verlaufen, bis ich wieder zum Zivilisten werde. Ein Mann, der in Turai mit politischer Macht hantiert, braucht erheblich mehr Schutz, als ich ihn genieße.

Lisutaris zündet sich eine weitere Thazisrolle an.

»Ihr habt das Juwel doch nicht verspielt?«

Sie lächelt. »Nein. Ich bin immer noch sehr wohlhabend. Sollte dieser Verlust jedoch öffentlich bekannt werden, dürftet Ihr nicht die einzige Person sein, die mir so etwas unterstellt. Es war sehr unglücklich, das Medaillon ausgerechnet im Stadion Superbius zu verlieren. Seit ich zur Oberhexenmeisterin der Zaubererinnung gewählt wurde, bin ich das Ziel vieler Eifersüchteleien.«

Lisutaris zieht ihre Börse hervor und zählt Geld auf den Tisch.

»Dreißig Gurans. Euer normaler Vorschuss, wenn ich mich recht entsinne. Eines noch. Ich brauche das Juwel sehr schnell zurück. In vier Tagen veranstalte ich einen Maskenball in meiner Villa, an dem auch der Kronprinz teilnehmen wird. Ebenso Kahlius und Zitzerius. Sehr wahrscheinlich wollen sie das Juwel sehen. Konsul Kahlius hatte ohnehin schon Bedenken, mir das Juwel aus dem Palast mit nach Hause zu geben.«

Das überrascht mich nicht. Jeder, der gesehen hat, wie Lisutaris auf dem Zaubererkonvent berauscht herumgewankt ist, hätte Bedenken gehabt, ihr etwas so Kostbares in die Hand zu drücken.

»Könntet Ihr den Ball nicht absagen?«

Offenbar geht das nicht. Lisutaris' Maskenball wird der Höhepunkt der diesjährigen Ballsaison. Wie es wohl ist, eine Ballsaison zu erleben?

»Ich bringe es Euch zurück.«

»Wenn Ihr es habt, hütet Euch davor, hineinzusehen.«

»Warum?«

»Es ist ein sehr mächtiges magisches Objekt. Zwar kann nicht viel passieren, wenn man kurze Zeit damit umgeht, aber wenn eine untrainierte Person zu tief in das Grüne Juwel hineinblickt, könnte das verheerende Folgen haben. Es könnte Ohnmacht oder Schlimmeres auslösen.«

»Ich stecke es sofort in die Tasche.«

Lisutaris ist mittlerweile bei ihrer dritten Thazisrolle angelangt. Sie raucht sie zu Ende, wirft den Stummel in meinen Mülleimer und zündet sich die nächste an. »Wie geht es Makri?«, will sie jetzt wissen.

Lisutaris und Makri kennen sich. Die Zauberin hatte Makri als persönliche Leibwächterin auf dem Zaubererkonvent engagiert.

»Wie immer. Beschäftigt und schlecht gelaunt.«

»Ich habe etwas für sie.«

Die Zauberin reicht mir einen Umschlag. Makris Name steht darauf. In der verschnörkelten Handschrift eines professionellen Schreiberlings. Ich verspreche, es ihr weiterzugeben. Ich bin zwar neugierig, aber da es mich vermutlich nichts angeht, deponiere ich den Umschlag einfach in Makris Zimmer, nachdem Lisutaris verschwunden ist. Dann stecke ich meinen Kopf in einen Wassereimer, um die letzten Nachwirkungen des Biers und des Thazis loszuwerden, und gürte mir mein Schwert um. Schließlich präge ich mir einen

Zauber ein. Mehr als einen kann ich nicht ohne erheblichen Aufwand in mein Gedächtnis laden. Dann trete ich hinaus auf die Straße. Draußen schreien sich der Messerschleifer und die Fischhändlerin immer noch an. Dieser Streit wird zwangsläufig in einer gewaltsamen Auseinandersetzung enden.

3. Kapitel

Am Fuß der Treppe stoße ich auf Moxalan, den jüngsten Sohn des Ehrlichen Mox, des Buchmachers. Der einzige Sohn, sollte ich besser sagen, da sein älterer Bruder letzten Winter an einer Überdosis Boah gestorben ist. Sein Tod fiel etwa in dieselbe Zeit wie der von Marzipixa, der Bäckerin, die auch eine Überdosis genommen hatte. Die Bäckerin vermisse ich ganz schrecklich. Ohne ihr Gebäck ist mein Leben nicht mehr dasselbe. Moxens Sohn vermisse ich nicht, aber da ich eine rege Geschäftsbeziehung zu dem Buchmacher pflege, sollte ich seine Familie doch höflich behandeln.

Moxalan ist etwa neunzehn, hat ein offenes, freundliches Gesicht und ist ganz nett. Er weist noch nicht die gemeinen und gerissenen Züge des abgebrühten Buchmachers auf. Seine Tunika ist schlicht, aber gut geschnitten, und seine Sandalen sind teuer, so dass jeder weiß, dass die Geschäfte seines Vaters nicht schlecht laufen. Wir grüßen uns, und er erzählt mir, dass er hier ist, weil er Makri um Hilfe bei einigen Theorien über Architektur fragen will, was ich nicht verstehen kann.

»Architekturtheorien?«

»Für die Innungshochschule. Wir haben denselben Kurs belegt. Ich habe eine Vorlesung versäumt, deshalb wollte ich Makri um ihre Aufzeichnungen bitten.«

Ich wusste gar nicht, dass der Ehrliche Mox seinen Jüngsten auf die Innungshochschule schickt, auch wenn das nicht wirklich überraschend ist. Ein Mann, der so viel Geld zusammenrafft wie Mox, kann sich die Gebühren leisten. Außerdem genießt ein Buchmacher wie Mox sehr wenig Ansehen in der Stadt. Es ist nicht ungewöhnlich, dass Männer von niederem Stand, die plötzlich wohlhabend werden, versuchen, das Los ihrer Familie zu verbessern, indem sie viel Geld in die Ausbildung ihrer Söhne stecken und sie dann in den Staatsdienst oder etwas Ähnliches schicken.

»Also steigt Ihr nicht in das Familiengeschäft ein?«

Er schüttelt den Kopf. »Ich helfe ein bisschen aus, aber Vater wollte, dass ich mich nach oben arbeite. Ist Makri in der Kaschemme?«

»Ja. Sie arbeitet.«

Moxalan ist davon überzeugt, dass Makri eine ausführliche Mitschrift der Vorlesung hat. »Sie ist die beste Studentin. Viel besser als ich. Wusstet Ihr, dass sie die Beste in jedem Kurs ist?«

Das wusste ich nicht. Wahrscheinlich hat Makri es erwähnt, aber ich schenke dem nur wenig Beachtung. Dafür fällt mir auf, dass Moxalans Gesichtsausdruck ein bisschen dämlich wird, als er Makris Name erwähnt. Das Symptom kenne ich. Die meisten jungen Männer vergessen nur zu schnell die Pläne ihrer Mütter, die vorsehen, dass sie ein ordentliches Mädchen aus einer guten Familie heiraten sollen, wenn sie erst einmal Makris beeindruckende Figur sehen, die von zwei kaum erwähnenswerten Streifen von Kettenpanzern notdürftig verhüllt wird. Und sie erinnern sich dann auch nicht mehr daran, dass ihre Väter ihnen eingeschärft haben, die Finger von Frauen mit Orgk-Blut in den Adern zu lassen. Selbst die Elfen waren von Makri beeindruckt, und es gilt unter den Elfen als geradezu verpönt, sich von etwas beeindrucken zu lassen, was auch nur im Entferntesten mit Orgks zu tun hat. Was all diese jungen Männer nicht begreifen, ist, wie Recht ihre Mütter haben. Das Leben mit Makri wäre die Hölle, ganz gleich, wie toll sie ihre Figur finden. Sie wird niemals die Erfahrung abschütteln können, dass sie als

Gladiatorin aufgewachsen ist. Beim ersten häuslichen Ehekrach würde Makri ihrem Gatten vermutlich den Kopf abhacken und sich anschließend das Gesicht mit seinem Blut einreiben.

»Ich dachte, sie wäre bei Euch«, fährt Moxalan fort.

»Warum sollte sie?«

»Wegen der Warnung.«

Erneut weiß ich nicht, wovon der Knabe spricht. Moxalan erklärt mir, er habe gehört, dass Dandelion mich vor einem Blutbad gewarnt hat. An einem Ort wie ZwölfSeen gehen Gerüchte sehr schnell um. Ich bin gereizt, und das nicht nur, weil meine Privatangelegenheiten zum Thema des allgemeinen Klatsches geworden sind. Vor allem ärgert mich die Unterstellung, dass Makri mich beschützen müsste, wenn mir Gefahr droht. Als wäre ich nicht wunderbar klargekommen, bevor Makri hier aufgetaucht ist.

»Macht Euch um mich keine Sorgen«, knurre ich und verschwinde.

Die *Pickelkeule* ist eine sehr unangenehme, kleine Kaschemme direkt am Hafen. Betrunkene Seeleute und ungehobelte Schauerleute treiben sich hier herum. Im Gegensatz zu den meisten anderen Tavernen wird sie nicht von der Bruderschaft kontrolliert. Diese kriminelle Organisation beherrscht das Verbrechen der Stadt südlich des Flusses. Das sind schon einmal gute Nachrichten für mich. Wenn ich nämlich versuchen würde, der Bruderschaft ihr Diebesgut abzujagen, würden sich ihre Mitglieder auf mich stürzen wie ein Böser Bann. Vermutlich finde ich das Medaillon in der Tasche eines armseligen Diebs, der es nur zu gerne gegen ein gutes Angebot verscherbelt, um sich seine nächste Boahdosis leisten zu können. Wenn der Kerl verzweifelt genug ist und ich billig daran komme, könnte ich bei dem Handel sogar noch einen kleinen Profit herausschlagen. Zum Teufel,

Lisutaris wird ein paar Gurans keine Träne nachweinen, nicht, wo sie so wohlhabend ist und in dieser riesigen Villa in Thamlin residiert. Es ist ein einfacher Auftrag und sollte mich geistig nicht sonderlich fordern. Was auch gut ist, weil es bei der Hitze sehr anstrengend ist zu denken.

Wie üblich hat die Begegnung mit einer Angehörigen der turanianischen Aristokratie meinen Neid geweckt. Ich war immer arm. Vor einigen Jahren habe ich mich bis zu einer schönen Position als Hoher Ermittler im Palast hochgearbeitet. Ich hatte ein großes Büro, ein schönes Heim und Handlanger, die für mich die Drecksarbeit erledigt haben. Dann habe ich mich aus dem Job getrunken. Mein Vater hatte immer schon gesagt, dass ich es nicht weit bringen würde. Bis jetzt konnte ich ihm nicht das Gegenteil beweisen.

Die Sonne glüht. Auf den Straßen ist es so heiß wie in der orgkischen Hölle, und in der *Pickelkeule* ist es noch schlimmer. Die Hitze vermischt sich mit dem Geruch von schalem Bier und verbranntem Boah. Thazisschwaden wabern über die Tische. Die Holzbalken der Decke sind schwarz vor Alter. Und die Prostituierten, die mit ihren roten Bändern im Haar herumlaufen, versuchen vergeblich, das Interesse ihrer größtenteils berauschten Klientel zu erwecken. Auf dem Boden liegt eine Frau wie tot. Ich schüttele den Kopf. Hier trifft sich so ziemlich der Bodensatz des Lebens. Kein zivilisierter Mensch würde diese Kaschemme besuchen.

»He, Thraxas! Wir haben uns schon gefragt, wo du so lange geblieben bist.«

Ich komme gelegentlich hierher. Hauptsächlich aus geschäftlichen Gründen. Der Wirt und Besitzer der Kaschemme heißt Päderax. Er war einmal Kapitän seiner eigenen Kampftrireme, bis man ihn aus der Marine geworfen hat, weil er vergessen hatte, dem König seinen Anteil an der Beute auszuhändigen. Er hat dunkle Haut und eine Narbe vom Kinn bis zur Augenbraue. Das ist ein Andenken an eine Seeschlacht, mit der er gern prahlt, wenn die alten Seebären sich an früher erinnern. Ich akzeptiere aus reiner Höflichkeit ein Bier und frage ihn, ob jemand versucht hat, irgendwelchen Schmuck an den Mann zu bringen. Päderax ist nicht der Mann, der Informationen an die Zivilgarde weitergeben würde, aber er kennt mich gut genug. Mir verrät er alles, was ihn nicht selbst in Schwierigkeiten bringt. Vorausgesetzt natürlich, dass auch für ihn etwas dabei herausspringt.

Päderax wartet, bis der Gast an der Bar, ein Hafenarbeiter, nach seinem roten Kopftuch zu schließen, mit seinem Getränk davonschwankt. Offenbar hat der Kerl nicht vor, in der nächsten oder auch übernächsten Woche zu arbeiten. Dann beugt sich Päderax vor und bestätigt leise meine Frage. Ja, es hat tatsächlich so einen Kerl gegeben. Ich schiebe ein paar Gurans über den Tresen.

»Er ist jetzt oben im Hinterzimmer. Mit zwei anderen Kerlen. Die habe ich nie zuvor gesehen.«

Ich gehe los, aber Päderax hält mich am Arm fest. »Wenn du jemanden umbringen willst, dann pass auf die Möbel auf.«

Ich bahne mir den Weg durch den rauchigen, lauten Schankraum zur Treppe an der Rückseite der Kaschemme. Dieser Fall wird noch einfacher, als ich gedacht habe. Leise steige ich die Treppe hinauf und lausche an der Tür. Kein Laut ist zu hören. Ich trete die Tür auf und marschiere hinein, den Schlafzauber bereit, falls jemand Widerstand leisten will.

Es befinden sich vier Männer in dem Zimmer, aber sie werden nicht mehr viel Widerstand leisten. Drei von ihnen sind bereits tot, und es sieht so aus, als würde der Vierte ihnen sehr bald Gesellschaft leisten. Sie sind alle erstochen worden und liegen in einer ziemlich großen Blutpfütze. Ich beuge mich über den, der noch atmet, wenn auch sehr schwach.

»Was ist passiert?«

Er versucht mich anzusehen, aber seine Augen können mich nicht mehr wahrnehmen.

»Ich war auf einem wunderschönen goldenen Schiff«, flüstert er. Dann hustet er, spuckt etwas Blut und stirbt.

Das waren ziemlich merkwürdige letzte Worte. Ich werde später darüber nachdenken. Nun sehe ich mich erst mal in dem Zimmer um. Das Fenster am Ende ist offen, und das Fensterbrett ist blutverschmiert. Draußen führt eine Gasse entlang, und es ist nicht weit bis zum Boden. Kein Problem, einfach über diesen Weg zu entkommen, obwohl ich mich frage, was für ein Kerl der Flüchtige wohl gewesen ist. Offenbar jemand, der auf sich aufpassen konnte. Vielleicht waren es auch mehrere. Die Toten tragen alle Schwerter. Normalerweise sind Taschendiebe nicht unbedingt ausgebildete Schwertkämpfer, aber es ist kein Kinderspiel, vier bewaffnete Gegner auszuschalten.

Ich durchsuche rasch die Leichen. Sie sind noch warm. Ich habe es mit vielen Leichen zu tun bekommen, aber es gefällt mir trotzdem nicht. Einen erkenne ich. Es ist Axaten, ein Taschendieb, der häufig im Stadion Superbius arbeitet und alles mitnimmt, was er von den sorglosen Rennbesuchern erbeuten kann. Die drei anderen kenne ich nicht. Aber keiner von ihnen ist im Besitz eines Medaillons. Ich finde nur einige Münzen in ihren Taschen. Sie tragen keine Tätowierungen, nichts, was sie als Angehörige irgendeiner Organisation ausweisen würde. Ich durchsuche das Zimmer, ebenfalls ohne Erfolg.

Schließlich werfe ich einen Blick aus dem Fenster hinab auf die Gasse. Ein einfacher Sprung für jemanden, der leichter ist, als ich es bin, aber bei meinem Gewicht bin ich nicht sonderlich geneigt, es auszuprobieren. Außerdem sind da noch die vier Leichen. Ich würde zwar nur zu gern hier herausschleichen und sie einfach liegen lassen, aber das ist sinnlos. Päderax wird mich nicht decken. Sobald die Leichen gefunden werden, wird er nach der Zivilgarde rufen, und ich gäbe dann einen leichten Mordverdächtigen ab.

Ich fluche wie ein Rohrspatz und steige die Treppe in den Schankraum hinunter. Päderax ist ebenfalls alles andere als erfreut.

»Vier? Alle tot? Die Garde wird das lieben!« Er kneift die Augen zusammen. »Hast du sie umgebracht?«

»So schnell bin ich nicht mehr mit dem Schwert.«

Päderax wirft einen Blick auf meinen Bauch. Und glaubt mir. Dann schickt er einen Jungen mit einer Nachricht los, und ich warte in der schmutzigen Kaschemme auf die Ankunft der Zivilgarde. Mir steht ein zweifellos höchst ungemütliches Verhör bevor. Auf jeden Fall werde ich anschließend Lisutaris, der Herrin des Himmels, einiges erzählen.

4. Kapitel

Etwa neun Stunden, nachdem ich die Leichen gefunden habe, klettere ich mühsam aus einem Landauer, bezahle den Kutscher und betrete die lange, gewundene Auffahrt von Lisutaris' Villa. Ich habe ein sechsstündiges Verhör der Zivilgarde und zwei Stunden Schlaf hinter mir, und ich bin von dem, was man gemeinhin gute Laune nennt, mehrere Dimensionen entfernt. Der Anblick von Lisutaris' sorgfältig gepflegten Blumenbeeten, den Bäumen und Büschen verbessert meine Stimmung nicht gerade. Leute mit so viel Geld finden sich selten als hilfloses Opfer eines feindseligen Verhörs durch verschiedene Gardisten wieder, von denen jeder so dumm wie ein Orgk ist und bereit, mich jederzeit großflächig im Verhörraum zu verteilen, wenn ich mir nicht bald eine bessere Geschichte ausdenke. Wäre nicht Hauptmann Rallig aufgetaucht, hätten sie es vermutlich auch versucht. Der Hauptmann mag mich zwar auch nicht sonderlich, aber er wendet nur im äußersten Notfall Gewalt gegen Tatverdächtige an.

Die Garde glaubt natürlich in Wahrheit gar nicht, dass ich die vier Männer in der *Pickelkeule* umgebracht habe. Jedenfalls Hauptmann Rallig nicht, denn er kennt mich gut genug. Einige seiner Vorgesetzten dagegen sind der Meinung, dass ich zu allem fähig bin. Prätor Calvinius zum Beispiel, der Chef der Zivilgarde von ZwölfSeen. Er würde mich am liebsten augenblicklich auf eine Strafgaleere schicken. Rallig ist da umgänglicher, aber das Problem ist, dass ich es einfach nicht über mich bringen kann, der Zivilgarde viel über die Fälle zu erzählen, an denen ich gerade arbeite. Ganz gleich, wie oft der Hauptmann von mir verlangt hat, ihm zu sagen, was ich in der *Pickelkeule* gewollt habe: Ich konnte ihm einfach nicht sagen, dass ich in Lisutaris' Auftrag nach dem Medaillon gesucht habe. Wenn ich jedes Mal meine Klienten verraten würde, sobald ich in Schwierigkeiten gerate, dann hätte ich bald keine Klienten mehr.

Schließlich lässt Hauptmann Rallig mich laufen. Allerdings gibt er mir die strenge Warnung mit auf den Weg, dass er über mich kommen würde wie ein Böser Bann, wenn ich in der Nähe von weiteren Leichen in seinem Revier erwischt werden sollte. Nachdem ich ihm versichert habe, dass ich nichts lieber tun würde, als mich von irgendwelchen Toten fern zu halten, verleibe ich mir hastig ein Frühstück in der *Rächenden Axt* ein und fahre zu Lisutaris. Als ich die Eingangstür erreiche, eine sehr mondäne Handarbeit mit einem Portal, Gravierungen und Vergoldungen, bin ich wütender als ein angeschossener Drache und freue mich schon darauf, einen Dienstboten aus dem Weg schaufeln zu können. Bedauerlicherweise öffnet mir ein Dienstmädchen, das mich bereits kennt und mich umgehend hineinbittet.

»Ich teile der Herrin mit, dass Ihr da seid«, haucht sie höflich und verschwindet, bevor ich mir eine wütende Antwort ausdenken kann.

Ich warte in einem Zimmer, von dem aus man den rückwärtigen Garten überblicken kann. Es ist ein sehr ausgedehnter Garten. Noch mehr Bäume, noch mehr Blumen, noch mehr Büsche und mehr künstlich angelegte Pfade, als man begehen kann, dazu Fischteiche und ein Obstgarten, den Lisutaris mit Magie düngt, damit sie auch außerhalb der Saison frische Früchte ernten kann. Erst letzten Monat hat sie eine Gartenparty für die Elfen-Botschafter gegeben. Sie war ein voller Erfolg. Das habe ich jedenfalls gelesen. Es bestand selbstverständlich zu keiner Zeit Gefahr, dass ich eingeladen werden würde.

Die Herrin des Himmels schwebt in den Raum. Sie lächelt und wirkt ein kleines bisschen geistesabwesend. Lisutaris fängt sehr früh mit ihrer Wasserpfeife an. »Thraxas, sehr schnelle Arbeit. Gratuliere«, sagt sie.

»Ich habe das Medaillon nicht.«

»Nein?«

»Nein. Aber ich kann von vier Leichen und einer sehr innigen Begegnung mit der Zivilgarde berichten.«

Ich erzähle ihr von den gestrigen Ereignissen. Mein Scheitern verstimmt sie offenbar.

»Also wisst Ihr nicht, wer diese Männer sind?«

»Einen von ihnen habe ich erkannt. Er heißt Axaten. Er ist ein Taschendieb, der viel im Stadion arbeitet oder vielmehr gearbeitet hat, bevor jemand ihm die Kehle durchgeschnitten hat. Er könnte das Medaillon sehr gut gestohlen haben. Die drei anderen kenne ich nicht, und ich weiß auch nicht, wer sie umgebracht hat. Ich habe gehofft, dass Ihr mir das vielleicht sagen könntet.«

»Wie meint Ihr das?«

»Ich meine, dass Ihr mich losgeschickt habt, um ein Schmuckstück von einem Dieb zurückzuholen, und ich in einem Gemetzel gelandet bin. Habt Ihr eine Ahnung, was dahinterstecken könnte?«

»Nein.«

»Sagen die Worte ›Ich war auf einem wunderschönen goldenen Schiff‹ Euch irgendetwas?«

»Nein. Ist das ein Zitat?«

»Keine Ahnung. Ich habe die großen Dichter leider nicht sehr sorgfältig gelesen. Aber die Worte wurden von einem Sterbenden gesagt. Ich habe viele Leute sterben sehen, aber noch nie hat jemand sein Leben poetischer ausgehaucht.«

Ich werfe Lisutaris einen viel sagenden Blick zu. Ihr gefällt meine Anspielung nicht.

»Wollt Ihr etwa unterstellen, dass ich Euch Informationen vorenthalten habe?«

»Habt Ihr?«

Lisutaris erhebt sich. »Thraxas. Eure Hilfe während der Wahl zur Oberhexenmeisterin weiß ich sehr wohl zu schätzen. Aber anscheinend hat unser damaliger enger Kontakt bei Euch den irrigen Eindruck hinterlassen, dass es Euch freisteht, in mein Haus zu kommen und mich der Lüge zu bezichtigen. Dem ist mitnichten so.«

Die Herrin des Himmels sieht ziemlich umwölkt aus. Ich bitte sie, sich zu beruhigen. Sie klatscht in die Hände, und eine Dienerin erscheint. Auf einem Tablett trägt sie die Wasserpfeife herein.

»Das ist ruhiger, als ich beabsichtigte. Könnt Ihr denn nicht einmal einen Tag auf dieses Zeug verzichten?«

Lisutaris würdigt mich keiner Antwort. Sie lässt mich warten, während sie sich dem Ritual hingibt, die Pfeife zu stopfen und zu entzünden. Als sie zum ersten Mal den Rauch inhaliert, reibt sie ihre Füße in den goldenen Sandaletten übereinander. Anscheinend ein Zeichen von Wohlbehagen.

»Es gibt doch gewiss eine Vielzahl von Gründen, aus denen diese Männer umgebracht worden sein können? Jedenfalls an einem Ort wie diesem.«

»Das stimmt. Ein Streit zwischen Dieben kann in Zwölf-Seen rasch zu Mord und Totschlag ausufern. Aber es gefällt mir nicht, dass sie ausgerechnet in dem Moment getötet wurden, als sie im Besitz eines derartig kostbaren Schmuckstücks waren. Ihr behauptet zwar, dass niemand weiß, was dieses Juwel vermag, aber für mich sieht es so aus, als gäbe es da jemanden, der doch darüber informiert ist. Entweder ist es die Person, die das Schmuckstück gestohlen hat, oder die, die jetzt in seinem Besitz ist. Und das verkompliziert die ganze Angelegenheit erheblich.«

»Niemand kennt den wahren Wert dieses Medaillons.« Lisutaris besteht darauf. »Sein Nutzen ist nur dem König, seinen höchsten Ministern und dem Oberhexenmeister der Zaubererinnung bekannt.«

»Turai ist korrupt bis ins Mark. Und es gibt jede Menge Leute, die sehr gut darin sind, Geheimnisse auszugraben, vor allem, wenn ein saftiger Profit dabei herausspringt. Wie steht es mit Eurem Haushalt?«

»Hier kennt nur meine Sekretärin den wahren Zweck des Medaillons. Sie weiß alles über meine Angelegenheiten und ist absolut vertrauenswürdig.«

»Ich würde gern mit ihr reden.«

Lisutaris lehnt das mit einem Kopfschütteln ab. »Ihr werdet nicht mit meiner Sekretärin reden. Ihr müsst schon meinem Wort glauben, dass sie in dieser Angelegenheit nicht verdächtig ist.«

Lisutaris widmet sich jetzt hingebungsvoll ihrer Wasserpfeife. Es ist schon schlimm genug, dass sie das Medaillon an einen Taschendieb verloren hat. Sollte es sich jetzt jedoch in den Händen einer Bande befinden, die es an den Höchstbietenden verschachert, dann steckt sie wirklich in der Klemme. Vor allem, wenn sich dieser Höchstbietende als Angehöriger einer Orgk-Nation entpuppt. Sie zieht an einer Schnur, die neben der Tür hängt, und ruft eine Dienstbotin.

»Ich werde das Juwel erneut aufspüren. Ihr müsst dann sofort los.«

»Seid Ihr sicher, dass Ihr nicht noch jemanden hinzuziehen wollt? Zum Beispiel die Palastwache? Vielleicht solltet Ihr auch den Konsul über das unterrichten, was Euch passiert ist.«

»Wenn Kahlius etwas darüber herausfindet, wird er sich auf mich stürzen wie ein Böser Bann. Ich habe keine Lust, aus der Stadt gewiesen zu werden.«

Eine Dienerin kommt herein. In den Händen hält sie ein goldenes Becken mit einer tintenschwarzen Flüssigkeit: Kuriya. In dieser Flüssigkeit kann ein guter Zauberer Bilder aus der Vergangenheit und der Gegenwart beschwören. Ich selbst habe sie auch schon benutzt, allerdings mit erheblicher Mühe. Heutzutage habe ich Probleme, mich entsprechend zu konzentrieren. Lisutaris dagegen wedelt einfach mit der Hand über das Becken, und augenblicklich formt sich ein Bild.

»Eine andere Taverne«, murmelt die Zauberin. »Die *Mehrjungfrau*. Kennt Ihr sie?«

»Allerdings. Das sind schlechte Neuigkeiten. Die *Mehrjungfrau* wird von der Bruderschaft geführt.«

»Und?«

»Ein Schmuckstück von dieser Organisation zurückzuholen ist erheblich schwieriger, als es einem einfachen Taschendieb abzunehmen. Trotzdem besteht noch die Chance, dass sie nicht wissen, was sie da eigentlich haben. Wenn das Juwel nur aufgrund eines Streits zwischen Dieben bei ihnen gelandet ist und nicht, weil es wegen seines großen Werts dorthin geschafft wurde, vermag ich es vielleicht noch zurückzuholen. Das erfordert womöglich eine größere Summe, aber wenn ich so tue, als wäre es ein altes Familienerbstück, welches der Besitzer unbedingt wiederhaben will, haben sie keinen Grund, mir nicht zu glauben. Ich kenne Donax, den örtlichen Unterhäuptling der Bruderschaft. Er lässt sich vielleicht breitschlagen, mir das Schmuckstück zurückzuverkaufen. Weil er weiß, dass ich diese Angelegenheit nicht den Behörden melden werde.«

Lisutaris ruft eine andere Dienstbotin und beauftragt sie, mir einen Beutel mit Fünfzig-Guran-Stücken zu bringen.

»Holt es zurück. Ganz gleich, was es kostet.«

Ich bemerke, dass einige Arbeiter im Garten dabei sind, ein großes Zelt zu errichten.

»Vorbereitungen für den Maskenball?«

Lisutaris nickt. »Ich muss das Medaillon vor dem Ball wiederhaben. Ich bin sicher, dass der Konsul mich danach fragen wird. Hat Makri ihre Einladung bekommen?«

»Was?«

»Ihre Einladung«, wiederholt Lisutaris.

»Ihr habt Makri eingeladen?«

»Ja. Immerhin hat sie als Leibwächterin auf dem Konvent der Zauberer exzellente Dienste geleistet. Ich fand, dass sie eine zusätzliche Belohnung verdient hat. Außerdem habe ich ihr versprochen, sie dem Professor für Mathematik an der Kaiserlichen Universität vorzustellen.«

»Warum denn das? Nichts kann die Universität dazu bringen, Makri als Studentin einzustellen.«

»Wahrscheinlich nicht«, stimmt mir Lisutaris zu. »Aber sie dürfte den Ball trotzdem genießen.«

Ich starre auf das große Zelt. Die Arbeiter haben es bereits aufgerichtet. Sie sind sehr effektiv, etwas, was man in Zwölf-Seen nicht häufig zu Gesicht bekommt, und sie tragen Tische, Stühle und Kerzenleuchter hinein. Die Dienerin kommt mit einem Beutel Goldmünzen zurück. Eine andere Dienerin bringt mich zu der Kutsche, die mir Lisutaris zur Verfügung gestellt hat.

Die Sache mit dem Medaillon entwickelt sich allmählich zu einer recht ernsten Angelegenheit. Ich werde sehr gerissen sein müssen, es zurückzuholen. Aber darüber denke ich nicht nach. Mich beschäftigt vollkommen die maßlose Ungerechtigkeit, dass Makri, eine barbarische Gladiatorin, die kaum mit Gabel und Löffel umgehen kann, auf Lisutaris' elegante Party eingeladen worden ist. Natürlich ist von einer Einladung an mich nicht im Geringsten die Rede. Kümmert Euch nicht um Thraxas. Er wird sich schon in der Stadt herumtreiben, Verbrecher bekämpfen und sich der Gefahr aussetzen, um Euch aus der Patsche zu helfen. Er wird klaglos sechs Stunden in einer Zelle der Zivilgarde verbringen und Euren guten Namen schützen. Das bedeutet noch lange nicht, dass Ihr ihn zu Eurem Ball einladen müsst. Er gibt sich vollkommen damit zufrieden, zusammen mit dem Rest der verarmten, werktätigen Bevölkerung in der *Rächenden Axt* herumzusitzen. Diese blöde Lisutaris! Ich konnte die Frau noch nie leiden!

Südlich des Flusses wird mein Kutscher sichtlich nervös. Sein Dienst bei Lisutaris führt ihn gewöhnlich nicht in diese Gegend. Wir fahren durch die sengende Hitze, und er scheint eine Ewigkeit zu brauchen, bis er sich durch den dichten Verkehr zum Hafen vorarbeiten kann. Nachdem er mich endlich in ZwölfSeen abgesetzt hat, gibt er den Pferden die Peitsche und fährt, so schnell er kann, davon. Er ist offenbar höchst erfreut, diesen Ort verlassen zu können.

»Danke für die Fahrt«, knurre ich und betrete die *Rächende Axt*. Ganz gleich, wie dringend die Sache ist, ich kann der *Mehrjungfrau* keinen Besuch abstatten, bevor ich nicht etwas im Magen habe. Ein Bier wäre auch nicht schlecht. Lisutaris hat mir zwar einen Wein geopfert, aber diese vornehmen Elfenjahrgänge können einen echten Mann nicht befriedigen.

Vor der Taverne stoße ich schon wieder auf Moxalan. Er ist in ein Gespräch mit Parax, dem Schuhmacher, vertieft.

»Gab es wieder ein Blutbad?«, erkundigt sich Parax. Was für eine merkwürdige Frage.

Ich zucke mit den Schultern.

»Viele Tote?«

»Das ist Geschäftsgeheimnis. Außerdem, was geht es dich an?«

»Wir machen uns Sorgen um dich«, erwidert Parax.

Dass sich der alte Parax um mich sorgt, höre ich zum ersten Mal. Und ich frage mich zudem, was der Sohn des Buchmachers hier eigentlich dauernd will. Er muss seine Aufzeichnungen über Architektur doch längst haben. Wahrscheinlich ist er wiedergekommen, um Makri zu treffen, der arme Narr.

Plötzlich ertönen wilde Schreie aus der Kaschemme, und ich stürze hinein. Das blanke Chaos erwartet mich. Makri hat eine Axt in der Hand und will hinausstürmen, während Ghurd und Tanrose versuchen, sie zurückzuhalten. Tische sind umgestürzt und die Mittagssäufer ducken sich ängstlich in die Ecken. Soweit ich sehen kann, hat es einen heftigen Kampf gegeben. Makri ist ein wahrer Derwisch, was den Schwertkampf angeht, aber Ghurd ist ein ausgesprochen kräftiger Barbar. Es ist ihm gelungen, sie aufzuhalten. Natürlich will Makri ihren Arbeitgeber nicht umbringen, und windet sich in seinem Griff. Sie sieht ihn böse an.

»Ghurd, ich warne dich. Lass mich sofort los.«

Trotz ihres zierlichen Körpers und Ghurds ungeheurer Kraft wäre Makri ohne weiteres in der Lage, ihn in einem Kampf zu schlagen, wenn sie wütend genug wäre, ihre ganze Geschicklichkeit einzusetzen. Das weiß Ghurd. Aber er lässt sie trotzdem nicht los. Ich trete vor und versuche, die beiden zu trennen.

»Was zum Teufel ist hier los?«

»Sie will alle Mitglieder der Innungshochschule umbringen«, erklärt Tanrose.

Ich blinzle verständnislos.

»Wie bitte?«

»Du hast sie doch verstanden«, faucht Makri und befreit sich aus Ghurds Griff. Sie stürmt zur Tür. Ich hetze hinter ihr her.

»Makri, komm zurück! Es ist doch nur eine Prüfung. Nimm es nicht so verdammt persönlich!«

»Es geht nicht um die Prüfung«, knurrt Makri und verschwindet durch die Tür.

Ich wende mich an Ghurd. Vielleicht kann er mir die Sache erläutern.

»Sie ist wegen angeblichen Diebstahls von der Hochschule geflogen«, sagt der.

Ich stürze auf die Straße. Unter diesen Umständen wird Makri alle abschlachten. Diese Frau und ihr Temperament sollen verflucht sein! Dafür habe ich im Moment wirklich keine Zeit! Ich hole sie an der Ecke ein, als sie gerade einen Bettler in den Boden stampft, der sich ausgerechnet diesen unseligen Moment ausgesucht hat, um sie anzusprechen.

»Makri, wie wäre es, wenn du mir sagst, was eigentlich passiert ist, statt über den Quintessenzweg zu laufen und mit deiner Axt herumzufuchteln?«

Makri bleibt stehen. Diesen mörderischen Blick habe ich das letzte Mal in ihren Augen gesehen, als ich sie wegen ihrer spitzen Ohren beschimpft habe.

»Aus dem Gemeinschaftsraum der Studenten ist Geld verschwunden. Professor Toarius behauptet, ich hätte es genommen. Und jetzt geh mir aus dem Weg. Ich werde ihn umbringen.«

»Was soll das heißen, er hat gesagt, du hättest es gestohlen? Gab es eine Untersuchung?«

»Das behauptet er jedenfalls. Geh mir aus dem Weg!«

»Hör auf mir zu sagen, dass ich dir aus dem Weg gehen soll! Glaubst du nicht, es wäre besser, wenn jemand diese Sache untersucht, als wenn du einfach hingehst und den Professor abmetzelst? Man wird dich verhaften und aufhängen.«

»Nein, wird man nicht. Ich werde jeden umbringen, der das versucht, und dann die Stadt verlassen.«

»Zugegeben, das wäre ein Alternative.«

Ein Hund schnüffelt an Makris Knöcheln. Sie versetzt ihm einen Tritt, und er sucht jaulend das Weite. So wie Makri ihre Axt schwingt, kann der Köter von Glück sagen, dass er noch seinen Kopf auf dem Hals hat.

Trotz der Tatsache, dass Makri barbarisch, aufreibend und unvernünftig ist, von ihrem Viertel Orgk-Blut ganz zu schweigen, ist sie eine der sehr wenigen Freunde, die ich in dieser Stadt habe. Und auch wenn ich das niemals öffentlich zugeben würde, hat sie mir bei meinen letzten Fällen sehr geholfen. Vermutlich würde ich es bedauern, wenn man sie hängen würde.

»Erzähl mir, was passiert ist.«

Makri verzieht ihr Gesicht. Nicht augenblicklich denjenigen zu massakrieren, der sie des Diebstahls bezichtigt, kostet sie eine ungeheure Überwindung.

»Ich bin heute Morgen zur Hochschule gegangen. In das Rhetorikseminar. Ich musste in den Gemeinschaftsraum, um dort meine Beutel abzugeben, weil ich zwei Messer bei mir hatte und sie mir nicht erlauben, sie mit in die Klasse zu nehmen.«

»Warum hast du die beiden Messer überhaupt mitgenommen?«

»Warum nicht?«

»Stimmt, dumme Frage. Mach weiter.«

»Dort gibt es Schränke. Ich habe einen Schlüssel dafür. Ich habe meine Messer weggepackt und bin in das Seminar gegangen. Wir haben gelernt, wie man vor Gericht redet. Etwa nach der Hälfte des Seminars kam ein Student in den Raum und sagte, dass Professor Toarius mich sehen wollte. Das ist sehr ungewöhnlich. Normalerweise geht er mir geflissentlich aus dem Weg. Also bin ich in sein Büro gegangen, und er sagte, dass einem anderen Studenten Geld aus dem Schrank im Gemeinschaftsraum entwendet worden wäre und man gesehen hätte, wie ich es genommen habe. Und dann hat er mich von der Hochschule verwiesen!«

Makris Stimme ist während der Schilderung immer schriller geworden, und am Ende wird sie fast von ihren Emotionen überwältigt. Die Leute starren uns an, aber nicht so auffällig, wie sie das noch vor einem Jahr getan hätten. Der Anblick von Makri, die schwer bewaffnet über den Quintessenzweg marschiert, ist den Anwohnern allmählich vertraut. Aufgrund des Orgk-Blutes in ihren Adern ist sie zwar nicht direkt beliebt, aber die Leute hüten sich, ihr in die Quere zu kommen.

»Makri, geh nach Hause. Ich regele das für dich. Ich weiß, dass der Professor es auf dich abgesehen hat. Zweifellos hat er das verschwundene Geld nur als Vorwand genommen, um voreilige Schlüsse zu ziehen.«

»Wie kann er es wagen, mich des Diebstahls zu beschuldigen?«

Es ist wirklich ungerecht. Makri ist erbarmungslos ehrlich. Manchmal ist selbst mir das zu viel.

»Ja, wie kann er es wagen? Aber willst du wirklich aus der Stadt fliehen müssen? Nach all der Arbeit, die du hier schon geleistet hast? Und was ist mit deinem Plan, auf die Kaiserliche Universität zu gehen?«

»Du hast mich deswegen doch ausgelacht. Alle lachen mich deswegen aus!«

Ich bin frustriert. In diesem Moment sollte ich eigentlich daran arbeiten, ein wertvolles Juwel für Lisutaris zurückzuholen, und nicht einer Kellnerin helfen, ihre berufliche Karriere weiterzutreiben.

»Natürlich ist das lächerlich. Weil es unmöglich ist. Aber du hast seit deiner Ankunft schon andere unmögliche Dinge bewerkstelligt. Zum Teufel, vielleicht schaffst du das sogar auch noch. Also hör auf, damit zu drohen, deinen Professor umzubringen, und komm zurück in die *Rächende Axt.* Ich gehe zur Hochschule, finde heraus, was los ist, und bereinige die Angelegenheit.«

Makri starrt mich lange an. Es widerspricht ihrer Natur, jemand anderen ihre Probleme lösen zu lassen.

»Lisutaris hat vor, dich bei ihrem Maskenball einem Mathematikprofessor von der Kaiserlichen Universität vorzustellen«, ködere ich sie.

»Kannst du die Angelegenheit noch heute bereinigen?«, will Makri wissen.

»Ich kann es versuchen.«

»Wenn du es heute klärst, bin ich einverstanden. Wenn nicht, werde ich Toarius morgen umbringen und auch jeden anderen, der mir in der Hochschule über den Weg läuft, wenn mir danach ist.«

Makri wirbelt auf ihrem Absatz herum und geht wieder in die Kaschemme zurück. Plötzlich bleibt sie stehen, als wäre ihr noch etwas eingefallen.

»Wie läuft es in dem Fall, in dem du gerade ermittelst?«, erkundigt sie sich.

»Es wird immer schlimmer.«

»Jemand gestorben?«

»Ja.«

»Wie viele?«

Ich starre sie an.

»Was soll das heißen, wie viele?«

»Ich bin einfach nur neugierig.«

»Vier, wenn du es genau wissen willst. Warum interessiert sich plötzlich jeder für meine Angelegenheiten?«

Makri marschiert wortlos zurück in die Kaschemme. Da ich bisher noch kein Bier habe nachfüllen können, folge ich ihr. Ich trete mit einer entschlossenen Miene an den Tresen, die jeden warnt, mir in die Quere zu kommen. Unglücklicherweise verfängt das nicht bei Dandelion, die aus dem Nichts auftaucht und sich mir praktisch vor die Füße wirft.

»Ich habe schreckliche Neuigkeiten«, klagt sie.

»Wenn es etwas mit den Sternen zu tun hat, will ich es nicht hören.«

»Du musst aber zuhören!«

»Kann das nicht warten, bis ich ein Bier getrunken habe?«

Anscheinend nicht. Diese Frau lässt sich durch nichts abschütteln. Sie hüpft förmlich von einem Bein auf das andere, weil sie es kaum erwarten kann, mir etwas zu erzählen.

»Sie wetten auf das Ergebnis. Obwohl ich ihnen gesagt habe, dass sie das nicht tun sollten.«

Ich habe nicht den leisesten Schimmer, wovon sie eigentlich redet.

»Wovon redet Ihr eigentlich?«

»Alle wetten darauf, wie viele Tote es in dem Fall geben wird, an dem du arbeitest. Und das tun sie nur deshalb, weil ich dich gewarnt habe, dass es ein Blutbad gibt! Ein Buchmacher war hier und hat ihre Wetten entgegengenommen!«

»Dandelion«, sagt Makri laut. »Lenk Thraxas nicht mit deinen hanebüchenen Geschichten ab! Er ist ein viel beschäftigter Mann!«

»Die kann vielleicht auf komische Ideen kommen«, meint Ghurd. Er sieht aus, als hätte er ein verdammt schlechtes Gewissen.

Ich starre die beiden an. »Ist das wahr?«

»Das höre ich zum ersten Mal«, erwidert Makri. »Solltest du nicht längst unterwegs zur Hochschule sein, um mich von dem Verdacht des Diebstahls reinzuwaschen?«

»Das kann warten. Ich habe mich schon gewundert, wieso du so scharf auf die genaue Zahl der Toten warst.«

Makri versucht, unschuldig dreinzublicken.

»Ich würde niemals auf eine solche Tragödie von vier Toten wetten«, erklärt sie würdevoll.

»Vier?«

Parax meldet sich zu Wort. Er hat unserem Gespräch bisher schweigend im Hintergrund gelauscht. »Hast du vier gesagt? Schon vier?« Er dreht sich zu Moxalan um. »Ich erhöhe meine Wette!«

Verschiedene Herumstehende wollen sich ihm anschließen. Sie scheinen bereits hohe Beträge gesetzt zu haben.

»Wir sollten vielleicht sogar verdoppeln«, meint einer.

Ich bin außer mir vor Wut. »Steckt die ganze Kaschemme etwa unter einer Decke? Ich kann nicht glauben, dass ihr so tief sinken könnt!«, schreie ich und lasse meinen vernichtenden Blick über Makri, Ghurd und die ganze Versammlung von Tunichtguten gleiten.

»Hättest du nicht einfach die Klappe halten können, du Idiotin?«, faucht Makri Dandelion an.

»Lass Dandelion in Ruhe!«, zische ich sie an. »Sie ist die einzige ehrliche Person hier! Makri, ich bin entsetzt von dir!«

Eine Splittergruppe will wissen, ob es stimmt, dass die Zaubererinnung der Bruderschaft den Krieg erklärt hat.

»Wenn sie anfangen, mit Zaubersprüchen um sich zu werfen, können wir möglicherweise mit fünfzig oder mehr Toten rechnen.«

»Zählen wir weiter, wenn Thraxas umgebracht wird?«, erkundigt sich Parax bei Moxalan.

»Nein. In den Regeln ist festgeschrieben, dass nach Thraxas' Tod keine weiteren Toten gezählt werden.«

»Welche Regeln?«, erkundige ich mich.

»Die Regeln der Wette. He, sieh mich nicht so an, Thraxas. Ich bin der Sohn eines Buchmachers. Nur weil ich auf die Hochschule gehe, heißt das noch lange nicht, dass ich aus dem Geschäft ausgestiegen bin.«

Ich schüttele den Kopf. Unter meiner Tunika bin ich schweißgebadet. Natürlich habe ich nie erwartet, unter der Klientel der *Rächenden Axt* so etwas wie Moral zu finden, aber selbst ich bin von diesen Auswüchsen überrascht. Es ist unaussprechlich unmoralisch. Sie wetten auf die Zahl der Toten, die es bei meinem jetzigen Fall gibt? Was hat das für Auswirkungen auf meinen Ruf? Man nennt mich ja jetzt schon »Leichen-Pflastern-Seinen-Weg-Thraxas«. Ich verwünsche alle Umstehenden ausgiebig. Ich bin so wütend, dass ich die Kaschemme tatsächlich verlasse, ohne noch ein Bier zu trinken. Ich kann mich nicht daran erinnern, wann mir so was das letzte Mal passiert ist. Ich muss zur *Mehrjungfrau* und das Medaillon wiederholen. Und zwar so schnell wie möglich. Ich marschiere los und nehme mir vor, ein ernstes Wort mit Makri und Ghurd zu reden, wenn ich wieder zurückkomme.

Der Weg zur *Mehrjungfrau* ist von jugendlichen Boahhändlern gesäumt. In ihrer Nähe lungern ihre Kunden herum, in verschiedenen Stadien der Bewusstlosigkeit. Selbst in der frischen Luft ist der Geruch von verbranntem Boah leicht auszumachen. Bei diesem Rauschmittel ist die Lage vollkommen außer Kontrolle geraten. Vor zehn Jahren waren die Jugendlichen aus diesem Viertel noch damit beschäftigt, Obst vom Markt zu stehlen. Jetzt erdolchen sie irgendwelche Fremde für ein paar Gurans. Die Gewalt der Banden, die den Handel kontrollieren, hat sich proportional zu dem Gewinn, der hier erzielt werden kann, gesteigert. Der hohe Zuwachs an illegalem Profit hat zu einer stadtweiten Korruption quer durch alle Schichten geführt. Turai ist am Ende. Wir müssen uns nicht nur vor den Orgks schützen.

Lisutaris hat mich engagiert, ihr Medaillon zurückzuholen. Ich habe einmal versagt und habe nicht vor, ein zweites Mal zu scheitern. Ich marschiere zur *Mehrjungfrau* mit dem Vorhaben, Donax, dem Unterhäuptling der Bruderschaft, direkt ins Auge zu blicken und die Rückgabe des Schmuckstücks zu verlangen. Aber leider kommt es nicht dazu. Noch bevor ich die Tür zu der Kaschemme erreiche, fliegt sie auf, und Donax, Conax und etwa zwanzig ihrer Mitbrüder stürzen heraus. Ihnen folgen Rauchschwaden und offene Flammen. Die *Mehrjungfrau* wird bis auf die Grundmauern niederbrennen. Ich schüttele den Kopf. Das hier entwickelt sich zu einem weiteren wirklich miesen Tag.

5. Kapitel

Die trockenen heißen Sommer machen Turai sehr anfällig für verheerende Feuersbrünste. Glücklicherweise ist die Feuerwehr der Stadt ziemlich auf Zack. Einige halten sie sogar für die beste der ganzen zivilisierten Welt. Angesichts der Tatsache, dass der größte Teil unserer Stadt aus großen Holzgebäuden errichtet ist, die sich dicht aneinander drängen, wäre auch alles andere zu wenig. Nachdem die halbe Stadt vor etwa siebzig Jahren beinah vollständig niedergebrannt ist, gab es nachdrückliche Bemühungen, unsere Fähigkeiten zur Feuerbekämpfung zu verbessern. Dank einer ganzen Reihe von Beschlüssen des Senats müssen die Präfekten, die die Viertel regieren, eine ausreichende Zahl von Wasserkarren stellen und unterhalten. Zusammen mit der Ausrüstung und Personal, das sie bemannt. Während des letzten Krieges kam uns das gut zupass. Damals haben die Orgks Turai belagert und mit ihren Katapulten Feuerbälle über die Mauern geschleudert. Aber sie konnten die Stadt damit nicht wie beabsichtigt zerstören. Etwa um dieselbe Zeit hatte ein fähiger Ingenieur der Armee eine neue Art Wasserpumpe entwickelt, die in den Händen einer starken Mannschaft in der Lage ist, Wasser unter Druck beinah fünfzig Meter weit zu spritzen. Mit diesem Werkzeug bewaffnet haben unsere Feuerwehrmänner in den letzten Jahren heroisch ihren Dienst versehen. Sie bilden eine der wenigen Gruppierungen der Stadt, die ausnahmslos von allen Bewohnern Turais bewundert werden.

Als sich die Kaschemme leert und der Rauch aus den Fenstern dringt, werden die ersten Rufe nach der Feuerwehr laut. Eine Alarmglocke wird geschlagen, und die Leute blicken erwartungsvoll auf das Ende der Gasse. Sie erwarten, jeden Augenblick die Pferdefuhrwerke der Wehr zu sehen. Aber nichts passiert. Es kommt keiner. Als Donax, der Bruderschaftsunterhäuptling, begreift, dass sein Hauptquartier in Flammen aufgehen wird, verfällt er in eine gewisse Hektik. Er schreit seine Leute an, Wasser aus den Nachbarhäusern zu holen, und droht ihnen mit der Faust, um sie ein bisschen anzuspornen. Doch so wie die Flammen um sich greifen, bezweifle ich, dass es viel nützen wird.

Normalerweise würde es mich ja freuen, die *Mehrjungfrau* niederbrennen zu sehen, aber dann fällt mir ein, dass dies meinen unmittelbaren Zwecken eher abträglich ist. Ich gehe zu Donax hinüber. Er beachtet mich nicht, weil er zu sehr damit beschäftigt ist, seinen Laden zu retten. Da kann er keine Sekunde für einen unwillkommenen Detektiv erübrigen. Ich packe ihn am Arm.

»Vergisst du nicht etwas, Donax?«

Ich deute auf einen jungen Mann in einem schicken Umhang, der auf der Gasse hockt. Entweder hat er Rauch inhaliert, oder er leidet noch unter dem Schock, dass er mir nichts, dir nichts aus einem brennenden Gebäude gezerrt wurde. Was wahrscheinlicher ist.

»Dein Schoßzauberer.«

»Was?«

»Orius. Oder, um seinen vollen Namen zu nennen, Orius Feuerzähmer. Dieser Name legt meiner Meinung nach nahe, dass er vielleicht in der Lage sein sollte, etwas Wirkungsvolles zu unternehmen.«

Donax verschwendet keine Zeit. Im Handumdrehen hat er den unseligen jungen Mann auf die Füße gezerrt und schiebt ihn zum Feuer.

»Mach's aus!«, schreit Donax.

Orius sieht aus, als würde er sich lieber woanders in Ruhe

um seine angeschlagene Gesundheit kümmern. Er hat Mühe, gerade zu stehen. Ich kann nicht behaupten, dass er mir sonderlich Leid tut. Ich fand es sowieso keine gute Idee von dem jungen Zauberer, sich mit der Bruderschaft einzulassen. Das Leben als Bruder lohnt sich zwar, aber manchmal kann es auch ganz schön hart sein.

Gerade als es so aussieht, als würden die Flammen die ganze Kaschemme verzehren, kommt Orius wieder zu Atem und sammelt sich. Er singt eine Anrufung. Die Flammen scheinen schwächer zu werden. Er singt den Zauber erneut, und die Flammen erlöschen. Die Menge jubelt. Orius Feuerzähmer bricht auf der Stelle zusammen. Ich muss zugeben, dass dies ein sehr ordentliches Stück Zauberei war, vor allem unter diesen schwierigen Umständen.

Donax jedoch verschwendet keine Zeit damit, seinem Zauberer zu gratulieren. Er muss überprüfen, ob sein Hauptquartier noch unversehrt ist, also betritt er rasch die Kaschemme und bedeutet seinen Handlangern, ihm zu folgen. Ich schließe mich ihnen an, auch ohne ausdrückliche Einladung. Das Gebäude hat nicht zu stark gelitten. Ein Teil des Dachs ist zwar eingebrochen, aber Orius hat den Flammen Einhalt geboten, bevor sie die Substanz beschädigen konnten. Der Rauch beißt in meinen Lungen, und ich huste, während ich mich umsehe. Ich weiß zwar nicht genau, wonach ich suche, aber ich habe auch keine Chance, das herauszufinden. Donax bemerkt mich und will wissen, was ich hier mache.

»Ich wollte dir nur einen Besuch abstatten. Und eigentlich schuldest du mir etwas, weil ich dich an Orius Feuerzähmer erinnert habe.«

»Ich schicke dir eine Schachtel Pralinen«, knurrt Donax. »Und jetzt verschwinde!«

»Du willst mir nicht zufällig erzählen, wie das Feuer ausgebrochen ist?«

»Ich will dir gar nichts erzählen. Aber vielleicht möchtest du ja etwas loswerden.«

Ich schüttele den Kopf. »Ich weiß nur, dass Prätor Calvinius das Geld, das er für Feuerfuhrwerke ausgeben sollte, in die eigene Tasche steckt.«

»Und was hast du hier zu suchen? Es macht mich misstrauisch, wenn Detektive in dem Moment auftauchen, in dem mein Haus Feuer fängt.«

Donax starrt mich an und ich stiere zurück. Wir sind in der Vergangenheit einige Male aneinander geraten. Nichts wirklich Ernstes. Allerdings auch nichts, was uns zu lebenslangen Freunden machen würde. Um uns herum ersticken die Männer der Bruderschaft die letzten Flammen und tragen Kisten hin und her. Vermutlich Diebesgut, möglicherweise aber auch Donax' Akten. Donax ist ein sehr durchorganisierter Bursche. Das sind die Häuptlinge der Bruderschaft alle. Organisiert und gewalttätig. Ich beschließe, ihm zu verraten, warum ich hier bin.

»Ich suche nach einem gestohlenen Schmuckstück. Es hat die Form eines Medaillons.«

»Und?«

»Es wurde einem Magier gestohlen. Und der hat es bis hierher verfolgt.«

»Dann hat sich der Zauberer geirrt.«

»Das bezweifle ich. Außerdem würde er sehr gut zahlen, um es zurückzubekommen. Es ist ein altes Familienerbstück.«

Noch bevor Donax antworten kann, wird er von Conax unterbrochen. Das ist einer seiner ganz harten Vollstrecker.

»Sie sind tot«, erklärt Conax.

»Wer ist tot?«

»Die drei Fremden, die zu Euch wollten. Sie sind noch oben. Aber sie sind tot.«

»Verbrannt?«, fragt Donax.

»Nein. Erstochen.«

Donax runzelt die Stirn.

»Was soll das heißen, erstochen? Hier wird niemand erstochen, außer auf meinen Befehl.«

»Das waren nicht zufällig drei Männer, die hierher gekommen sind, um dir gestohlenen Schmuck anzudrehen?«, erkundige ich mich liebenswürdig.

Donax starrt mich an. »Es wird Zeit, sich zu verabschieden, Detektiv«, sagt er schließlich.

Ich weiß, dass ich hier nicht mehr erfahren werde, und wende mich zum Gehen. Donax ruft mich zurück. Als ich mich umdrehe, grinst er mich spöttisch an.

»Das macht sieben, wenn ich richtig gezählt habe.«

»Sieben?«

»Sieben Leichen. Willst du mir und Conax hier nicht eine kleine vertrauliche Information zustecken, hm? Wir spielen mit dem Gedanken, eine kleine Wette bei dem jungen Moxalan zu riskieren.«

Sein Handlanger Conax lacht, als wäre das der beste Witz seines Lebens. Ich versuche, meine Gefühle zu verbergen, aber ohne viel Erfolg. Jetzt weiß also schon die Bruderschaft von der Wette in der *Rächenden Axt*. Dann kann es nicht mehr lange dauern, bis ganz ZwölfSeen informiert ist. Vielleicht sogar die ganze Stadt. Ich werde sehr bald das Gespött der Leute sein. Diese blöde Dandelion und ihre seltsame Warnung.

Ich habe das Medaillon zwar nicht zurückholen können, aber meine Intuition sagt mir, dass diese drei Kerle, wer sie auch immer gewesen sein mögen, es bei sich hatten. Jemand hat sie deswegen umgebracht und sich damit aus dem Staub gemacht. Vermutlich hat die Person das Feuer als Ablenkung gelegt. Das war eine erstklassige Arbeit. Es ist nämlich nicht gerade ein Kinderspiel, der Bruderschaft gestohlene Ware vor der Nase wegzuschnappen.

Ich bin erleichtert, als ich die verrauchte Kaschemme verlasse. Allerdings hält sich die Erleichterung in Grenzen, als die Sonne mich mitten ins Gesicht trifft. Trotz der Aufregung, die das Feuer verursacht hat, gehen die Boahhändler in den Gassen unbeeindruckt ihren Geschäften nach.

Noch drei Tote. Das macht sieben, seit ich mit der Suche angefangen habe. Ein Blutbad? Wahrscheinlich hatte Dandelion Recht. Und möglicherweise kann sie ja tatsächlich etwas aus den Sternen lesen. Eventuell sogar mit den Delfinen reden. Auf wie viele Tote Makri wohl gewettet hat? Vermutlich setzt sie auf eine recht hohe Gesamtzahl. Sie ist schließlich Gemetzel gewöhnt. Da ich so wütend auf Makri bin, spiele ich mit dem Gedanken, die Ermittlungen wegen der Diebstahlsanklage gegen sie einfach zu verweigern. Soll sie es doch selbst klären. Ich seufze. Es würde ihr gar nichts ausmachen, wenn ich es ihr überlassen würde. Nur dass sie dann aller Voraussicht nach am Galgen endet. Ich verfluche die Frau wegen ihrer albernen akademischen Absichten und mache mich auf den staubigen Weg zur Hochschule.

Die Innungshochschule befindet sich am Rand von Pashish, einem etwas weniger abweisenden Viertel als Zwölf-Seen. Die Straßen sind zwar auch hier eng, aber sauberer, und die Aquädukte sind in gutem Zustand. Es gibt weniger Gebäude, und sie haben mehr Raum. Hier und da dienen sogar kleine Parks als Erholungsstätten für die Familien der Handwerker und Minderkaufleute. Es sind die Söhne dieser Handwerker und Minderkaufleute, die die Innungshochschule besuchen. Einige bereiten sich dort auf eine Karriere im Staatsdienst vor, und einige wenige sogar auf einen Besuch der Kaiserlichen Universität.

Makri ist meines Wissens nach die einzige Frau, die die Innungshochschule besucht. Sie wurde erst aufgenommen, nachdem eine anonyme, aber sehr wohlhabende Frau, genau genommen Prinzessin Du-Lackai, ihr Anliegen unterstützt hat. Sie wollte wohl etwas beweisen. Die Hochschule musste daraufhin zu ihrem höchsten Missfallen erkennen, dass in ihrer Verfassung Frauen der Besuch nicht ausdrücklich verboten wird. Und so wurden ihre Lehrer plötzlich widerstrebende Ausbilder einer gemischtblütigen Ex-Gladiatorin. Wenn ich Makri richtig verstehe, versuchen die Professoren seitdem, sie loszuwerden. Vermutlich wäre ihnen das auch längst gelungen, wenn Makri und ich letztes Jahr nicht ausgesprochen gute Arbeit für Vizekonsul Zitzerius geleistet hätten. Ich glaube, dass er daraufhin seinen Einfluss geltend gemacht und dafür gesorgt hat, dass sie weiterhin die Innungshochschule besuchen darf.

Viel Mühe für nichts, denke ich. Ich weiß nicht, was es ihr nützt, wenn sie eine gute Grundlage in den Künsten der Philosophie, der Rhetorik und der Mathematik bekommt. Ihr Traum, eines Tages die Kaiserliche Universität besuchen zu dürfen, wird immer ein Traum bleiben. Das wird nie passieren. Erstens deshalb, weil die Verfassung der Universität Frauen grundsätzlich den Besuch untersagt, und zweitens, weil es einen ungeheuren Aufschrei in Turais Aristokratie geben dürfte, falls Makri jemals durch das Marmorportal schreiten sollte. Die Schockwelle dieses Aufschreis würde selbst den Senat durcheinander rütteln. Kein Senator würde akzeptieren, dass sein Sohn in dieselbe Klasse geht wie Makri. Makri, mit ihrem Orgk-Blut, ihren barbarischen Manieren und ihrer Neigung, Dispute mit der Axt auszutragen.

Die Hochschule macht nicht viel her. Es gibt weder einen großen Campus noch einen Innenhof mit Statuen. Nicht mal ein Springbrunnen sprudelt irgendwo. Es ist ein altes, finsteres, steinernes Gebäude, das früher einmal dem Ehrenwerten

Verein der Kaufmannschaft als Zentrale gedient hat, bis dieser Verein wohlhabend wurde und schleunigst in einen besseren Stadtteil umgezogen ist. Die düsteren Flure sind voller junger Studenten, die Schriftrollen unter dem Arm tragen und versuchen, gelehrt auszusehen. Einige ältere Männer in Togen, vermutlich die Professoren, stehen herum und sehen streng aus. Auch wenn eine Toga das übliche Gewand von Turais Oberschicht ist, sieht man sie südlich des Flusses nur selten.

Professor Toarius trägt eine sehr vornehme Toga. Das ist das Erste, was mir ins Auge fällt, als ich sein Büro betrete. Hineinzukommen war einfacher, als ich erwartet habe. Der Empfangschef draußen ist nicht daran gewöhnt, stattliche Detektive zurückzuweisen. Der Professor ist ein älterer, grauhaariger Mann mit Adlernase und bis zum Rand erfüllt von würdevollem Gehabe. Unter Turais Akademikern genießt er einen gewissen Ruf. Er sitzt im Vorstand der Kaiserlichen Universität, und es galt als ein großer Gunstbeweis des Konsuls für die bescheidene Innungshochschule, dass er den Professor als ihren Leiter eingesetzt hat. Soweit ich von Makri gehört habe, regiert Toarius die Hochschule auf eine ziemlich herrische Art und Weise und duldet keinerlei Widerspruch. Als ich sein Büro betrete, sieht er von einem verstaubten alten Schmöker hoch und runzelt die Stirn.

»Wer hat Euch hereingelassen?«, will er wissen.

»Keiner.«

»Wenn es um eine Angelegenheit geht, die die Ausbildung Eures Sohns betrifft, müsst Ihr Euch einen Termin geben lassen.«

»Ich habe keinen Sohn. Jedenfalls keinen, von dem ich wüsste. Da ich allerdings als Söldner weit herumgekommen bin, möchte ich die Möglichkeit natürlich nicht gänzlich ausschließen.«

Das Zimmer ist bis an die Decke gefüllt mit Büchern. Wie immer, wenn ich mit den Zeichen der Gelehrsamkeit konfrontiert werde, fühle ich mich unsicher.

»Ich bin wegen Makri hier.«

Der Professor versteift sich sichtlich auf seinem Stuhl. »Raus aus meinem Büro!«, befiehlt er.

»Welche Beweise habt Ihr gegen sie?«

Professor Toarius erhebt sich ein wenig aus seinem Sitz und zieht an einer Klingelschnur hinter sich. Der Angestellte aus dem Vorzimmer stürzt herein.

»Ruft unsere Sicherheitskräfte«, ordnet Toarius an.

Das entwickelt sich schlimmer, als ich angenommen habe. Ich bin überrascht, dass Toarius sich weigert, das Thema zu diskutieren, und noch überraschter darüber, dass dieser Laden tatsächlich einen Sicherheitsdienst hat.

»Ihr könnt Makri nicht einfach so von der Hochschule verweisen, Professor.«

»Das habe ich bereits getan. Es war ohnehin ein Fehler, sie diese Hochschule besuchen zu lassen, und da sie jetzt einen Diebstahl begangen hat, bleibt mir keine Wahl, als sie für immer von der Hochschule zu verweisen.«

Die Tür hinter mir fliegt auf, und zwei kräftige Individuen in groben, braunen Tuniken stürmen herein. Ich ignoriere sie.

»Ihr habt nicht verstanden, was ich meine, Professor. Ihr könnt Makri nicht einfach hinauswerfen, weil ich es nicht erlauben werde.«

Das amüsiert Toarius. »Ihr werdet es nicht erlauben? Und wie wollt Ihr das verhindern?«

»Indem ich die Angelegenheit vor den Senat bringe. Erlaubt mir, mich vorzustellen. Ich bin Thraxas, Tribun des Volkes.«

»Tribun? Dieses Amt ist seit über einem Jahrhundert verwaist.«

»Bis es von Vizekonsul Zitzerius vor kurzem wieder besetzt wurde. Mit mir. Und ich habe die Macht, jede Art von Ausschluss eines jeden Bürgers von Turai zu verhindern, bis die Angelegenheit nicht vor einem Senatsausschuss diskutiert worden ist. Wollen wir nicht ein bisschen darüber plaudern, bevor ich gezwungen bin, die Angelegenheit öffentlich zu machen?«

»Glaubt Ihr etwa, dass der Senat auch nur das geringste Interesse an dem Schicksal einer orgkischen Diebin zeigen wird?«

Makri ist eigentlich kein Orgk. Sie hat nur ein Viertel Orgk-Blut in sich, und dazu ein Viertel Blut von Elfen. Da sie in den orgkischen Gladiatorsklavengruben aufgewachsen ist, hasst sie die Orgks wie die Pest. Wenn man sie eine Orgk nennt, ist das eine tödliche Beleidigung. Ich verstehe jetzt allmählich, warum sie unter dem Professor so gelitten hat.

»Der Senat wird Interesse zeigen müssen. So lautet das Gesetz. Und Zitzerius ist ein Pedant, wenn es um die genaue Auslegung des Gesetzes geht.«

»Ich bin viel besser mit Vizekonsul Zitzerius bekannt, als Ihr es seid.« Der Professor lässt sein Buch sinken. Und die Falten auf seiner Stirn vertiefen sich. »Seid Ihr derselbe Thraxas, der letztes Jahr dem Senat wegen seiner Rolle in dem Skandal gemeldet wurde, den es um das verschwundene Elfentuch gab?«

»Genau der. Ich wurde übrigens später von jeglicher Schuld freigesprochen.«

»Zweifellos«, antwortet der Professor trocken. »In dieser Stadt werden nur wenige Schuldige verurteilt. Und jetzt behauptet Ihr, dass Ihr ein Repräsentant der Regierung seid? Davon ist mir nichts bekannt.«

»Ich hänge das nicht gern an die große Glocke. Reden wir über Makri. Welche Beweise habt Ihr dafür, dass sie das Geld genommen hat?«

Professor Toarius hat offenbar nicht die Absicht, darüber zu disputieren. Er befiehlt seinen Männern wütend, mich hinauszuwerfen.

Die zögern.

»Ich glaube, dieser Mann ist wirklich ein Volkstribun«, sagt einer schließlich. »Vor ein paar Monaten habe ich gesehen, wie er eine Räumung verhindert hat ... Senator Lohdius war bei ihm ...«

Die Wachen stehen verlegen herum und wissen nicht genau, wie sie reagieren sollen. Sie wollen natürlich den Professor nicht verärgern, aber sie sind auch nicht sonderlich scharf darauf, vor einen Untersuchungsausschuss des Senats zitiert zu werden, weil sie eine Regierungsangelegenheit behindert haben. Professor Toarius löst die Pattsituation auf, indem er einfach aus dem Raum marschiert und dabei etwas über die Degeneriertheit einer Stadt murmelt, die einem Mann wie mir gestattet, ungestraft herumzulaufen.

»Benimmt er sich immer so?«, frage ich die Wachen.

»Ja.«

»Ihr habt begriffen, dass ich tatsächlich ein Tribun des Volkes bin? Ihr könnt mich nicht hier hinauswerfen, solange ich eine Untersuchung durchführe.«

Die Wachen zucken gleichgültig mit den Schultern. Sie machen nicht gerade den Eindruck, als würden sie den Wünschen des Professors mit glühendem Eifer gehorchen wollen. Wahrscheinlich ist Toarius kein Mann, der Loyalität in seinen niederen Angestellten wecken kann.

»Kennt ihr Makri?«

Der größere der beiden Wächter verkneift sich ein Lächeln.

»Wir kennen sie allerdings.«

»Ziemlich heißblütiges Temperament, die Kleine«, fügt sein Gefährte hinzu.

»Sie hat mal irgendeinen armen Burschen durch das halbe

Haus gehetzt, weil er eine Bemerkung gemacht hat, die ihr nicht passte. Was hat sie denn erwartet? Es ist schließlich nicht so, dass sie sich besonders schicklich anzieht.«

Ich frage sie, was sie über ihren Verweis wissen. Sie wissen nicht viel.

»Wir hatten nichts damit zu tun. Uns wurde nur gesagt, dass Geld verschwunden ist und sie es genommen hätte. Der Professor hat uns befohlen, dafür zu sorgen, dass sie das Gebäude nicht mehr betritt.«

»Habt ihr den Fall genauer untersucht?«

»Warum sollten wir?«, fragt der größere Wächter zurück. »Wir sind nur hier, um Boahhändler davon abzuhalten, die Studenten zu belästigen. Wenn der Professor jemanden von der Hochschule wirft, geht uns das nichts an.«

»Wahrscheinlich hat sie das Geld tatsächlich gestohlen«, fügt der andere Wächter hinzu. »Ich habe nichts gegen die Frau, aber sie hat Orgk-Blut in den Adern. Es war klar, dass sie früher oder später etwas stehlen würde.«

»Aber einen guten Körper hat sie«, meint sein Freund nachdenklich. »Sie hätte weiter als exotische Tänzerin arbeiten sollen.«

Ich frage die beiden, ob sie jemanden kennen, der mir etwas mehr dazu sagen kann. Sie schlagen einen gewissen Rabaxos vor.

»Es war sein Geld, das abhanden gekommen ist. Wahrscheinlich findet Ihr ihn jetzt in der Bibliothek. Es ist der kleine Kerl in dem schäbigen Wams. Er hat seine Nase immer in irgendeiner Schriftrolle versenkt. Seinem Vater gehört ein Fischerboot, aber anscheinend war der Beruf eines Fischers für seinen Sohn nicht mehr gut genug. Warum macht Ihr Euch denn eigentlich so große Umstände wegen dieses Orgk-Mädchens?«

Das ist eine gute Frage. Ich bleibe den beiden eine Antwort

darauf schuldig. Es ist heiß und stickig in dem alten Gemäuer, aber mich bedrückt mehr als nur das schwüle Wetter. Ich hatte geschworen, dass ich meine Macht als Tribun auf gar keinen Fall mehr einsetzen würde. Dank Makri bin ich jetzt wieder dazu gezwungen. Und ich weiß genau, was jetzt passieren wird. Die Leute werden vor meiner Tür auftauchen und um Hilfe betteln. Und sobald die unterdrückten Massen herauskriegen, dass ich meine Macht eingesetzt habe, werden sie alle nach Unterstützung gieren. Jedes Subjekt in ZwölfSeen, das irgendeinen Grimm gegen die Behörden hegt, wird verlangen, dass ich etwas unternehme. Ich sollte besser meinen Schließzauber verstärken. Schließlich habe ich nicht vor, den Rest meines Lebens damit zu verbringen, den unterdrückten Massen von ZwölfSeen zu helfen. Ich bin selbst eine unterdrückte Masse.

Aber das ist nicht das Schlimmste. Vizekonsul Zitzerius war außer sich vor Wut, als ich meine Macht im letzten Winter eingesetzt habe, vor allem, weil ich dabei Senator Lohdius geholfen habe, dem Führer der Oppositionspartei. Wenn ich jetzt schon wieder in einen ähnlichen Fall verwickelt werde, wird Zitzerius wie ein Böser Bann über mich kommen. Wenn man sich erst mal in die Politik dieser Stadt eingemischt hat, weiß man nie, was alles passiert. Es gab eine Zeit, als die Volkstribunen sich immer in die Politik eingemischt haben. Und mehr als einmal wurden sie für all ihre Mühen auch noch umgebracht oder unter fadenscheinigen Anklagen ihrer Gegner vor Gericht gezerrt. Wenn man in dieser Stadt als Politiker überleben will, dann braucht man eine Menge Unterstützung, und genau diese Menge Unterstützung fehlt mir.

Als ich mir klarmache, dass Makri nicht nur dafür gesorgt hat, dass ich meine gesetzmäßig verliehene Macht einsetze und damit praktisch sicherstelle, dass ich bei der nächstbesten Gelegenheit aus der Stadt getrieben werde, und gleichzeitig Wetten auf die Zahl der Leichen abgibt, die in den nächsten Tagen meinen Weg pflastern werden, und sie trotzdem eine Einladung zu Lisutaris' Maskenball erhalten hat, fange ich an zu kochen. Diese verdammte Frau! Wie soll ich es in dieser Stadt zu etwas bringen, wenn ich die ganze Zeit das Kindermädchen für eine spitzohrige Ex-Gladiatorin spielen soll, die nicht weiß, wie sie sich in einer zivilisierten Gesellschaft zu verhalten hat? Es ist noch nicht lange her, da hat sie die aufrechten Bürger von ZwölfSeen damit schockiert, dass sie in aller Offenheit über ihre Menstruationsprobleme sprach. Wenn es das nicht ist, dann legt sie einen Boahhändler um und hetzt mir die Bruderschaft auf den Hals, oder sie besäuft sich so sehr auf den Elfeninseln, dass sie dem Kronprinzen auf die Sandalen kotzt. Noch mehr von solchen Kapriolen, und ich nehme das nächste schnelle Pferd in den Süden.

Als ich endlich die Bibliothek erreiche, wieder ein Zimmer, in dem sich unendliche Reihen von Büchern und Schriftrollen stapeln, bin ich ausgesprochen schlecht gelaunt. Ich will Rabaxos sehen und ignoriere die vielstimmig vorgetragene Beschwerde, doch bitte meine Stimme zu senken. Ich frage mich durch, bis mich endlich ein Student zu einem kleinen Tisch hinter einem Bücherregal führt, an dem ein kümmerlicher Kerl kauert, der sein Haar mit einem billigen Band nach hinten gebunden hat und seine Nase in eine Rolle steckt, die in der elfischen Umgangssprache geschrieben ist. Ich spreche selber Elfisch, aber ich laufe deswegen nicht rum und studiere es in Bibliotheken.

»Ich bin hier, weil ich wegen des Diebstahls Eures Geldes ermittele.«

Er versinkt geradezu in seinem Stuhl.

»Und wenn Ihr mir nicht haarklein erzählt, was passiert

ist, dann sorge ich dafür, dass Ihr morgen auf einem Gefängnisschiff rudert. Es dürfte dann eine Weile dauern, bis Ihr wieder elfische Schriftrollen studieren könnt.«

6. Kapitel

Auf dem Rückweg zur *Rächenden Axt* lege ich einen kurzen Zwischenstopp bei einer Botenstation ein und schicke Lisutaris eine Nachricht. Darin schildere ich ihr die neuesten Entwicklungen. Außerdem schlage ich ihr vor, das Juwel umgehend neu zu lokalisieren und ihre nicht unbeträchtlichen magischen Fähigkeiten endlich wirksam einzusetzen und herauszufinden, was zum Teufel hier eigentlich vorgeht. Sieben Leichen sind eine Menge Tote für ein Medaillon, von dessen Existenz angeblich keiner etwas wissen soll.

Die Sonne steht hoch am Himmel, und es ist unerträglich heiß und staubig. Nichts regt sich, bis auf eine Horde Kinder, die in einer kleinen Fontäne herumtollen, die von dem örtlichen Aquädukt gespeist wird. Noch ein paar Tage wie dieser, dann gehen die Wasservorräte bald zur Neige. Das wird vermutlich einen Aufstand auslösen. Bei meiner momentanen miesen Stimmung hätte ich nichts gegen einen kleinen Aufstand einzuwenden. Ich male mir in den schlimmsten Farben aus, was geschehen wird, jetzt, nachdem ich meine Macht als Tribun eingesetzt habe. Ich werde einen Bericht an die Bonzen des Senats schicken müssen, und sobald der veröffentlicht wird, kann keiner mehr sagen, was passieren wird.

Mir ist völlig klar, dass es an der Innungshochschule keine ordnungsgemäße Untersuchung gegeben haben kann. Der junge Student Rabaxos hatte sein Geld nur für wenige Minuten in dem Schrank deponiert, während er zu einem seiner Tutoren gegangen ist, um seine Arbeit abzugeben. Als er zurückkam, fand er die Tür des Schranks gewaltsam geöffnet vor, und sein Geld war weg. Ich habe die Schränke überprüft. Es sind einfache Holzkisten mit einem kleinen Riegel. Jeder hätte sie in weniger als einer Minute aufbrechen können. Zwar hat niemand den Diebstahl gesehen, aber Makri wurde von verschiedenen Studenten dabei beobachtet, wie sie den Raum mit den Schränken betrat. Das muss etwa zu der Zeit gewesen sein, in der der Diebstahl sich ereignet hat. Abgesehen davon gibt es nicht den geringsten Beweis gegen sie. Was nun aber nicht etwa bedeutet, dass die Angestellten empört über ihren Verweis gewesen wären. Genauso wenig wie die Studenten. Sie sind alle derselben Meinung wie Professor Toarius. Es war nur eine Frage der Zeit, bis Makris Orgk-Blut durchschlagen und sie mit dem Stehlen anfangen musste.

Normalerweise würde ich ihnen zustimmen. Orgks sind Diebe, Betrüger und Lügner. Man kann einem Orgk keine Sekunde lang trauen. Selbst ein Tröpfchen Orgk-Blut macht aus jeder Person schon ein vollkommen unzuverlässiges Subjekt. Das weiß jeder. Wenigstens in Turai. Bedauerlicherweise weiß ich aber auch, dass Makri das Geld nicht gestohlen hat. Was heißt, dass ich herausfinden muss, wer es war. Das bedeutet eine Menge Aufwand für kärgliche fünf Gurans und einen Haufen Arbeit für mich, für die ich nicht bezahlt werde. Ich schüttele den Kopf. Normalerweise halte ich mich strikt an die eiserne Regel, dass ich nicht unentgeltlich arbeite. Das ruft nur einen falschen Eindruck hervor.

Und was Lisutaris' Juwel angeht, kann ich nur sagen, dass dieser Fall von Anfang an schief gelaufen ist. Wenn das Medaillon tatsächlich die letzte verlässliche Warnung für Turai gegen eine drohende Orgk-Invasion ist, wird es vielleicht Zeit, ernsthaft in Erwägung zu ziehen, die Stadt zu verlassen. Ganz gleich, was Lisutaris glaubt: Anscheinend wusste jemand sehr genau über dieses Medaillon Bescheid, und zwar vermutlich schon, bevor es gestohlen wurde. Man bringt nicht wegen eines Stücks Talmi einen Haufen Leute um oder brennt eine Kaschemme nieder.

In der Mitte des alten Springbrunnens steht eine kleine Statue von Sankt Quaxinius, wie er zu den Walen spricht. Das Bildnis stellt eine der vielen Großtaten unseres Stadtpatrons dar. Die Legende will wissen, dass die Wale nicht nur voller Tran stecken, sondern auch voller religiösem Wissen sind. Vielleicht wird das dadurch verdeutlicht, dass das Wasser aus dem Mund eines Wals sprudelt. Ich schiebe ein paar Kinder zur Seite und trinke einen Schluck. Dann beäuge ich Sankt Quaxinius.

»Wie sieht es aus? Willst du mir nicht helfen, aus dem ganzen Schlamassel schlau zu werden?« Der Heilige antwortet nicht. Soweit ich weiß, ist mir Sankt Quaxinius noch nie zu Hilfe gekommen. Da ich aber ein Mann bin, der die Aufrufe zum Gebet häufig versäumt, obwohl das regelmäßige Aufsagen der heiligen Verse in Turai sogar gesetzlich vorgeschrieben ist, habe ich wohl keinen stichhaltigen Grund, mich zu beschweren.

In der *Rächenden Axt* knurre ich Tanrose wegen dieses unwürdigen Ausbruchs von Wettfieber an, und das auch noch in einer Angelegenheit, die sich für profane Wetten keineswegs eignet, nämlich bei Thraxas-bezogenen Todesfällen. Ich erwarte mitfühlendes Verständnis von der Köchin. Bedauerlicherweise hat Tanrose aber schlechte Laune und wischt meine Beschwerden einfach zur Seite. Es kommt nur sehr selten vor, dass Tanrose schlechte Laune hat. Offensichtlich hat sie sich mit Ghurd wegen der Bezahlung für Lebensmittel gestritten. Ghurd steht stocksteif am anderen Ende des Tresens und schaut in die entgegengesetzte Richtung. Aber als ich mich mit einem Bier und einem Teller Eintopf in eine Ecke des Schankraums zurückziehe, verlässt er seinen Schmollwinkel und leistet mir Gesellschaft. Er ist auch nicht gerade frohgemut.

»Du solltest niemals einer Köchin vorwerfen, zu viel für Eier und Mehl bezahlt zu haben«, rate ich ihm. »Das zieht nur Scherereien nach sich. Sie glaubt dann, dass du ihre Kochkünste nicht zu schätzen weißt.«

»Es war ein Streit wegen nichts«, protestiert Ghurd. »Tanrose hat mich einfach ohne jeden Grund angeschrien. Es muss an der Hitze liegen.«

Es herrscht einen Moment verlegenes Schweigen zwischen uns. Wir wissen beide, dass der übliche Grund für die seltenen Reibereien zwischen den beiden Ghurds Unfähigkeit ist, seine Gefühle auszudrücken. Mit dem Schwert oder der Axt kann er sehr geschickt umgehen. Es gibt kaum einen Besseren. Aber wenn es darum geht, der Köchin zu gestehen, dass er verrückt nach ihr ist, dann hat er einen Knoten in der Zunge.

»Du wirst es ihr irgendwann irgendwie sagen müssen.« Mir ist unwohl, wie immer, wenn das Gespräch auf solche Themen kommt. »Es ist nicht gut, den ganzen Tag nur liebeskrank herumzujammern wie eine niojanische Hure und sich dann über ihre Haushaltung zu beschweren, weil dir nichts Besseres einfällt.«

Ghurd schüttelt den Kopf. Wegen der unerträglichen Hitze trägt er sein graues Haar offen. Es fällt ihm bis auf die Schultern.

»Das ist nicht so einfach«, meint er nur und versinkt in stumpfes Brüten.

»Frauen sind alle verrückt«, meint Parax, der Schuhmacher. Er mischt sich ungefragt in das Gespräch ein.

Ich sage ihm, er solle Leine ziehen. »Und komm nicht auf die Idee, nach der neuesten Zahl von Leichen zu fragen.«

»Wir haben von den drei letzten schon gehört«, erklärt Parax freudestrahlend. »Macht bis jetzt sieben. Damit liege ich mit meinen zwanzig gut im Rennen.«

»Sülzax, der Metzger, hat eine Menge Geld auf zwanzig bis fünfundzwanzig gesetzt«, meint Ghurd nachdenklich. »Meinst du, dass es so viele werden könnten?«

»Ghurd, was ist in dich gefahren? Wie kannst du eine Wette darauf abschließen, wie viele Tote es bei meinem Fall geben wird?«

»Warum nicht?«, erwidert Ghurd. »Eine Wette ist eine Wette.«

Da hat er Recht.

»Es gibt einfach keine netten Frauen«, nimmt Parax den Faden wieder auf. »Mit meiner Frau kann kein Mann zusammenleben.«

Parax' Frau wäre sicher glücklicher, wenn ihr Mann mehr Zeit damit verbringen würde, Schuhe herzustellen, und dafür weniger in Kaschemmen herumhocken würde. Aber ich halte den Mund, weil ich nicht in diese Diskussion hineingezogen werden möchte.

»Aber was sollen wir Männer schon tun?«, fährt Parax fort. »Wir müssen uns ihren Launen beugen, herumrennen und nach ihrer Pfeife tanzen. Es ist zwar verrückt, aber so ist das Leben eben.«

Mittlerweile rutscht Ghurd auf seinem Stuhl herum, als würde er geröstet. Es gefällt ihm überhaupt nicht, dass seine Probleme öffentlich von jemandem diskutiert werden, schon gar nicht von einem Schuhmacher, der für seinen Mangel an Taktgefühl berüchtigt ist.

»Sieh Thraxas zum Beispiel«, meint Parax.

Ich richte mich stocksteif auf. »Was ist mit Thraxas?«, erkundige ich mich.

»Na, wo bist du denn gerade gewesen?«

Ich sehe ihn aus zusammengekniffenen Augen an. »Arbeiten.«

»Nach dem, was ich gehört habe, hast du an der Innungshochschule ermittelt. Und schon wieder versucht, für Makri die Kartoffeln aus dem Feuer zu holen.«

»Was meinst du mit ›schon wieder‹?«

»Komm schon, Thraxas«, höhnt Parax. »Du läufst diesem Weib doch hinterher. Das tust du schon, seit sie in Turai gestrandet ist.«

Ich sollte ihn eigentlich mit einer vernichtenden Replik in Grund und Boden stampfen, aber die schiere Unverfrorenheit von Parax' Sätzen raubt mir einen Moment die Worte.

»Keine Sorge«, meint der verblödete Schuhmacher kichernd. »Viele Männer sind schon auf Frauen hereingefallen, die halb so alt sind wie sie. Und sie hat eine erstklassige Figur, auch wenn sie Orgk-Blut in den Adern hat. Aber sie ist trotzdem gut genug, um dich im Winter warm zu halten, was, Thraxas?«

»Parax, du bist so blöd wie ein Orgk. Verschwinde und belästige jemand anderen.«

Aber Parax ist ein abgestumpfter Unruhestifter und lässt nicht locker: »Also, wie oft arbeitest du umsonst?«

»Nie.«

»Und wie viel zahlt Makri dir, damit du ihre Probleme bereinigst?«

Meine miese Laune wird noch schlechter. In dem Moment kommt Makri durch die Vordertür und flucht ausgiebig über die entsetzliche Hitze. Ihr verschwitztes, extrem kurzes Männerwams klebt an ihr wie eine zweite Haut.

»Warst du in der Hochschule?«, erkundigt sie sich sofort.

Parax wiehert vor Lachen.

»Was ist denn so komisch?«, erkundigt sich Makri.

»Thraxas«, antwortet Parax keuchend. Aber als er bemerkt, dass ich nach meinem Schwert greife, steht er rasch auf und verlässt unseren Tisch. Makri achtet nicht auf ihn, weil sie zu versessen darauf ist zu erfahren, was in der Hochschule passiert ist.

»Professor Toarius wollte nicht mit mir reden«, antworte ich. »Er scheint dich wirklich zu hassen. Genau genommen hassen dich dort offenbar alle.«

Das trifft Makri sichtlich. Und ich bin hocherfreut.

»Aber Rabaxos glaubt nicht wirklich, dass du sein Geld genommen hast. Er hat dich auch nicht des Diebstahls bezichtigt. Professor Toarius hat einfach voreilige Schlüsse gezogen, und zwar ohne jeden Beweis, wie ich das sehe. Es ist eigenartig, dass der Professor so ungestüm vorgeht. Er muss doch wissen, dass er nicht genug Beweise hat, um meiner Untersuchung standzuhalten.«

»Sein Hass auf mich ist so groß, dass ihm das egal ist.«

»Na gut, du hast trotzdem keinen Grund zu verzweifeln. Und greif ihn bitte nicht mit der Axt an. Ich werde die Angelegenheit klären. Und du kannst deine Prüfung mittlerweile trotzdem ablegen.«

»Das geht? Wieso?«

»Ich habe meine Macht als Tribun eingesetzt, um den Verweis aufzuheben. Das bedeutet, die Angelegenheit muss erst im Senat diskutiert werden, was Wochen dauern kann. Und da du so lange noch Studentin bist, kannst du die Prüfung termingerecht ablegen. Das heißt in drei Tagen.«

Makri ist dankbar, auch wenn man es ihr nicht anmerkt. Sie murmelt ein kaum hörbares »Danke«. Noch eine Person, die in der Öffentlichkeit ungern Gefühle zeigt, es sei denn, ihre Wut treibt sie dazu. Parax sitzt am Nebentisch und kichert. Ich stehe auf.

»Ich gehe ermitteln«, sage ich und steuere auf die Treppe zu. Ich habe mich kaum an meinen Schreibtisch gesetzt, als ein Bote an der Außentür auftaucht. Er hat eine Nachricht von Lisutaris bei sich.

Ich habe meine Nachforschungen ausgedehnt, steht in der Nachricht. *Und ich glaube, dass das Juwel jetzt in die Taverne* Zum Blinden Klepper *nach Kushni gebracht worden ist. Macht Euch unverzüglich dorthin auf den Weg.*

Ich schüttele den Kopf. Der *Blinde Klepper* in Kushni. Ich hätte es ja kaum für möglich gehalten, dass sich das Niveau der Kaschemmen verschlimmern könnte, aber es ist so. Der *Blinde Klepper* fällt unter die Sorte Kaschemme, bei der man sich glücklich schätzt, wenn man lebendig herauskommt. Wenn die Gäste einen nicht umbringen, erledigt das der Kleeh. Bei dem zweifelhaften Ruf meines nächsten Ziels ziehe ich es vor, mir ein paar Zaubersprüche ins Gedächtnis zu legen. Das ist eine mühsame Angelegenheit. Meine magischen Fähigkeiten, die immer schon eher schwach waren, lassen von Tag zu Tag nach. Ich werbe zwar immer noch damit, dass ich ein magischer Detektiv bin, um überhaupt Aufträge zu ergattern, aber meine Zauberkräfte sind mittlerweile beinah gegen Null gesunken. Bevor ein Zauberer einen Zauber wirken kann, muss er sich jedes Mal den Bann einprägen, und mittlerweile fällt mir das sehr schwer. Plötzlich wummert die Tür unter nachdrücklichen Faustschlägen.

Ich reiße sie ärgerlich auf. Donax, der Unterhäuptling der Bruderschaft, marschiert herein, ohne sich lange bitten zu lassen. Missbilligend nimmt er mit einem kurzen Rundblick den Dreck wahr, was er, wenn ich mich richtig erinnere, auch schon beim letzten Mal gemacht hat.

»Diese Bude wird immer schlimmer.«

»Wenigstens ist sie nicht bis auf die Grundmauern niedergebrannt.«

Donax lächelt. »Wir haben die meisten wichtigen Dinge gerettet. Möchtest du mir nicht verraten, aus welchem Grund mein Hauptquartier angezündet worden ist? Eigentlich sollte ich das wissen. Schließlich bin ich der wichtigste Verbrecherhäuptling in unserem Viertel.«

»Klar, so was ist sicher schlecht für deinen Ruf.«

»Sehr schlecht. Also, wer war es?«

»Woher soll ich das wissen?«

Donax' Augen funkeln bösartig. »Thraxas, ich stelle dir nur eine freundliche Frage. Und ich bin dir wohlgesonnen, weil du die Geistesgegenwart gehabt hast, meinen nutzlosen Zauberer daran zu erinnern, dass er das Feuer löschen kann. Andernfalls wäre ich hier mit einem Dutzend Männer aufgetaucht. Wenn es dir lieber ist, dass ich mit einem Dutzend Männern herkomme, dann mache ich das. Mir wäre es jedoch lieber, wenn du mir einfach verraten würdest, was hier los ist. Wie ich hörte, hast du dich in der *Pickelkeule* nach irgendwelchem Schmuck umgehört. Anschließend wurden vier Tote gefunden, und die Garde hat dich stundenlang verhört. Sie haben dich freigelassen und du kamst zur *Mehrjungfrau*. Im nächsten Moment brennt die *Mehrjungfrau* bis auf die Grundmauern nieder, und drei Männer liegen erdolcht drin, die zufällig gerade gestohlenen Schmuck verkaufen wollten. Was mich zu der Überzeugung kommen lässt, dass du offenbar einem sehr wertvollen Schmuckstück auf der Spur bist.«

Donax setzt sich. »Hat das etwas mit dem Orgk-Mädchen und der Innungshochschule zu tun?«

Es begeistert mich nicht gerade zu erfahren, dass Donax so genau über mich Bescheid weiß, aber überraschen kann mich das ebenfalls nicht. Donax ist so spitz wie ein Elfenohr, und er verfügt über eine ganze Armee von informellen Mitarbeitern, die für ihn schnüffeln. Nur wenig in ZwölfSeen geschieht, ohne dass Donax davon Wind bekommt.

»Nein. Es hat mit Makri nichts zu tun. Sie hat einen Streit wegen fünf Gurans. Das ist nicht genug, dass es dich interessieren dürfte.«

»Wahrscheinlich nicht. Andererseits: Fünf Gurans sind fünf Gurans.«

Wüstes Geschrei dringt von der Straße in mein Büro. Die beiden Händler liegen sich offenbar immer noch in den Haaren.

Donax weiß offenbar bereits alles über Makris Probleme. »Einer meiner Unterführer schickt einen seiner Söhne auf die Hochschule, damit der dort seinen Abschluss macht und dann auf die Universität gehen kann. Hältst du das für eine gute Idee?«

Ich zucke mit den Schultern. »Vielleicht. Auf jeden Fall besser als das Leben als Verbrecher.«

»Das kommt auf das Verbrechen an. Und nimm mal an, dass der Junge auf die Universität geht und einen Posten im Palast bekommt oder im Justizdomizil und dann Bestechungsgelder von Senatoren annehmen muss. Ist das etwa nicht verbrecherisch?«

»Vielleicht bringt er es ja bis zum Professor. Ich glaube, dass dieser Berufsstand noch recht wenig in Korruptionen verstrickt ist.«

»In Turai ist keiner frei von Korruption. Aber du hast vielleicht trotzdem Recht. Bildung ist für mich ein Buch mit sieben Siegeln. Ich habe meine Laufbahn mit sechs angefangen. Ich habe als Botenjunge für einen Buchmacher gearbeitet. Für die Schule blieb da nur wenig Zeit. Aber wenn mein Unterführer seinen Sohn auf die Hochschule schicken will, werde ich ihm keine Steine in den Weg legen.«

Er hält inne, weil ihn der heftiger werdende Streit unten auf der Straße irritiert.

»Und eben dieser Junge erwähnte, dass er nicht glaubt, dass dieses Orgk-Mädchen das Geld genommen hat.«

»Das hat sie auch nicht.«

»Es dürfte dir schwer fallen, das zu beweisen, Detektiv. In

der Schule ist Professor Toarius die einzige Autorität. Der Konsul hat ihn zum Dekan ernannt, um den schwer schuftenden Bürgern von ZwölfSeen eine Gunst zu erweisen. Ich bezweifle, dass er dich besonders ernst nehmen wird.«

»Vielleicht doch.«

»Soll ich meinen Einfluss geltend machen? Der alte Toarius wird sich schnell beruhigen, wenn er feststellen muss, dass seine Leute nicht mehr so eifrig weiterarbeiten. Oder vielleicht gar nicht zur Arbeit kommen, weil sie eine geheimnisvolle Warnung erhalten haben.«

Die Bruderschaft könnte die Innungshochschule ganz sicher lahm legen, wenn sie das wollte. Kein Portier oder Lieferant würde gegen ausdrückliche Instruktion seiner Zunft zur Arbeit gehen, und die Bruderschaft besitzt einen sehr großen Einfluss innerhalb der Zünfte.

»Warum willst du mir überhaupt helfen?«

Donax zuckt mit den Schultern. »Wie gesagt, ich hätte nichts dagegen, dir einen Gefallen zu tun, Detektiv. Vorausgesetzt, du erzählst mir etwas über das Schmuckstück. Für wen versuchst du es zurückzuholen?«

»Das dürfte dich nichts angehen.«

»Das höre ich gar nicht gern«, kontert Donax. »Alles in ZwölfSeen geht mich etwas an.«

»Aber nichts von dem, was ich tue, Donax. Du hast vielleicht alle Zünfte in unserem Viertel in der Tasche, aber mich kannst du nicht erschrecken. Warum gehst du nicht einfach deiner Wege?«

»Ich würde sagen, dass es sich um ein sehr wertvolles Schmuckstück handeln muss, wenn Lisutaris dich beauftragt hat, es ihr wiederzubeschaffen. Vermutlich sogar eines mit Zauberkraft.«

Er weiß von Lisutaris? Ich bemühe mich, mir meine Überraschung nicht allzu deutlich anmerken zu lassen.

»Ich habe die Nachricht auf deinem Schreibtisch gelesen, Detektiv«, erklärt Donax.

Ich werfe einen verblüfften Blick auf meinen Schreibtisch. Dort liegt ganz offen Lisutaris' Nachricht an mich herum. Und jetzt hat Donax sie gelesen. Ich kann einfach nicht fassen, dass ich so sorglos gewesen bin.

Er steht auf. »Weißt du, irgendwie tut mir das Orgk-Mädchen Leid. Sie schuftet hier Tag und Nacht, um ihre Kurse bezahlen zu können. Und das, obwohl sie so verdammt gut mit dem Schwert umgehen kann. Sie sollte für mich arbeiten. Lass mich wissen, wenn du Hilfe bei der Hochschule brauchst. Das geht sicherlich schneller und einfacher, als wenn du deine Macht als Tribun einsetzt. Das wird dich bald in die Bredouille bringen.«

Donax verschwindet, und ich starre auf die Nachricht auf meinem Schreibtisch. Thraxas, die unbestrittene Nummer eins, wenn es um Ermittlungen geht, wie ich gern sage. Aber nicht so gut, wenn er seine Angelegenheiten privat halten will. Ich fluche. Jetzt weiß die Bruderschaft, dass ich eine wichtige Sache für Lisutaris, Herrin des Himmels, suche, die Oberhexenmeisterin der Zauberergilde. Und keiner weiß, was sich daraus alles entwickeln kann.

Makri stürmt in mein Zimmer. Wie immer ohne anzuklopfen. Sie will wissen, wie die Ermittlungen im Fall Lisutaris stehen. Ich habe ihr schon gestern die meisten Einzelheiten geschildert. Es hat mich ein wenig überrascht, als ich vor mehreren Monaten erkannt habe, dass ich Makri mittlerweile über meine Geschäfte ins Bild setze. Es gibt zwar keinen Grund, das nicht zu tun, aber ich breche damit meine langjährige Gewohnheit, über berufliche Informationen Stillschweigen zu bewahren.

»Es wird immer schlimmer. Ich vermute, dass derjenige, der diese ganze Sache losgebrochen hat, nicht sonderlich verschwiegen gewesen ist. Entweder hat der ursprüngliche Dieb oder die Person, die ihm die Information gegeben hat, die halbe Stadt darüber informiert, wie wichtig das Medaillon ist. Und jetzt hat sich Donax auf die Fährte gesetzt.«

»Wie hat er davon erfahren?«

»Die Bruderschaft hat ihre Spione überall.«

Makri überlegt, wie viele Leute von dem Medaillon wissen können.

»Eigentlich nur sehr wenige, jedenfalls wenn man Lisutaris glauben soll. Der König, der Konsul, der Vizekonsul und vielleicht ein paar hochrangige Zauberer. Keiner von denen dürfte etwas ausplaudern, aber wer weiß schon, wer noch an diese Informationen gekommen ist und sie weitergegeben hat? All diese Leute haben Bedienstete, und Diener kann man leicht bestechen. Lisutaris' Sekretärin kann sehr wohl von der Macht des Juwels erfahren haben. Ich würde sie gerne befragen, aber aus irgendeinem Grund verbietet mir Lisutaris das.«

»Sie beschützt ihre Sekretärin wirklich sehr«, meint Makri.

»Woher weißt du das?«

»Das hat sie mir auf dem Zaubererkonvent verraten. Als wir eine Thazisrolle geraucht haben. Avenaris ist, glaube ich, eine jüngere Verwandte von ihr. Eine Nichte oder so was.«

»Du stehst ja auf sehr vertrautem Fuß mit unserer Oberhexenmeisterin.«

»Weißt du, dass sie mich zu ihrem Maskenball eingeladen hat?«, erkundigt Makri sich strahlend.

»Nein, wirklich?«

»Welches Kostüm soll ich anziehen?«

»Warum sollte ich mit dir über Kostüme reden? Ich bin immer noch wütend darüber, dass du Wetten auf meine Arbeit abgibst.«

»Ich habe nicht damit angefangen«, beschwert sich Makri. »Ich habe nur mitgemacht, als Moxalan angefangen hatte, Wetten anzunehmen. He, als ich in Turai angekommen bin, wusste ich nicht einmal, wie das geht. Du selbst hast es mir beigebracht!«

Da hat sie nicht ganz Unrecht.

»Ich habe dich aber nicht ermutigt, auf solche Dinge zu wetten.«

»Hast du mir nicht einmal selbst erzählt, wie du und Ghurd eine Wette abgeschlossen habt, wie lange euer kommandierender Offizier noch leben würde, nachdem ihn die Pest erwischt hat?«

»Das war etwas anderes. Es war Krieg. Und den kommandierenden Offizier mochte niemand.«

»Du bist nur gereizt, weil du nicht selbst von Anfang an daran beteiligt warst«, schließt Makri messerscharf. »Wenn du von allein darauf gekommen wärst, hättest du mich selbst losgeschickt, irgendwelche anonymen Gebote in deinem Namen abzugeben.«

»Das stimmt nicht. Wir reden hier von meiner Arbeit. Ich trage eine gewaltige Verantwortung für meine Klienten. Wie wird sich Lisutaris wohl fühlen, wenn sie erfährt, dass die dekadenten Gäste der *Rächenden Axt* Wetten darauf abschließen, wie viele Leute ihre Toga abgeben, bis der Fall abgeschlossen ist?«

»Moxalan bietet fünfzig zu eins für die genaue Zahl«, erklärt Makri.

»Wirklich? Fünfzig zu eins?«

»Und zwanzig zu eins für einen Tipp, der bis auf drei Ziffern an die genaue Zahl herankommt.«

»Ich bin nicht an irgendwelchen Quoten interessiert«, erwidere ich streng.

»Natürlich nicht«, meint Makri. »Es wäre sehr unethisch.

Obwohl du jemand wärst, der viele vertrauliche Informationen hätte und deshalb gewaltig im Vorteil wäre, wenn es um eine Wette bei der sehr interessanten Quote von fünfzig zu eins geht ...«

Ich schüttele den Kopf. »Bisher hat mich noch nie jemand eines unethischen Verhaltens bezichtigt.«

»Das ist einfach lächerlich«, behauptet Makri. »Die Leute beschuldigen dich ständig irgendwelchen unethischen Verhaltens. Niemand in ganz Turai wird häufiger wegen unethischen Verhaltens getadelt als du. Erst letzte Woche ...«

»Das reicht jetzt«, unterbreche ich Makri, bevor sie die verheerende Geschichte, die sie zweifellos auf Lager hat, auswalzen kann. Ich wechsle das Thema und frage sie, ob Ghurd und Tanrose mittlerweile Anstalten machen, sich wieder zu vertragen.

»Nein. Sie streiten immer noch.«

Das ist schlimm. Wenn die Sache kritisch wird und Tanrose die Kaschemme verlässt, werde ich ihre Kochkünste ganz schrecklich vermissen. Ich leide immer noch unter dem plötzlichen Tod von Marzipixa, der Bäckerin, letztes Jahr. Sie starb an einer Überdosis Boah. Ihre Tochter hat zwar die Bäckerei übernommen, aber es ist nicht mehr dasselbe. Marzipixa wusste wirklich, wie man Teig zubereitet. Das ist eine seltene Gabe.

Makri wirkt nachdenklich.

»Ich war Gladiatorchampion. Und ich habe eine schwächliche Elfe so gut unterwiesen, dass sie in einem Wettkampf gesiegt hat. Und ich bin die Kursbeste in jedem Fach.«

»Und?«

»Also habe ich natürliche Talente. Ich habe mir zwar nie vorgestellt, sie zur Lösung der Probleme anderer einzusetzen, aber wenn ich mich darauf konzentriere, könnte ich den beiden vielleicht helfen.«

»Mach das, Makri.«

Der Gedanke, dass Makri sich in Beziehungsberatung versucht, lässt mich schaudern. Ich zittere immer noch, als ich die Kaschemme verlasse und an den streitenden Straßenhändlern vorübergehe. Falls Makri sich in den Kopf setzt, den Bruch zwischen Ghurd und Tanrose zu kitten, dann weiß Gott allein, welches Desaster dabei herauskommt.

7. Kapitel

Kushni liegt in der Mitte der Stadt und ist eines der schlimmsten Viertel von Turai. Hier passieren üble Dinge. Als ich mir den Weg zwischen den Betrunkenen hindurch bahne, die auf dem Bürgersteig herumliegen, drängt sich mir die Frage auf, wie es eigentlich dazu kommen konnte, dass ich jemand geworden bin, der versucht, das Schlechte zu bekämpfen. Es gibt viele andere Möglichkeiten, sein Geld zu verdienen. Dandelion zum Beispiel hockt den ganzen Tag am Strand und redet mit Delfinen. Sie scheint damit ganz gut zurechtzukommen.

Ich überprüfe, ob mein Schwert locker in der Scheide sitzt, lege meine Miene in finstere Falten, was mir relativ leicht gelingt, und betrete den *Blinden Klepper*, das Heim der Boahhändler, Räuber und Mörder. Huren mit roten Bändern im Haar mischen sich unter die betrunkenen Seeleute, die nach einer guten Gelegenheit suchen, das Geld zu verschleudern, das sie eben erst unter Lebensgefahr verdient haben. An der Bar messen sich zwei Barbaren beim Armdrücken, während ihre Gefährten um sie herumstehen und sie trunken anfeuern. Da stoße ich auf einen Mann, den ich seit fünf Jahren nicht gesehen habe, den ich jedoch einmal sehr gut kannte.

»Demanius.«

»Thraxas.«

Demanius ist etwa so alt wie ich, erheblich dünner und mittlerweile vollkommen grauhaarig. Trotzdem sieht er noch ziemlich hart aus. Wir haben zusammen in der Armee gedient. Als ich ihn das letzte Mal gesehen habe, arbeitete er für

Luxius' Detektei, eine Agentur mit einem ausgezeichneten Ruf, die außerdem bei den Behörden gut angesehen ist. Als ich noch bei der Palastwache war, haben wir oft zusammen mit den Agenten von Luxius gearbeitet. Ich frage ihn, was ihn in den *Blinden Klepper* führt.

»Ich hatte Durst«, antwortet er. Anscheinend hat er nicht vor, mir von seinen Geschäften zu erzählen.

»Ich auch.«

Wir gehen an die Bar und weichen dabei sorgfältig den lärmenden Barbaren aus. Die Luft ist von Thazisrauch geschwängert, und der Geruch von verbranntem Boah wabert von den oberen Räumen herunter. Man wäre überrascht, wer sich alles in den oberen Räumen einer solchen Kaschemme einfindet. Dort schwelgen die Leute im Rausch illegaler Drogen. Selbst Angehörige der Oberschicht Turais, die nicht dabei ertappt werden wollen, wie sie Boah in ihren eigenen Villen benutzen, sind sich nicht zu schade, solch zweifelhafte Etablissements aufzusuchen, um ihrer Sucht zu frönen.

Luxius' Agentur hat genügend Geld. Also lasse ich Demanius das Bier zahlen.

»Wie läuft das Leben in Thamlin so?«, frage ich ihn.

Das Hauptquartier der Agentur liegt direkt an der Grenze zu Thamlin, dem Nobelviertel, in dem unsere Senatoren leben.

»Sehr ruhig. Aber sie schicken mich immer wieder hierher.«

Unser Zusammentreffen bereitet mir Unbehagen, und Demanius geht es nicht anders. Es passiert selten, dass man einem anderen Detektiv begegnet, wenn man in einem Fall ermittelt. Und wenn es doch vorkommt, weiß ich nie, wie ich mich verhalten soll. Falls Demanius an demselben Fall arbeitet wie ich, wird es mir nicht gut tun, wenn er ihn vor mir löst. Es wäre schlecht für meinen Ruf und auch schlecht für mein

Einkommen. Ich trinke rasch mein Bier aus und sage Demanius, dass ich los muss, weil ich in den oberen Gemächern eine Verabredung habe.

»Habe ich auch«, behauptet Demanius.

Ich lüge. Ob er es auch tut, weiß ich nicht. Was Detektive angeht, würde ich Demanius nicht unbedingt für so spitz halten wie ein Elfenohr, aber er ist auch nicht so dumm wie ein Orgk. Falls er hier ist, um nach Informationen zu suchen, wird er von mir keine bekommen. Wir durchqueren den Raum und beäugen uns misstrauisch. Wir achten weder auf die Huren, die zwischen den Tischen herumlaufen, noch auf die Barbaren, die mittlerweile mit Messern auf ein Ziel an der Wand werfen. Die Treppe ist dunkel und eng, und eine flackernde Fackel spendet nur ungenügend Licht. Wir sind fast oben, als eine Tür aufgeht und eine Frau heraustritt. Sie trägt das Gewand einer ganz gewöhnlichen Marktfrau und wirkt hier ein wenig fehl am Platze. Ihre Miene ist merkwürdig verzerrt, aber als sie Demanius erkennt, spricht sie.

»Das Medaillon«, sagt sie.

Vielleicht bin ich doch endlich auf eine Spur gestoßen. Sie macht den Mund erneut auf. Doch dann fällt sie einfach tot um. Das ist nicht wirklich ein Fortschritt.

Demanius stürmt die letzten Stufen hinauf, ich folge ihm. Er bückt sich, um den Leichnam zu untersuchen. Die Frau hat eine klaffende Wunde im Rücken, aus der immer noch Blut fließt. Demanius zieht sein Schwert und stürmt in das Zimmer, aus dem die Frau gekommen ist. Drinnen finden wir einen Mann. Er sitzt auf einem Stuhl und starrt ins Leere.

Demanius bellt eine Frage heraus. Ich hebe meine Hand.

»Er versucht zu sprechen.«

Der Mann redet langsam, und seine Stimme scheint von weit her zu kommen.

»Ich bin der König von Turai«, sagt er. Dann sinkt er vornüber. Das ist ein sehr merkwürdiger Satz. Wer auch immer er sein mag, der König ist er jedenfalls nicht. Ich taste nach seinem Puls am Hals. Er hat keinen mehr. Kein Wunder. Er ist mausetot. Aber sein Körper weist keinerlei Verletzungen auf. Er sieht eigentlich vollkommen gesund aus. Trotzdem ist er tot.

Allmählich hängen mir die Wiederholungen dieser Szenen zum Hals heraus. Noch mehr Tote und immer noch kein Medaillon. Da Demanius leichter ist als ich, kann er sich rasch aus dem Fenster schwingen und auf die Gasse hinter der Kaschemme hinunterspringen. Ich verzichte darauf, ihm zu folgen. Wer auch immer für diesen jüngsten Wahnsinn verantwortlich ist, dürfte schon längst über alle Berge sein. Außerdem will ich bei meinem Gewicht diesen Sprung lieber nicht riskieren. Schließlich will ich mir nicht ausgerechnet in dieser Gegend den Knöchel brechen.

Ich starre auf die Leiche, die auf dem Stuhl hockt, und versuche, die Todesursache herauszubekommen. Ich glaube nicht, dass der Mann eines natürlichen Todes gestorben ist. Aber nach Gift sieht es auch nicht aus. Riecht es hier vielleicht nach Zauberei? Ich sehe mich um und versuche, irgendwelche Rückstände davon aufzuspüren. Dank meiner magischen Grundausbildung kann ich normalerweise wahrnehmen, ob an einem Ort vor kurzem Magie angewendet wurde. Aber diesmal bin ich mir nicht sicher. Wenn, dann ist es nur eine sehr schwache Spur.

Draußen drängen sich ein paar Neugierige und betrachten die tote Frau, deren Blut immer noch auf die Bodendielen sickert. Sie wirken allerdings nicht sonderlich interessiert, und niemand protestiert, als ich rasch die Taschen ihrer Marktschürze durchsuche. Ich finde zwar nichts, bemerke aber die Tätowierung auf ihrem Arm. Zwei verschränkte Hände. Das Zeichen des Freundeskreises. Der Freundeskreis ist eine Verbrecherbande, die im Norden der Stadt operiert. Sie sind erbitterte Rivalen der Bruderschaft. Letztes Jahr tobte ein mörderischer Territorialkrieg, und die Fehde glimmt immer noch. Wer auch immer diese Frau ist, sie ist wohl kaum die Marketenderin, die sie zu sein vorgibt. Vielmehr vorgab.

Anscheinend hat doch jemand den Wirt verständigt. Er keucht mit zwei seiner Handlanger die Treppe hoch und beschwert sich dabei lautstark über die Unannehmlichkeiten, die es ihm bereitet, ständig irgendwelche Leichen entsorgen zu müssen.

»Ihr könntet eine Kaschemme in einem besseren Viertel eröffnen«, schlage ich ihm vor. »Aber wahrscheinlich vermisst Ihr dann die Aufregung. Wisst Ihr, wer diese Frau ist?«

»Hab sie noch nie zuvor gesehen. Wer seid Ihr?«

»Thraxas. Detektiv.«

Der Wirt spuckt auf den Boden. »Das halte ich von Detektiven«, sagt er verächtlich.

Die Handlanger freuen sich schon darauf, mich hinauswerfen zu können. Ich bringe sie um das Vergnügen und gehe freiwillig. Es ergibt nicht viel Sinn, zu bleiben. Hier wird mir niemand Antworten auf meine Fragen geben. Und ich bin nicht einmal sicher, dass ich überhaupt sinnvolle Fragen aufwerfen könnte. Düstere Niedergeschlagenheit überfällt mich. Es kommt mir allmählich vor, als sollte ich dieses Medaillon nie finden. Jedes Mal, wenn ich in seine Nähe komme, stolpere ich nur über noch mehr Leichen. Und irgendwann zehren all diese Leichen an den Nerven, selbst von jemandem, der daran gewöhnt ist.

Während ich mich auf den Heimweg durch Kushni mache, versuche ich, aus der ganzen Angelegenheit schlau zu werden. Eigentlich habe ich keinen Schimmer, was hier vor sich geht. Vor allem der Tod des Mannes auf dem Stuhl macht mir Sorgen. Schwertwunden sind eine klare Sache, aber ein Tod, den man nicht erklären kann, riecht immer nach Ärger. Als ich den Mond-und-Sterne-Boulevard erreiche, weiß ich nicht genau, wohin ich mich wenden soll. Sollte ich zur *Rächenden Axt* zurückgehen? Wahrscheinlich wäre es sinnvoller, Richtung Wahre-Schönheit-Chaussee zu gehen, um ins Viertel der Zauberer zu gelangen und Lisutaris Bericht zu erstatten. Aber welchen Zweck hätte das schon? Sie wird mich nur zu irgendeiner anderen gottverlassenen Kaschemme hetzen, wo ich wieder einen Haufen Leichen vorfinden werde.

Es ist so heiß wie in der orgkischen Hölle. Ich habe mich schon in Wüsten herumgetrieben, in denen es kühler war. Vielleicht hilft ja ein Bier. Das tut es meistens. Ich sehe mich nach einer Taverne um, einer, in der es unwahrscheinlich ist, auf Mordopfer zu stoßen, jedenfalls nicht, bevor ich etwas getrunken habe. Gerade habe ich ein einigermaßen ansprechendes Etablissement auf der anderen Straßenseite erblickt, als eine Kutsche neben mir anhält. Es ist eine Staatskarosse, und der Fahrer trägt die Livree des Kaiserlichen Palasts. Die Tür schwingt auf, und eine Gestalt in einer Toga beugt sich heraus.

»Thraxas! Was für ein glücklicher Zufall! Ich bin gerade zu Euch unterwegs.«

Es ist Harrius, der Assistent des Vizekonsuls Zitzerius. Harrius ist ein gebildeter, gut aussehender junger Mann, ein Senatorensohn, der dabei ist, die Karriereleiter im öffentlichen Dienst zu erklimmen. Bis jetzt läuft es sehr gut. Er war noch nie in einen Skandal verwickelt und ist sogar beim Konvent der Zauberer nüchtern geblieben. Dabei ist dieses Ereignis für seinen Alkoholverbrauch und seine Degeneriertheit berüchtigt.

»Zitzerius möchte, dass Ihr ihn auf der Stelle aufsucht.«

Ich werfe einen Blick auf die einladende Taverne auf der anderen Straßenseite. »Sagt ihm, dass ich beschäftigt bin.«

»Es ist eine offizielle Vorladung.«

»Ich bin trotzdem beschäftigt.«

»Was tut Ihr?«

Meine Kopfschmerzen verstärken sich. »Belästige ich Euch etwa auf offener Straße und frage Euch nach Euren Geschäften aus? Ich bin beschäftigt. Sagt Zitzerius, dass ich später komme.«

»Wenn Euch nach einem Bier verlangt, wird Euch der Vizekonsul gewiss eines anbieten«, sagt Harrius. Er ist wirklich ein sehr aufmerksamer junger Mann.

»Der Vizekonsul serviert Wein, wenn ich mich recht entsinne. Und selbst das nur ziemlich säuerlich.«

Harrius' Miene bleibt unverändert streng. »Es ist eine offizielle Vorladung.«

Ich steige in die Kutsche. Wir fahren langsam nach Norden in Richtung des Palasts. Unsere Staatskarosse hat zwar überall Vorfahrt, aber es herrscht so viel Verkehr, dass es trotzdem lange dauert. Seit das diplomatische Geschick unseres Königs vor einigen Jahren die Handelsrouten nach Süden geöffnet hat, ist der Handel in Turai aufgeblüht. Den ganzen Tag über rollen Lastkarren in die Stadt. An der Ecke der Straße, die zur Wahre-Schönheit-Chaussee führt, werden wir lange von einem großen Lastkarren aufgehalten, der versucht, um eine Ecke zu biegen, für die er viel zu lang ist. Der Fahrer flucht und schreit seine Quadriga an.

»Das ist aber eine sehr große Lieferung.«

»Ich glaube, sie ist für Lisutaris bestimmt«, informiert mich Harrius. »Sie bauen auf dem Grundstück ihrer Villa ein Theater auf, in dem die Darsteller während des Balls auftreten werden.«

Das verschlechtert meine ohnehin miese Stimmung noch weiter. Ich frage Harrius, ob er auf den Ball geht. Natürlich tut er das.

»Ich begleite den Vizekonsul immer zu gesellschaftlichen Ereignissen.«

Harrius hat offenbar gelernt, dass es einem jungen Mann im öffentlichen Dienst ansteht, taktvoll zu sein, also fragt er mich nicht, ob ich ebenfalls eingeladen bin. Er weiß sehr gut, dass ich nicht mehr auf der Gästeliste für vornehme Partys stehe, seit ich aus dem Palastdienst geflogen bin. Zum Teufel damit. Wer will schon auf einen Maskenball gehen? Ich kann mir auch so genau vorstellen, wie Vizekonsul Zitzerius in einem Kostüm herumstolziert. So etwas ist äußerst unkleidsam. Ich würde mich niemals so demütigen.

An den Toren des Palasts werde ich nach Waffen durchsucht, und bevor ich auch nur die Außenbezirke betrete, in denen Zitzerius' Büro liegt, werde ich von einem Regierungszauberer untersucht. Er überprüft, ob ich einen gefährlichen Zauber oder aggressive magische Gegenstände bei mir habe.

»Ihr werdet nicht zum Vizekonsul vorgelassen, solange Ihr einen Schlafzauber bei Euch tragt.«

Ich wende mich protestierend an Harrius. »Ich soll meinen Zauber aufgeben? Ich habe nicht um diesen Besuch gebeten.«

Aber alle Proteste nützen nichts. Die Palastwache reagiert sehr empfindlich auf jeden, der nicht Mitglied der Zaubererinnung ist und einen einsetzbaren Zauber auch nur in die Nähe des Königs bringt. Der Regierungszauberer hält mir einen magisch aufgeladenen Kristall hin, den ich widerwillig umfasse. Ich spüre, wie der Schlafzauber mir durch die Hände rinnt.

»Es kostet viel Mühe, so etwas zu memorieren, wisst Ihr das? Wird mich jetzt jemand für meinen vergeblichen Aufwand entschädigen?«

Harrius führt mich durch marmorne Korridore zu Zitzerius' Büro. Hier ist alles elegant. Der Boden ist blassgelb gefliest, die Wandteppiche sind Elfenarbeit, und jedes noch so kleine Fenster ist mit bunten Scheiben geschmückt. Mit Bedauern erinnere ich mich an mein feines Büro in dem feinen Gebäude, in dem ich residierte, als ich noch Hoher Ermittler im Palast war. Die Residenz des Königs ist eines der prächtigsten Bauwerke im ganzen Westen. Seine Kunstschätze übertreffen die mancher größerer Staaten, und die Gebäude seiner ranghöheren Bonzen sind ebenfalls prächtig ausgestattet. Ich interessiere mich zwar nicht sonderlich für Kunstwerke, aber ich bemerke mit einem gramvollen Stich, dass die meisten Büsten oder Statuen, die hier stehen, mehr kosten, als ich in einem Jahr verdiene. Selbst die Schreibtische der Angestellten sind aus dem dunklen Holz gedrechselt, das von den Elfeninseln importiert wird.

Wahrscheinlich hätte ich mich bei Rhizinius' Hochzeit nicht so sinnlos betrinken sollen, dass ich öffentliches Ärgernis erregte und umgehend gefeuert wurde. Aber ich war Rhizinius sowieso ein Dorn im Auge. Er hat nur nach einem passenden Anlass gesucht.

Meine Visite im Büro des Vizekonsuls läuft nach einem seit langem eingespielten Muster ab. Zitzerius verdammt mich rundheraus für mein Verhalten, und ich versuche vergeblich, mich zu rechtfertigen. Jedes Mal, wenn ich für Zitzerius arbeite, gelangen wir an den Punkt, an dem er es für notwendig erachtet, mir zu erklären, dass ich eine Schande für den ganzen Stadtstaat von Turai bin. Nach einigen vorbereitenden sarkastischen Bemerkungen hat er sich so richtig mit seiner Kritik auf mich eingeschossen, auch wenn ich diesmal gar nicht für sein Büro arbeite, wie ich nebenbei einflechten kann.

»Aber dieses Büro hat Euch das Amt des Tribunen verliehen. Unter der unmissverständlichen Bedingung, dass Ihr nicht herumlaufen und Eure Macht missbrauchen dürft.«

»Ich würde nicht sagen, dass ich sie missbrauche. Außerdem hat Professor Toarius die seine zuerst missbraucht.«

Zitzerius deutet mit seinem knochigen Finger auf mich. »Jede Ausübung Eurer Macht als Tribun ist ein Missbrauch. Das Amt war nur eine Täuschung, damit Ihr den Konvent der Zauberer besuchen konntet. Denkt nur daran, was passiert ist, als Ihr Prätor Raffius letzten Winter daran gehindert habt, die Bewohner aus seinen Häusern zu räumen!«

»Daran müsst Ihr mich nicht erinnern. Der Prätor hat versucht, mich umzubringen.«

Zitzerius lässt sich von meinem Einwand nicht aus dem Konzept bringen. Als Turais berühmtester Redner fällt es ihm leicht, einen gänzlich neuen Begriff von Missbrauch zu formulieren. Der Vizekonsul ist der Meinung, dass es nur einen Schritt von totaler Anarchie entfernt ist, wenn ein gemeiner Bürger aus ZwölfSeen sich in die Politik unseres Stadtstaats einmischt.

»Und wer weiß, was jetzt noch alles passieren wird?«

Ich bin nicht hier, um mit Zitzerius über Innenpolitik zu streiten, sondern ich möchte, dass er endlich zur Sache kommt, damit ich mit meinen Ermittlungen fortfahren kann.

»Es war von vornherein keine gute Idee, Tribunen die Macht zu geben, in öffentliche Angelegenheiten eingreifen zu können. Diese Befugnis, solche Dinge vor den Senat zu bringen, war eine Anomalie. Deshalb wurde der Posten im letzten Jahrhundert auch nicht mehr besetzt. Ich muss darauf bestehen, dass Ihr Eure Ermittlungen einstellt.«

Wie ich schon von Anfang an vermutet habe, denkt Zitzerius gar nicht daran, mir ein Bier anzubieten. Die Hitze, meine Kopfschmerzen und das unerträgliche belehrende Gerede von Zitzerius bringen mich rasch zu einem Punkt, an dem ich zusammenbreche. Ich bin kurz davor, den Vizekonsul zu beschimpfen, hinauszumarschieren und damit meinem Beruf einen ungeheuren Schaden zuzufügen. Ich unterbreche Zitzerius' Redeschwall und sage ihm, dass ich leider keine Alternative gesehen habe, auch wenn ich meine Macht als Tribun nur sehr ungern eingesetzt habe.

»Und wenn ich mich recht erinnere, Vizekonsul, dann habt Ihr die Wahl zu diesem Amt durch Eure Ehrlichkeit gewonnen. Zitzerius lässt sich nie bestechen, und er verfolgt niemals einen Unschuldigen, sagt man. Alle sind davon beeindruckt, wie Ihr Leute vor Gericht verteidigt, weil Ihr sie für unschuldig haltet, selbst wenn sich das gegen die Interessen Eurer eigenen Partei richtet.«

Jetzt habe ich seine Aufmerksamkeit. Zitzerius hört es immer gern, wenn man etwas Gutes über ihn sagt.

»Betrachtet die Dinge doch einmal von meinem Standpunkt aus. Oder genauer gesagt, von dem Makris. Sie ist vollkommen unschuldig an dem Diebstahl. Es sollte Euch eigentlich nicht schwer fallen, das zu glauben, weil Ihr sie kennt und wisst, wie sie ist. Verrückt, aber ehrlich. Und Ihr wisst auch, wie hart sie für diese Prüfung gearbeitet hat. Sie schuftet die ganze Zeit als Kellnerin, um sich die Gebühren für ihre Kurse zu verdienen, die nicht gerade gering sind. Ich dachte, gerade das sollte Euch besonders imponieren.«

Zitzerius presst seine dünnen Lippen zusammen. Er weiß, worauf ich anspiele. Obwohl er von adliger Herkunft ist, waren seine Eltern nicht reich. Sein Vater starb, als Zitzerius noch ein Kind war, und hat seine Familie in Armut zurückgelassen, weil er sein ganzes Vermögen in eine Flotte Handelsschiffe investiert hat, die in einem Sturm untergegangen sind. Es gab einen Streit wegen der Versicherung, und Zitzerius' Mutter wurde von den Geschäftspartnern ihres verstorbenen Mannes betrogen. Sie verarmte völlig. Was bedeutete, dass Zitzerius extrem hart arbeiten musste, um sein Studium zu finanzieren und sich in der Regierung hochzuarbeiten. Er ist zwar jetzt reich, aber seine Jugend war eine lange Zeit der Mühsal.

Das weiß ich deswegen – und alle anderen wissen es aus demselben Grund –, weil sich Zitzerius nie scheut, bei jeder Gelegenheit, die ihm passend erscheint, den Senat daran zu erinnern, dass er es ganz allein geschafft hat. Und dass er stolz darauf ist.

»Wollt Ihr eine Bürgerin von Turai …?«

»Makri ist keine Bürgerin von Turai. Makri ist eine Fremde mit Orgk-Blut in den Adern.«

»Die Euch erst letztes Jahr gute Dienste erwiesen hat, als Ihr jemanden brauchtet, der sich um diesen orgkischen Wagenlenker kümmern musste. Wollt Ihr zulassen, dass einer schwer arbeitenden jungen Frau ihre Chance verwehrt wird, weil Professor Toarius eine völlige irrationale Abneigung gegen sie hegt? Und bitte sagt mir nicht, dass Konsul Kahlius den Armen eine große Gunst erwiesen hat, als er Toarius zum Dekan der Innungshochschule ernannt hat.«

»Konsul Kahlius hat den Armen eine große Gunst erwiesen, als er Toarius zum Dekan der Innungshochschule ernannt hat«, sagt Zitzerius.

»Das ist mir egal. Er wird Makri nicht von dieser Prüfung abhalten. Ich habe ihren Verweis von der Innungshochschule aufgehoben. Er kann nicht vollzogen werden, bevor die Angelegenheit von einem Senatsausschuss diskutiert worden ist, und bis dahin werde ich Beweise für ihre Unschuld erbracht haben. Und nichts, was Ihr sagt, kann meine Meinung ändern. Es bestürzt mich, dass ein Held der Gerechtigkeit, wie Ihr es seid, ausgerechnet in diesem Punkt gegen mich Stellung bezieht.«

Diesmal ist Zitzerius sprachlos. Ich habe es geschafft, den großen Redner mundtot zu machen, allerdings nur, weil er im Grunde seines Herzens aufrichtig ist. Bei anderen Bonzen in dieser Stadt würde mich mein Appell an die Gerechtigkeit nicht weit bringen.

Der Vizekonsul starrt mich mit seinem durchdringenden Advokatenblick an. »Euch scheint ja sehr viel an dem Wohlergehen dieser jungen Frau zu liegen. Gibt es da ein … Arrangement zwischen Euch und ihr?«

Ich bin entsetzt, dass der Vizekonsul so etwas auch nur andeuten kann. »Wenn ich ihre Unschuld beweise, wird sie davon Abstand nehmen, alle Dozenten und Studenten der Innungshochschule abzuschlachten, die ihr gerade vor die Klinge springen. Ich nehme an, dass man dies ein Arrangement nennen kann.«

Zitzerius ist zwar nicht sonderlich glücklich, aber er befindet sich in einer höchst unangenehmen Lage. Er bringt es nicht über sich, ausgesprochen ungerecht zu handeln, und selbst wenn er das wollte, hätte er keine Möglichkeit, mein Votum als Tribun zu umgehen. Nur ich selbst könnte es aufheben, und ich habe soeben sehr deutlich gemacht, dass ich nicht im Traum daran denke.

»Einverstanden«, sagt er schließlich. »Ihr könnt mit Eurer Untersuchung fortfahren. Und wenn die Angelegenheit tatsächlich vor einen Untersuchungsausschuss des Senates kommt, werde ich dafür sorgen, dass sie gründlich überprüft wird. Aber ich warne Euch: Sollte es irgendwelche politischen Hintergedanken bei Euren Handlungen geben und sollten Senator Lohdius und seine oppositionelle Partei Euch erneut zum Werkzeug für ihre Machenschaften gegen die Regierung machen können, werde ich persönlich Eure Lizenz als Detektiv einziehen. In Anbetracht Eurer Vergangenheit wäre das vollkommen angemessen.«

Ich habe nichts weiter zu sagen und will aufbrechen.

»Einen Moment noch«, sagt Zitzerius. »Warum hat Lisutaris, die Herrin des Himmels, Euch besucht?«

»Wieso wollt Ihr das wissen?«

»Lisutaris ist die Oberhexenmeisterin der Zaubererinnung und eine Persönlichkeit größten öffentlichen Interesses für diesen Stadtstaat. Wenn sie in irgendwelchen Schwierigkeiten steckt, möchte ich das natürlich erfahren.«

»Wenn sie in Schwierigkeiten stecken würde und mich um Rat gefragt hätte, würde ich Euch das wohl kaum auf die Nase binden. Ich respektiere immer das Vertrauensverhältnis zu meinen Klienten. Aber sie hat nicht mich besucht, sondern Makri.«

»Tatsächlich?«

»Ja. Sie hat sie zu ihrem Ball eingeladen.«

Das überrascht Zitzerius. Noch vor zwanzig Jahren hätte man einer Frau wie Makri niemals gestattet, an einem solchen gesellschaftlichen Ereignis teilzunehmen.

»Also achtet besser darauf, wem Ihr des Nachts über den Weg lauft. Wenn es eine wahnsinnig aussehende Frau mit einer Axt ist, solltet Ihr sie nicht auf die Innungshochschule ansprechen.«

Ich gehe und lasse einen Zitzerius zurück, der über die Laschheit der Manieren im modernen Turai höchst erbost ist. Während ein Zauberer den Bann murmelt, der mich aus dem Gebäude herauslässt, überlege ich, welches Kostüm unser Vizekonsul wohl für den Ball auswählen wird. Ich kann ihn mir einfach nicht in einer verrückten Verkleidung vorstellen.

8. Kapitel

In ZwölfSeen nehme ich die Abkürzung durch die Sankt-Rominius-Gasse. Es ist mir egal, dass auf diesem dunklen Weg jede Menge Boahhändler ihrem Gewerbe nachgehen. Sollten sie mich belästigen, werden sie es bitter bereuen. Ich bekomme jedoch keine Boahhändler zu Gesicht, dafür aber ein Einhorn. Ich bleibe wie angewurzelt stehen und starre es verblüfft an. In Turai stößt man normalerweise nicht auf Einhörner. Man kann gelegentlich welchen im Magischen Raum begegnen, der nur mithilfe von Zauberei besucht werden kann. In der realen Welt tauchen Einhörner dagegen nur an sehr wenigen Orten auf, von denen jeder eine große mystische Bedeutung hat. Zum Beispiel der Feenhain, der tief verborgen in den Wäldern liegt, die Turai von den Ödlanden trennen. Dort laufen einige von diesen einhörnigen Wesen herum, und angeblich gibt es eine ganze Herde von ihnen weit entfernt im Weitesten Westen. Ansonsten muss man sich auf eine der entlegeneren Elfeninseln begeben, wenn man eins zu Gesicht bekommen will. Wo auch immer man erwartet, auf ein Einhorn zu stoßen, eine laute, geschäftige, schmutzige Straße in Turai rangiert jedenfalls ganz unten auf dieser Liste. So etwas ist für eine so verfeinerte Rasse ein Gräuel.

Und doch steht es da, schneeweiß, mit einem goldenen Horn, auf dieser schäbigen Gasse, und beäugt mich, als wäre es das Normalste von der Welt. Beim Anblick dieses Fabelwesens durchzuckt mich der Gedanke, dass ich es für einen stattlichen Profit an den Zoo des Königs verschachern könnte, falls es mir gelänge, es zu fangen. In dem Zoo herrscht akuter Mangel an Fabelwesen, seit der Drache vor ein oder zwei Jahren zerhackt worden ist.

»Braves Einhorn«, sage ich beruhigend und strecke die Hand aus. Vorsichtig mache ich einen Schritt auf das Tier zu. Als das Einhorn meine Bewegung sieht, wirft es sich herum und galoppiert um die Ecke. Ich stürme hinterher, aber es ist verschwunden.

»Blödes Vieh!«, knurre ich und renne weiter. Jetzt wird es schon auf dem Quintessenzweg sein, wo es sicher sofort von jemandem eingefangen und für viel Geld verscherbelt wird, der weit weniger bedürftig ist als ich. Wenn ich schnell genug bin, kann ich vielleicht noch einen Anteil fordern.

Ich rase die Gasse entlang. Hitze und Durst sind vergessen, als ich auf die Hauptstraße stürme. Dort versuche ich hektisch, in alle Richtungen gleichzeitig zu schauen.

»Es ist meins, ich hab's zuerst gesehen, Ihr miesen Hunde!«, schreie ich. Ich schwinge mein Schwert, um jeden zu entmutigen, der sich vielleicht in diesen lukrativen Handel drängen will.

Zwei Frauen an einem Wassermelonenstand starren mich verwirrt an.

»Was ist deins?«, fragt mich eine.

»Das Einhorn. Wo ist es hingelaufen?«

Die Frauen lachen und können sich gar nicht mehr beruhigen. Anscheinend sind meine Worte das Lustigste, was sie seit langem gehört haben. Dabei stehe ich direkt an der Einmündung zu der Gasse. Es kann nur hier herausgekommen sein. Ich stelle die Wassermelonenverkäuferinnen zur Rede.

»Ist aus dieser Gasse eben etwa kein Einhorn gekommen?«

Sie schauen mich an, und ihre Blicke wirken irgendwie mitleidig.

»Boah«, sagt eine.

»Ein ganz schwerer Fall«, stimmt ihre Freundin ihr zu.

Ich sehe mich wütend um. Abgesehen von einigen Leuten, die den Verrückten anglotzen, der von Einhörnern faselt, zeigt niemand im Quintessenzweg Zeichen unnormaler Aktivität. Es ist ziemlich offenkundig, dass sich hier in letzter Zeit kein einhörniges Fabelwesen gezeigt hat. Also ist es einfach um die Ecke gebogen und verschwunden.

Mir wird klar, dass jemand mich hereingelegt hat. Ein Zauberlehrling, der gerade nichts Besseres zu tun hatte, höchstwahrscheinlich. Er wird es büßen, falls ich ihn je erwische.

»Gut, dann nehme ich eine Wassermelone«, sage ich zu den Frauen.

Ich esse die Frucht auf der Straße und erhole mich von der Anstrengung. Was habe ich mir bloß dabei gedacht, einer offensichtlichen Täuschung nachzulaufen? Ich muss verrückt geworden sein. Ganze Scharen von Flugratten hocken reglos auf den Dächern. Sie sind bedauerlicherweise sehr real. Diese kleinen schwarzen Aasfresser verbringen ihre Zeit damit, die Abfälle vom Markt zu fressen, aber die entsetzliche Hitze macht selbst ihnen das Überleben schwer. Bei meiner Rückkehr wartet Makri bereits in meinem Büro auf mich. Ich erzähle ihr nichts von dem Einhorn.

»Weißt du, dass ich aufstehen und vor dem ganzen Kurs eine Rede halten muss?«

»Ich glaube, das hast du schon erwähnt.«

»Ich muss vor alle treten und eine öffentliche Rede halten.«

»Das sagtest du schon.«

»Aber jetzt ist es noch viel schlimmer geworden. Ich muss aufstehen und vor einem Kurs von Leuten reden, die mich alle für eine Diebin halten! Ist das fair?«

Wenn Makri schlechte Laune hat, neigen ihre Hände dazu, immer wieder in die Nähe ihrer Schwerter zu kommen, vielmehr an die Stelle, wo sie sich befinden, wenn sie welche trägt. Das geschieht jetzt auch, aber sie hat nur ihr Kettendress an, und ansonsten ist sie unbewaffnet. Die Hitze treibt ihr den Schweiß aus allen Poren, und er rinnt ihr über den Körper. Ich muss wohl akzeptieren, dass dem niederen Volk von ZwölfSeen dieser Anblick gefällt.

»Hast du schon Beweise für meine Unschuld gefunden? Nein? Warum nicht?«

»Ich hatte anderes zu tun.«

»Wird es noch lange dauern?«

»Ich ermittele in einem sehr wichtigen Fall, Makri. Er ist lebenswichtig für die ganze Stadt. Und überall stolpere ich über Leichen.«

»Wie viele Leichen?«

»Neun.«

Makri spitzt die Lippen. »Ich habe auf vierzehn gewettet. Glaubst du, dass ich erhöhen sollte?«

»Verschon mich bitte damit.«

Sie zuckt mit den Schultern. »Also bin ich nicht so wichtig wie dieser andere Fall?«

»Nein«, antworte ich.

»Warum nicht?«

»Weil dieser andere Fall eine Angelegenheit von nationaler Bedeutung darstellt!«, bricht es aus mir heraus. »Und außerdem werde ich dafür bezahlt!«

»Fein!«, schreit Makri zurück. »Als ich dir letzten Winter das Leben gerettet habe, als dieser Kerl mit dem magischen Schwert dich angegriffen hat, habe ich nicht lange gefragt, ob ich bezahlt werde oder nicht. Ich habe nicht gewartet, um mich erst nach einer möglichen Entschädigung zu erkundigen, sondern habe mich einfach in den Kampf geworfen und mein eigenes Leben riskiert, um deines zu retten. Aber, he! Ich bin ja nur eine barbarische Gladiatorin! Dort, wo ich aufgewachsen bin, habe ich nicht all diese Regeln einer zivilisierten Gesellschaft erlernt. Ich habe einfach das getan, was ich für das Richtige hielt ...«

»Makri, zum Teufel, wirst du endlich die Klappe halten!«

Ich schwöre, dass Makri noch nicht zu solchen Ausbrüchen scharfsinniger Beredsamkeit fähig gewesen ist, als sie nach Turai gekommen ist. Das kann ich auf meinen Eid nehmen. Vermutlich sind diese Rhetorikkurse daran schuld.

»Ich werde die Angelegenheit für dich klären. Und in der Zwischenzeit kannst du an der Prüfung teilnehmen.«

»Vor einem Haufen Leuten, die mich für eine Diebin halten!«

Ich frage Makri, was sie eigentlich in meinem Büro will, wo sie doch eigentlich arbeiten sollte. Sie wirkt verlegen.

»Ghurd und Tanrose streiten immer noch. Da unten herrscht dicke Luft.«

Ich bin trotzdem neugierig, warum sie dann in meinem Büro abhängt, statt in ihrem Zimmerchen zu hocken.

»Da ist Dandelion. Ich habe ihr erlaubt, eine Weile hier zu bleiben.«

»Warum gibst du dich mit dieser Frau ab? Schmeiß sie doch raus!«

Makri zuckt mit den Schultern, und als ich nachhake, regt sie sich auf. Also lasse ich das Thema fallen. Da Makri sowieso wieder an die Arbeit muss, begleite ich sie nach unten. Ich sollte Lisutaris eine Nachricht schicken, in der ich sie über die Ereignisse im *Blinden Klepper* informiere. Aber das kann auch ein oder zwei Biere warten.

Im Schankraum belästigt mich Parax, der Schuhmacher. Der, wie üblich, im Augenblick mal wieder keine Schuhe macht. Stattdessen fragt er mich, wie mein Tag gelaufen ist.

»Schlecht.«

»Irgendwelche neuen Leichen?«

»Seit wann interessiert dich das, Parax?«

»Darf man sich nicht einmal mehr um das Wohlergehen seiner Freunde kümmern?«

Es wäre mir neu, dass Parax mein Freund ist. Ich rate ihm, irgendwo anders nach Informationen zu graben, und trage einen Krug Bier, eine Schüssel Wildragout, einen Teller Wurzeln und einen großen Apfelkuchen zu dem Tisch, wo ich die neueste Ausgabe des *Berühmten & Wahrheitsgetreuen Chronisten des Weltgeschehens* studiere. Das ist eines von Turais Nachrichtenpapyri und zudem eine sehr ergiebige Quelle über die vielen Skandale, die Turai ständig erschüttern.

Heute jedoch gibt es nicht viele Skandale außer dem einen, dass Prinz Frisen-Lackai, der Thronerbe, seinen Urlaub auf seinem Landsitz ausgedehnt hat. Was, wie jeder weiß, eine höfische Umschreibung dafür ist, dass der König ihn aus der Stadt aufs Land geschickt hat, um ihn irgendwie nüchtern zu kriegen. Der Prinz ist selbst nach königlichen Maßstäben dekadent. Früher einmal wäre es ein besser gehütetes Geheimnis gewesen, aber heutzutage, wo Senator Lohdius' oppositionelle Volkspartei so mächtig geworden ist, halten es anscheinend immer weniger Leute für nötig, den Ruf der Königlichen Familie zu beschützen. Als ich ein Junge war, hätte niemand es gewagt, auch nur ein Wort gegen den König zu äußern. Heute dagegen hört man in vielen Vierteln die Leute offen davon sprechen, dass wir es in einer Demokratie besser hätten. Gewisse andere Mitglieder der Liga der Stadtstaaten sind bereits von Bürgerkriegen erschüttert worden, als die Macht ihrer Könige ins Wanken geriet. Falls Senator Lohdius und die »Populären« sich durchsetzen können, wird das früher oder später in Turai ebenfalls passieren.

Ghurd lässt sich schwer neben mich auf den Stuhl fallen. »Ich ertrag das nicht mehr«, gesteht er mir. »Dieser Fischhändler war wieder hier, und Tanrose hat ihn die ganze Zeit hofiert.«

»Ghurd, du übertreibst.«

»Braucht man zwei Stunden, um Fisch für das Menü der nächsten Woche zu bestellen? So beliebt sind Fische ja nun wirklich nicht.«

»Ich weiß nicht. Viele Hafenarbeiter mögen Fisch.«

»Ich würde sagen, dass Hafenarbeiter für gewöhnlich Eintopf bestellen«, meint Makri, die gerade mit einem Tablett voller Bierkrüge an unseren Tisch getreten ist.

»Nein, ich denke, sie bevorzugen Fisch.«

»Woher willst du das wissen?«, widerspricht Makri. »Schließlich nehme ich die Bestellungen auf.«

»Ich bin Detektiv. Detektive haben ein Auge für gewisse Dinge.«

»Tanrose muss trotzdem nicht …«, beginnt Ghurd.

»Es werden eindeutig mehr Eintöpfe als Fischköpfe an die Hafenarbeiter verkauft!«, wiederholt Makri nachdrücklich.

»Ich muss dem leider widersprechen. Fisch ist nach wie vor die Hauptnahrung der Hafenarbeiter von ZwölfSeen.«

»Wie kannst du das behaupten, Thraxas? Es stimmt einfach nicht. Kein Wunder, dass du immer Schwierigkeiten hast, selbst die einfachsten Fälle zu lösen, wenn du nicht einmal richtig hingucken kannst, wer was isst …«

»Das reicht jetzt!« Ghurd schlägt mit der Faust auf den Tisch.

»Ist Tanrose noch immer wütend auf dich?«, erkundigt sich Makri.

»Ja. Nein. Ja. Ich will nicht darüber reden.«

Als ich meinen alten Waffengefährten so niedergeschlagen wie eine niojanische Hure am Tisch hocken sehe, wünsche ich, dass ich ihm irgendwie helfen könnte.

»Vielleicht wird es ja allmählich Zeit zum Handeln«, schlage ich ihm vor. »Weißt du noch, wie wir fünf Tage in der Bergfeste geschmort und darauf gewartet haben, dass die Simnianer endlich angreifen? Schließlich hat Kommandeur Mursius gesagt, er wolle verdammt sein, wenn er fünf Tage auf einen Simnianer warten würde. Er hat uns einen Ausfall machen lassen, und wir haben die Simnianer über die Grenze zurückgetrieben.«

»Daran erinnere ich mich noch«, meint Ghurd. »Was ist damit?«

»Vielleicht solltest du Tanrose fragen, ob sie dich heiraten will.«

Es herrscht Schweigen.

»Habe ich was verpasst?«, erkundigt sich Makri schließlich.

»Ich glaube nicht.«

»Wie kommst du dann von einem Angriff gegen die Simnianer darauf, dass Ghurd Tanrose fragen soll, ob sie ihn heiraten will?«

»Das liegt doch auf der Hand. Es kommt einfach die Zeit, wo man sich nicht länger hinter irgendwelchen schützenden Mauern verstecken kann. Man muss den Feind angreifen. Oder ihn, wie in diesem Fall, heiraten.«

Makri denkt darüber nach. »Und wenn die Simnianer Verstärkung herangezogen hätten?«

»Hätten wir sie trotzdem geschlagen.«

»Und wenn sie eine Allianz mit den Orgks eingegangen wären und irgendwelche Kriegsdrachen auf der Lauer gelegen hätten?«

»Sehr unwahrscheinlich, Makri. Die Simnianer waren den Orgks gegenüber noch nie freundlich eingestellt.«

»Du rätst mir also, Tanrose zu fragen, ob sie mich heiraten will?«, fragt Ghurd. Der Gedanke scheint ihn ziemlich in Sorge zu stürzen.

»Vielleicht. Aber du weißt ja, dass ich mich mit Frauen so gut wie gar nicht auskenne.«

Makri nickt nachdrücklich. »Tanrose hat mir erzählt, wie mies du deine Frau behandelt hast.«

»Tanrose sollte lieber ihr großes Maul halten.«

Meine Bemerkung scheint Ghurds zarte Barbarenseele zu kränken.

»Ich meine, was bestimmte Themen angeht«, verbessere ich mich hastig.

»Dieser Fischhändler verfolgt Tanrose schon die ganze Zeit. Ich werde ihm von jetzt an den Zutritt zu der Kaschemme verwehren.«

»Die meisten Leute bestellen sowieso lieber Eintopf«, meint Makri. »Und außerdem isst Thraxas so viel, dass deine Geschäfte auch so weiterlaufen würden.«

Mittlerweile hat Ghurd seinen kräftigen Körper hochgestemmt und ist mit nachdenklicher Miene verschwunden. Makri setzt sich auf seinen Platz.

»Warum bist du nur immer so schlecht mit Frauen umgegangen?«, fragt sie.

Ich zucke mit den Schultern. »Das weiß ich nicht. Ich habe wohl nie richtig gelernt, wie man sie behandeln muss.«

»Ich dachte, es läge daran, dass du zu viel trinkst.«

»Es stimmt, ich trinke zu viel. Aber wenigstens nehme ich kein Boah.«

Vier Hafenarbeiter warten auf ihre Getränke, die im Augenblick auf Makris Tablett schal werden, und verlangen lautstark nach ihrem Bier. Makri beachtet sie nicht.

»Ich nehme kein Boah. Das heißt, seit einiger Zeit nicht mehr. Und fang nicht an, mich zu kritisieren. Ich bin nicht diejenige, die keine Beziehung führen kann.«

Makri kann überhaupt keine Beziehungen führen. Sie hat den ganzen Winter lang einem Elf nachgeweint, den sie auf

Avula kennen gelernt und der sich hinterher nicht mehr bei ihr gemeldet hat. Die Hafenarbeiter rufen nach ihrem Bier. Makri verflucht sie nachdrücklich und befiehlt ihnen, gefälligst zu warten.

Die Tür öffnet sich, und Lisutaris, die Herrin des Himmels, betritt majestätisch die Kaschemme. Diesmal hat sie sich nicht einmal die Mühe gemacht, sich zu verkleiden.

»Wir müssen reden«, sagt sie zu mir und steigt sofort die Treppe hinauf.

»Danke für die Einladung«, sagt Makri, aber Lisutaris ignoriert sie. Anscheinend hat sie Wichtigeres im Kopf als sich irgendwelchen Artigkeiten zu widmen. Ich folge Lisutaris nach oben, während Makri ihr Tablett mit Bierkrügen zu den durstigen Hafenarbeitern schafft. Als ich die Treppe hochgehe, höre ich, wie sie sich gegenseitig beschimpfen. Es ist schon eine Weile her, seit Makri einen Gast zusammengeschlagen hat, aber anscheinend ist es bald wieder so weit.

In ihrer eleganten Kleidung hebt sich Lisutaris nur umso krasser gegen mein schäbiges Büro ab. Ihr offizieller Zauberregenbogenmantel changiert in allen Farben. Allerdings setzt sie sich diesmal nicht hin, was recht ungewöhnlich ist, sondern geht nervös hin und her, eine Thazisrolle in der Hand.

»Die Dinge haben sich zum Schlechteren entwickelt?«, frage ich.

»Allerdings. Konsul Kahlius vermutet bereits, dass das Medaillon verschwunden ist. Er hat heute Morgen seinen Repräsentanten in meine Villa geschickt, der direkt nachgefragt hat, ob es sich noch in meinem Besitz befindet.«

»Wie hat der Konsul die ganze Angelegenheit herausbekommen?«

Lisutaris schaut mich an.

»Wie? Vermutlich hat es etwas mit der Art zu tun, wie Ihr

durch die Stadt walzt und eine Spur von Leichen in Eurem Kielwasser hinterlasst. Mir ist durchaus klar, dass Ihr nicht gerade wegen Eures Fingerspitzengefühls berühmt seid, aber als ich Euch engagiert habe, hätte ich nicht erwartet, dass Ihr anfangt, ein Massaker unter den Einwohnern dieser Stadt anzurichten. Früher oder später musste das jemandem auffallen.«

Die Unverfrorenheit dieser Frau verblüfft mich. »Ich habe niemanden umgebracht. So wie die Leute hinter diesem Medaillon her sind, ist es kein Wunder, dass der Konsul Wind davon bekommen hat. Ich kann nicht glauben, dass Ihr mir die Schuld daran gebt.«

»Das könnt Ihr nicht? Wieso denn nicht? Ihr wollt doch ein Detektiv sein. Und doch seid Ihr selbst bei diesem einfachen Fall nachweislich nicht in der Lage, ein Ergebnis zustande zu bringen. Sagt mir, Thraxas, habt Ihr bei den meisten Eurer Fälle genaue Hinweise darauf, wo sich der gestohlene Gegenstand befindet?«

»Nein.«

»Und ich habe Euch dreimal präzise beschrieben, wo das Medaillon gefunden werden kann, und trotzdem ist es Euch bei keiner dieser drei Gelegenheiten gelungen, es wiederzubeschaffen. Stattdessen bekomme ich immer nur Meldungen, dass ein brutales Gemetzel stattgefunden hat und das Schmuckstück wieder verschwunden ist. Haltet Ihr es nicht auch für eine gute Idee, zur Abwechslung einmal rechtzeitig irgendwo einzutreffen, damit Ihr des Juwels habhaft werdet, für dessen Wiederbeschaffung ich Euch bezahle?«

Lisutaris bleibt mitten im Raum stehen und wirft mir einen feindseligen Blick zu. Da er von der Oberhexenmeisterin der Zaubererinnung kommt, gibt mir das allen Grund zur Sorge. Lisutaris ist eine der mächtigsten Zauberinnen der Welt, und wenn sie auf die Idee verfällt, dass es Zeit wäre, ein klein wenig Magie an einen nutzlosen Detektiv zu verschwenden, möchte ich nicht gern dieser Detektiv sein. Ich trage zwar ein schönes Zauberschutzamulett um den Hals, aber selbst dieser magische Schutz könnte den Kräften von Lisutaris nicht lange standhalten.

So weit, so gut. Andererseits gestatte ich niemandem, in mein Büro zu marschieren und mich zu beschimpfen. Ich begegne ihrem Blick kühl und erwidere, dass ich den Auftrag nicht erfüllen kann, wenn ich nicht genug Zeit dafür bekomme, und dass es außerdem ganz hilfreich wäre, wenn sie mir alle Tatsachen dieses Falles mitteilen würde.

»Wollt Ihr etwa andeuten, dass ich Euch Informationen vorenthalte?«

»Das tun die meisten Klienten. Ihr sagtet, dass niemand die wahre Kraft dieses Medaillons kennt. Das ist ganz offensichtlich nicht richtig. So, wie sich die Leute gegenseitig abschlachten, wenn sie es erst einmal in die Hände bekommen haben, würde ich sagen, dass irgendjemand über seine Bedeutung sogar sehr genau im Bilde ist. Als Ihr zuerst hier aufgetaucht seid, schien es sich um einen sehr einfachen Auftrag zu handeln, und wir hatten es eilig, also habe ich nicht den ganzen Hintergrund des Falles abgeklopft. Vielleicht hätte ich das tun sollen. Wer in Eurem unmittelbaren Umfeld wusste zum Beispiel, dass Ihr dieses Medaillon habt?«

»Niemand außer meiner Sekretärin.«

»Dann sollte ich vielleicht ein Wörtchen mit Eurer Sekretärin reden.«

»Ihr werdet sie nicht befragen«, lehnt Lisutaris mein Ansinnen ziemlich heftig ab.

»Ich halte das aber für eine gute Idee.«

»Es interessiert mich nicht, was Ihr denkt. Ihr werdet nicht mit meiner Sekretärin reden, basta. Sollte sich das Wissen über die wahre Bedeutung des Medaillons verbreitet haben, ist das zwar sehr bedauerlich, aber nicht weiter wichtig. Es interessiert mich nicht, wie es zu diesem Vorfall gekommen ist. Wichtig ist nur eins: Ich muss das Medaillon sofort zurückhaben. Ist Euch klar, dass Konsul Kahlius in zwei Tagen in mein Haus kommen wird? Er hat bereits Verdacht geschöpft. Und er wird darauf bestehen, das Medaillon zu sehen.«

»Könnt Ihr ihn denn nicht mit einer Nachahmung in die Irre führen?«

»Wenn es sich nur um den Konsul handeln würde, dann ja. Aber er wird seine Regierungszauberer mitbringen, die ich alle zu meinem Maskenball eingeladen habe. Keine Nachahmung, die ich herstellen würde, könnte den Alten Hasius Brillantinius auch nur eine Sekunde täuschen. Und der Alte Hasius kocht immer noch vor Eifersucht über meine Wahl als Oberhexenmeisterin der Innung. Nach einem kurzen Blick auf eine Nachahmung wird er so laut blöken, dass man es bis Simnia hören kann.« Lisutaris drückt ihre Thazisrolle aus und zündet sich sofort eine neue an. »Was für ein blöder Mist! Verdammt! Ich wollte überhaupt nicht zur Oberhexenmeisterin der Zaubererinnung gewählt werden! Und ich habe auch nicht darum gebeten, die Verantwortung für Gegenstände zu übernehmen, die so wichtig für die Verteidigung der Stadt sind. Der Konsul wird über mich kommen wie ein Böser Bann, wenn er erfährt, dass ich das Medaillon verloren habe. Erst letzten Monat hat er mir erzählt, dass irgendein orgkischer Prinz ein Nachbarland erobert hat und jetzt danach trachtet, sich zum Obersten Kriegsherrn aufzuschwingen.«

»Prinz Amrag?«

Lisutaris nickt. Wir haben im Westen bereits einiges über diesen Prinzen gehört. Die Orgks hassen uns genauso wie wir sie, aber sie zerstreiten sich häufiger untereinander in Bürgerkriegen, als wir das tun. Das hindert sie daran, einen konzentrierten Angriff gegen uns führen zu können. Aber ab und an spuckt ihr Erbgut einen Anführer aus, der in der Lage scheint, die orgkischen Nationen zu einen. Wenn das passiert, bedarf es nur noch eines kleinen Schrittes bis zu einer Invasion der Menschenländer. Prinz Amrag hat das Zeug dazu, genau dieser Orgk-Führer zu werden, und das außerdem in nicht allzu ferner Zukunft.

»Vielleicht wird es allmählich Zeit, jemand anderen einzuschalten.«

»Was wollt Ihr damit sagen?«, fährt Lisutaris hoch.

»Wenn für Turai so viel auf dem Spiel steht, sollte man vielleicht die Palastwache hinzuziehen. Sie könnten all ihre Zauberer daran setzen, die Stadt zu durchkämmen.«

»Auf gar keinen Fall«, widerspricht Lisutaris, schüttelt den Kopf und zündet sich auf den Schreck gleich noch eine Thazisrolle an. Lisutaris' heftiger Thaziskonsum entführt sie oft in eine glückliche Traumwelt. Es ist ein Zeichen für den Ernst dieser Krise, dass sie sich nicht entspannt, ganz gleich, wie viel Rollen sie pafft.

»Ich kann den Verlust des Medaillons auf gar keinen Fall zugeben. Ich wäre ruiniert. Der König würde mich in Schimpf und Schande aus der Stadt jagen, und ich wäre in jeder Nation eine Ausgestoßene. Meine Familie bekleidet seit der Gründung Turais eine führende Rolle in ihrer Gesellschaft, und ich weigere mich einfach, als eine verrückte alte Eremitin in den Ödlanden zu enden, die Reisenden Horoskope erstellt.«

Ich öffne eine frische Flasche Kleeh. Lisutaris ist zwar keine große Trinkerin, leert ihr Glas jedoch in einem Zug und hält es mir hin, damit ich es neu fülle. Ich schenke ihr noch eines ein und frage sie, ob sie vielleicht einen Grund wüsste, aus dem einer von Luxius' Detektiven in Thamlin ebenfalls hinter dem Medaillon her sein sollte.

»Ich habe keine Ahnung. Das ist eigentlich unmöglich.«

»Ich bin ziemlich sicher, dass Demanius genau das im *Blinden Klepper* gewollt hat. Bevor die Frau starb, schien sie ihn erkannt zu haben, und sie erwähnte das Juwel.«

»Das ist ein Desaster«, stellt Lisutaris ganz richtig fest und marschiert wieder unruhig auf und ab.

»Allerdings. Bis jetzt war dieses Medaillon in den Händen verschiedener unbekannter Diebe, der Bruderschaft und des Freundeskreises. Beide Organisationen haben Kontakte in der ganzen Stadt, die bis in die höchsten Regierungskreise reichen. Wenn Ihr jetzt noch die Tatsache berücksichtigt, dass derjenige, der das Medaillon zuerst gestohlen hat, genau wusste, was ihm da in die Hände gefallen ist, und vermutlich versucht hat, es an jemanden zu verscherbeln, der seinen Wert ebenfalls sehr genau kannte, dann dürfte ziemlich klar sein, dass diese Angelegenheit kein Geheimnis mehr bleiben wird. Im Gegenteil, wir können wohl davon ausgehen, dass sehr bald alle davon wissen. Seid Ihr immer noch sicher, dass Ihr keine weitere Hilfe hinzuziehen wollt?«

Lisutaris ist sich völlig sicher. »In dem Moment, in dem ich den Verlust zugebe, bin ich erledigt. Wir haben noch zwei Tage. Ihr müsst das Medaillon finden.«

»Ich tue mein Bestes. Es würde mir aber nützen, wenn Ihr mir ein paar Einzelheiten erklären würdet, die mir bisher noch Rätsel aufgeben.«

»Und das wäre?«

»Zum Beispiel, warum so viele Leute sterben. Es ist einfach unglaubwürdig, dass sie sich alle zufällig im Kampf um dieses Medaillon umgebracht haben. Diebe bringen sich nicht einfach so um. Wenn einer mächtiger ist, dann schrecken die anderen beim ersten Anzeichen von Gewalt sofort zurück. Und keiner dieser Tatorte ähnelt den Tatorten von

Morden, die ich kenne. Auf mich wirkt es eher so, als hätte etwas die Leute beeinflusst, so dass sie dem Wahnsinn verfallen sind. Eine Vermutung, die auch von den letzten Worten einiger Verschiedener gestützt wird. Ein Mann erzählte mir, er wäre auf einem wunderschönen goldenen Schiff, ein anderer hielt sich für den König von Turai. Gibt es einen besonderen Grund, warum sie so etwas denken sollten?«

»Ja«, gibt Lisutaris zu. »Wenn ein ungeübter Geist in das grüne Juwel sieht, verfällt er dem Wahnsinn. Und wenn vier Leute gleichzeitig hineinschauen, würden sie sich sehr wahrscheinlich gegenseitig umbringen, wenn erst ihre Träume die Realität kontrollieren.«

»Und das sagt Ihr mir erst jetzt? Meint Ihr nicht, dass Ihr damit etwas früher hättet rausrücken können?«

»Ich habe Euch doch gesagt, dass es ein gefährliches Objekt ist«, protestiert Lisutaris schwach.

»Aber Ihr habt nicht gesagt, dass es so gefährlich ist, dass es jeden zu einem Gemetzel anstachelt, der auch nur hineinsieht. Also besteht die hohe Wahrscheinlichkeit, dass diejenigen, die in das Medaillon sehen, jedes Mal verrückt werden, ihre Kumpane umbringen und dann damit flüchten?«

»Ja. Aber sie kommen nicht weit. Wenn sie erst einmal hineingesehen haben, werden sie vermutlich auch ohne Gewaltanwendung sterben. Das Juwel wird einfach ihren Verstand zerstören.«

Dazu hätte ich noch einiges sagen können. Lisutaris hätte mir wirklich mehr Information geben müssen, als sie mich engagiert hatte. Aber es ist sinnlos, sich jetzt lange zu beschweren. Ich stecke in der Sache drin.

»Also haben wir es jetzt mit zwei Problemen zu tun. Das eine ist, dass viele Leute von dem Juwel zu wissen scheinen. Das andere, dass dieses Schmuckstück sie alle in den Wahnsinn treiben wird.«

Lisutaris starrt in ihr Glas. »Dieser Kleeh ist ekelhaft. Meine Kehle brennt wie Feuer. Wo kauft Ihr das Zeug?«

»Ghurd bekommt es von einem Kloster in den Bergen geliefert. Die Mönche destillieren den Kleeh in ihrer Freizeit.«

»Hegen sie einen Groll gegen die Stadt?«

»Ich finde ihn anregend.«

Lisutaris leert ihr Glas und zuckt wieder zusammen, als die scharfe Flüssigkeit ihre Kehle hinunterrinnt. »Es ist pures Gift. Dieser Schnaps kann einen umbringen«, sagt sie und hält mir ihr Glas hin. »Gebt mir noch was davon.«

Ich schenke ihr nach. »Ich könnte Ghurd bitten, Euch ein paar Flaschen für Euren Maskenball vorbeizuschicken.«

»Ich glaube nicht, dass die Senatoren so etwas vertragen«, erwidert Lisutaris. Offenbar entgeht ihr meine Andeutung völlig, dass sie mich einladen sollte. Nicht, dass ich überhaupt auf den Ball gehen möchte. An dem Anblick, wie sich Turais Aristokratie in albernen Kostümen verlustiert, liegt mir nicht sonderlich. Aber es wurmt mich immer noch, dass Makri eine Einladung erhalten hat. Alles, was sie für Lisutaris auf dem Zaubererkonvent getan hat, war, hinter ihr herzulaufen und zu tun, als wäre sie eine Leibwächterin. Dabei haben die beiden sich derartig mit Thazis, Boah und Kleeh abgefüllt, dass ich sie in einer Karosse nach Hause schaffen musste. Ich habe die ganze Drecksarbeit geleistet, und dieser Undank ist einfach widerlich. Plötzlich fällt mir auf, dass Lisutaris bereits eine geraume Weile mit mir geredet hat.

»Was sagtet Ihr gerade?«

»Habt Ihr mir nicht zugehört?«

»Ich habe gerade einige Aspekte des Falles durchdacht. Sagt es mir bitte noch einmal.«

»Ich kann das Medaillon nicht mehr lokalisieren.«

»Warum nicht?«

Lisutaris ist gereizt, weil sie sich wiederholen muss. Offenbar hat sie unmittelbar nach meinem fehlgeschlagenen Versuch, das Schmuckstück im *Blinden Klepper* sicherzustellen, ihre magische Prozedur wiederholt, mit der sie das Medaillon aufgespürt hat, doch dieses Mal ohne den gewünschten Erfolg. Irgendjemand hat das Juwel jetzt anscheinend vor magischer Nachforschung geschützt. Das ist angesichts von Lisutaris' Zauberkräften nicht gerade eine einfache Aufgabe. Was bedeuten könnte, dass sich das Juwel jetzt in den Händen von jemandem befindet, der seinerseits einen starken magischen Schutz aufbieten kann.

»Es laufen nicht allzu viele Zauberer herum, die dazu in der Lage wären. Natürlich gibt es da Georgius Drachentöter, sicher, er hat vielleicht diese Macht. Ich habe ihn eine Weile nicht mehr gesehen, aber seit ich die Tätowierung des Freundeskreises auf dem Arm dieser Frau bemerkt habe, geht mir der Gedanke an ihn nicht mehr aus dem Kopf. Er hat immer mit ihnen zusammengearbeitet.«

Eine andere Möglichkeit wäre die, dass derjenige, der das Juwel jetzt besitzt, es in Rotes Elfentuch eingewickelt hat. Das Tuch bildet einen undurchdringlichen Schutzschild für jedes Objekt gegen jede Art von Magie. Keine magische Suche könnte dieses Tuch durchdringen. Allerdings ist Rotes Elfentuch unglaublich teuer und sehr schwer zu beschaffen. Außerdem ist es illegal, es zu besitzen. Nur der König und seine Minister dürfen es haben.

»Was nicht bedeutet, dass nicht trotzdem irgendjemand in der Stadt einen Fetzen davon in die Finger bekommen haben könnte. Dann wäre es noch möglich, dass dieses Medaillon bereits aus der Stadt geschafft worden ist. Vielleicht ist es ja gerade in diesem Augenblick auf dem Weg nach Osten.«

Lisutaris wirkt beunruhigt. »Sicher würde doch niemand so niederträchtig sein und einen solchen Gegenstand an die Orgks verkaufen?«

»Ihr wärt überrascht, wenn Ihr erführet, wie niederträchtig manche Subjekte in dieser Stadt sein können.«

»Vielleicht habt Ihr Recht. Aber seit dem letzten Verschwinden des Medaillons und meiner Nachforschung ist noch nicht viel Zeit verstrichen. Ich glaube, ich hätte seine Spur bemerkt, wenn es noch in der Nähe der Stadt gewesen wäre. Ich halte es für wahrscheinlicher, dass es sich noch in Turai befindet und irgendwie versteckt wird. Wo sollen wir Eurer Meinung nach suchen?«

»Ich habe keine Ahnung. Es könnte überall sein. Wenn Ihr es nicht mit Eurer Magie lokalisieren könnt, dann haben wir ein Problem.«

»Und ich dachte, Ihr wärt ein Detektiv«, erwidert Lisutaris trocken.

»Ich bin die Nummer eins, was Ermittlungen angeht. Aber wir wissen nicht, wer es gestohlen hat, und Turai ist eine große Stadt. Ich werde Nachforschungen anstellen, aber das wird Zeit kosten.«

Lisutaris ballt die Hände zu Fäusten. »Zeit ist genau das, was ich nicht habe.«

Es klopft an der Außentür. Ich öffne sie. Draußen steht Sarin die Gnadenlose. Sie ist die mörderischste Mörderin, der ich je begegnet bin. Und auch jetzt hat sie eine gespannte Armbrust in der Hand. Mit der sie zu meinem Leidwesen genau auf mein Herz zielt.

»Gib mir das Medaillon, sonst töte ich dich.«

9. Kapitel

Du kommst mir immer wieder in die Quere«, stellt Sarin fest.

Sarin die Gnadenlose ist so kalt wie das Herz eines Orgks. Und sie ist keine Frau, die man auf die leichte Schulter nehmen sollte. Sie hat von den Kampfmönchen deren Kampftechnik gelernt und ist die rücksichtsloseste Killerin, die mir in meiner langen Zeit als Detektiv vor die Schwertspitze gekommen ist.

»Du weißt ja wohl, dass es gegen das Gesetz verstößt, eine solche Waffe innerhalb der Stadtmauern auch nur bei sich zu tragen.«

»Ach, tatsächlich?«

»Ja, wirklich. Nicht, dass du mich missverstehst. Ich bin nicht sonderlich erfreut über deinen Besuch, Sarin. Es sind genug Steckbriefe wegen Mordes und Raubes auf deinen Kopf ausgesetzt, um denjenigen, der dich ergreift, zu einem wohlhabenden Mann zu machen.«

»Vorausgesetzt, er lebt lange genug, um die Belohnung abzuholen.«

Sarin ist ziemlich groß. Sie trägt ein Männerwams, was schon ungewöhnlich genug ist. Und was sie von den Frauen dieser Stadt noch unterscheidet, ist ihr Haar. Sie trägt es sehr kurz. Das grenzt beinah an ein Tabu und ist in der zivilisierten Gesellschaft unerhört. Aus einem mir gänzlich schleierhaften Grund schmückt sie sich dafür aber mit einer ganzen Kollektion von Ohrringen. Eine merkwürdige Marotte an einer Frau, die ansonsten so nüchtern und streng ist. Es sind offenbar seit unserem letzten Zusammenstoß noch ein paar

Ringe hinzugekommen, und die Ohrlöcher bedecken jetzt den ganzen Halbkreis jeder Ohrmuschel.

Sie sieht Lisutaris an, während sie die Armbrust fest auf meine Brust gerichtet hält. Ein Bolzen dieser Größe würde mich ohne weiteres an die gegenüberliegende Wand heften. Sarin hat einmal auf Makri geschossen, und es bedurfte der Kraft des magischen Heilsteins der Delfine, um ihr Leben zu retten. Etwa um dieselbe Zeit hat sie Budhaius von der Östlichen Erleuchtung umgebracht, einen der mächtigsten Zauberer Turais.

»Wer seid Ihr?«

»Lisutaris, Herrin des Himmels«, erwidert die Zauberin kalt. »Legt die Armbrust nieder.«

Sarin hat offenbar keine Lust, die Armbrust niederzulegen, und richtet sie stattdessen auf Lisutaris. Was sich als Fehler erweist. Lisutaris zuckt mit dem kleinen Finger, und die Waffe fliegt Sarin aus der Hand und landet klappernd auf dem Boden. Sie rutscht bis unter meinen Spülstein. Falls Sarin beunruhigt ist, lässt sie sich nichts anmerken. Sie tritt vor, bis ihr Gesicht nur noch wenige Zentimeter von Lisutaris' Gesicht entfernt ist.

»Ich mag keine Zauberer«, knurrt Sarin.

»Ich mag Euch nicht«, erwidert Lisutaris eisig.

Lisutaris ist ebenfalls eine Frau, die sich nicht so schnell einschüchtern lässt. Sie hat im letzten Krieg gegen die Orgks heroisch gekämpft. Sie hat Kriegsdrachen vom Himmel geholt und ganze Orgk-Schwadrone mit mächtigen, zerstörerischen Zaubern vom Himmel gefegt. Als ihr beachtlicher Vorrat an Magie schließlich zur Neige ging, hat sie sich ein Schwert gegriffen und es den orgkischen Invasoren, die unsere Zinnen stürmen wollten, auf den Schädel gehauen. Ich weiß es, weil ich damals an ihrer Seite gefochten habe.

»Ihr mögt glauben, dass dieses Zauberamulett, das ich an

Euch spüre, Euch vor mir schützen wird. Ihr irrt. Nehmt Euer Gesicht weg, oder ich werde Euch in Flammen hüllen.«

»Ach wirklich?« Sarin denkt gar nicht daran, auf Abstand zu gehen. »Bevor Ihr meinen Schutzzauber überwinden könnt, breche ich Euch das Genick.«

Als sportlich interessierter Mann hätte ich nichts gegen ein ordentliches Damen-Catchen zwischen Lisutaris und Sarin einzuwenden. Allerdings würde das vermutlich bedeuten, dass mein Zimmer verwüstet wird, und Ghurd ist nie sonderlich begeistert, wenn das passiert. Also mische ich mich ein.

»Bist du hergekommen, um dich mit meinen Gästen anzulegen? Das schaffe ich für gewöhnlich auch allein.«

Sarin weicht etwas zurück.

»Nein, Thraxas. Ich bin hier, um nach einem Medaillon zu suchen. Ich dachte, du hättest es vielleicht. Was keine ganz weit hergeholte Vermutung ist, da man dich an dem letzten Fundort des Schmuckstücks gesehen hat. Hast du es?«

»Ich weiß nicht, wovon du redest.«

»Das Medaillon. Zum Weitsehen. Lisutaris hat dich engagiert, es für sie wiederzuholen. So wie ich Männer engagiert habe, es für mich zu holen. Diese Männer sind tot. Wie ich sehe, ist es dir besser ergangen.«

»Ich bin schwer umzubringen.«

Ein verächtlicher Ausdruck zuckt über Sarins Gesicht. Es ist keine gespielte Verachtung, sondern sie ist echt. »Schwer umzubringen? Ich bin an dir vorbeigegangen, als du betrunken in der Gosse lagst, Thraxas. Ich hätte dich in aller Ruhe ausweiden können, wenn mir danach gewesen wäre.«

»Wann genau war das?«

»Bei einer der vielen Gelegenheiten, in denen ich unerkannt in der Stadt gewesen bin. Es gibt viele ungelöste Verbrechen, die du mir zuschreiben kannst, Detektiv. Bei einigen von ihnen hast du ohne Ergebnis ermittelt. Die wenigen Erfolge, mit denen du prahlst, sind nichts im Vergleich zu deinen vielen Fehlschlägen.«

Ich glaube ihr nicht. Sarin ist nur wütend auf mich, weil ich ihr in der Vergangenheit häufig in die Quere gekommen bin. Aber ich bemerke, dass Lisutaris' Respekt für mich deutlich leidet. Keine Klientin hat es gern, wenn ihr Detektiv von einer Kriminellen verhöhnt wird.

»Auch wenn ich betrunken in der Gosse gelegen haben mag, weiß ich nichts von einem Medaillon, das Lisutaris angeblich verloren hat. Die Herrin des Himmels ist einfach nur vorbeigekommen, um mich für einen Maskenball einzuladen. Und ich bin sehr dankbar für diese Einladung, Lisutaris. Ich werde entzückt teilnehmen.«

»Hör mit dieser Clownerie auf«, sagt Sarin ziemlich laut. Sie mustert mein Gesicht. »Du hast das Medaillon nicht«, sagt sie. Dann dreht sie sich zu Lisutaris um und betrachtet sie ebenfalls einige Sekunden. »Und Ihr habt es ebenfalls nicht.«

»Du kannst jetzt also auch Gedanken lesen?«, erkundige ich mich sarkastisch.

»Nicht genau«, erwidert Sarin, die meine Bemerkung offenbar ernst nimmt. »Aber ich bin von Kampfmönchen ausgebildet worden. Ich kann Gefühle lesen.« Sie hebt ihre Armbrust auf. »Sehr rätselhaft«, sagt sie leise. »Ich wusste, dass dieses Medaillon vom Freundeskreis abgefangen wurde, und wollte es ihren Leuten im *Blinden Klepper* abnehmen. Aber jemand war schneller als ich. Ich dachte, du wärst es gewesen, aber anscheinend habe ich mich geirrt. Nun, es spielt keine Rolle. Ich hege keinen Zweifel daran, dass ich es wiederfinden werde. Wenn ihr mir in die Quere kommt, bringe ich euch um.«

Mit diesen Worten verabschiedet sich Sarin die Gnadenlose und schließt die Tür sehr leise hinter sich.

»Wenigstens wissen wir jetzt, dass wir nicht die Einzigen sind, die nicht wissen, wo das Medaillon ist.«

»Das ist nur ein schwacher Trost«, erklärt Lisutaris. »Wer war diese Frau?«

»Sarin die Gnadenlose. Eine rücksichtslose Mörderin. Sie hat Makri beinah umgebracht, und Budhaius von der Östlichen Erleuchtung hat sie tatsächlich auf dem Gewissen. Allerdings konnte man ihr den Mord nie beweisen. Sie hat einmal sogar das Büro des Konsuls erpresst und ist mit so viel Gold entkommen, dass es für den Rest ihres Lebens reichen müsste. Aber es hat anscheinend nicht genügt, um sie vom Verbrechen abzubringen. Ich habe den Eindruck, dass sie es genießt. Sie ist natürlich geistig ziemlich labil. Dieses Gefasel davon, dass sie mich betrunken in der Gosse hat liegen sehen, beruht ganz offensichtlich auf einer Halluzination.«

»Offensichtlich. Wer sind ihre Kumpane?«

»Sie unterhält keine festen Allianzen. Sie hat früher einmal mit Georgius Drachentöter und dem Freundeskreis zusammengearbeitet, aber sie haben sich zerstritten, wenn ich mich recht entsinne. Anscheinend war sie bereit, den Freundeskreis zu berauben, aber da ist ihr wohl jemand zuvorgekommen.«

»Vielleicht könnten wir sie benutzen, um das Medaillon zu finden?«

»Vielleicht. Könnt Ihr sie durch Magie verfolgen?«

»Das kann ich«, erwidert Lisutaris. »Ich werde ihre Bewegungen in der Stadt beobachten und Euch auf dem Laufenden halten. Inzwischen müsst Ihr unbedingt all Eure Kräfte auf die Suche konzentrieren. Ich muss jetzt gehen. Ich werde zu einem Treffen mit den Staatsministern erwartet.«

Ich warne Lisutaris: »Sarin ist eine sehr gefährliche Frau. Wenn sie das Medaillon nicht allein finden kann, könnte sie auf die Idee kommen, es in Eurer Villa zu suchen. Vielleicht sollte ich wirklich zu Eurem Ball kommen.«

»Macht Euch keine Mühe«, sagt Lisutaris. »Ich habe ausreichende Sicherheitskräfte.«

Sie geht, und ich marschiere nach unten und hole mir ein Bier.

»Gut gelaufen?«, erkundigt sich Makri. Sie steht hinter dem Tresen.

»Spar dir deine Worte, und gib mir ein Bier.«

»Und weswegen bist du so mürrisch wie eine niojanische Hure?«

»Wegen nichts.«

»Wegen nichts?«

»Richtig, wegen nichts. Außerdem hat mir Sarin die Gnadenlose gerade einen Besuch abgestattet.«

Das bringt Makri auf die Palme. Sarin hat ihr einmal einen Armbrustbolzen in die Brust geschossen, und Makri würde ihr diesen »Liebesdienst« gern heimzahlen.

»Ich glaube, dass Sarin die einzige Person ist, die es je geschafft hat, mich zu verwunden, ohne dass ich sie dafür getötet habe.«

Ich beruhige Makri. Sie wird ihre Chance schon bekommen.

»Sarin hat eine Art aufzutauchen, wenn es überhaupt nicht passt.«

»Bedeutet das, dass du nicht an der Innungshochschule ermitteln kannst?«

»Es muss vielleicht eine Weile warten.«

»Das kann aber nicht warten«, protestiert Makri empört. »Wenn du den wahren Dieb nicht bald findest, muss ich die Prüfung vor Leuten ablegen, von denen mich jeder für eine Diebin hält.«

»Du musst einfach das Beste daraus machen.«

»Das Beste daraus machen?« Makri läuft rot an. »Das Beste daraus machen? Das ist dein Rat? Ich habe dich gar nicht gebeten, dich einzumischen. Ich war ganz zufrieden mit der Vorstellung, dorthin zu gehen und Professor Toarius umzubringen. Du hast mich davon abgehalten und jetzt sagst du, ich soll das Beste daraus machen?«

Beim Anblick einer wütenden Makri rücken die Trinker um uns herum nervös von uns ab.

»Das ist richtig. Du musst das Beste daraus machen. Nur weil Lisutaris dich zu ihrer vornehmen Party eingeladen hat, bedeutet das noch lange nicht, dass du die ganze Stadt nach deinem Gutdünken herumkommandieren kannst.«

»Aha!«, schreit Makri. »Deshalb benimmst du dich wie ein Troll mit Zahnweh! Du bist eifersüchtig, weil du nicht auf den Ball gehen kannst.«

»Ich bin nicht eifersüchtig.«

»Genau wie die Elfenprinzessin in der Geschichte«, meint Makri.

»Welche Geschichte?«

»Die Geschichte von der Elfenprinzessin, die nicht auf den Ball gehen durfte.«

»So eine Geschichte gibt es nicht.«

»Natürlich gibt es sie. Ich habe sie letztes Jahr übersetzt.«

Ich schaue Makri verächtlich an. »Faszinierend, Makri. Es stimmt mich sehr glücklich zu erfahren, dass du sicher in einem Klassenzimmer hockst und Elfenmärchen übersetzt, während ich draußen auf den Straßen Verbrecher jage.«

Makri holt ihr Schwert hinter dem Tresen hervor. »Ich gehe jetzt los und lege Professor Toarius um«, knurrt sie.

Ich beeile mich, ihr den Weg zu versperren. »Also gut, ich mache mich auf und ermittle in der Hochschule.«

Ich lasse mir von Tanrose einen Beutel mit Essen geben und verzehre es unterwegs. Wahrscheinlich hat Makri Recht. Ich sollte mehr auf ihr Problem achten. Nur ist Lisutaris' Fall bei all den Leichen, über die ich stolpere, einfach nicht so leicht zu ignorieren. Bis mich die Zauberin aber auf eine neue Fährte setzt, habe ich etwas Zeit, um wegen des Diebstahls zu ermitteln. Mir widerstrebt nur die ganze Arbeit, die ich mir wegen fünf Gurans mache.

Ich muss noch einigen Studenten einen Besuch abstatten. Alles Leute, die am fraglichen Tag in der Nähe des Tatorts gewesen sind. Ich fange an, sie abzuhaken. Es kostet mich viel Lauferei und viel Klinkenputzen von Türen, an denen mich niemand gern willkommen heißt. Ich arbeite mich nach Norden durch die Stadt, und je eleganter die Häuser werden, desto knapper werden die Antworten. Einige Familien weigern sich schlichtweg, mich überhaupt hineinzulassen, und geben erst nach, als ich ihnen einen Gerichtsbeschluss aus dem Tribunatsbüro androhe. Es gibt zwar eigentlich kein Tribunatsbüro, aber das wissen sie nicht.

»Als ich hörte, dass der Vizekonsul den Posten des Tribunen wieder besetzt hat, war mir nicht klar, dass dies zur Belästigung von ehrlichen Leuten führen würde, die ihrer Arbeit nachgehen«, sagt ein ärgerlicher Glasermeister. Er regt sich auf, weil ich das familiäre Abendmahl unterbreche, um ihrem Sohn ein paar Fragen zu stellen.

»Ich habe nur wenige Fragen, dann bin ich wieder weg.«

Es ist das achte Haus, das ich aufsuche, bis jetzt ohne greifbares Ergebnis. Für Studenten, die angeblich lernen, scheinen die jungen Männer an der Innungshochschule aber bemerkenswert unaufmerksam zu sein. Allerdings kann ich das verstehen. Ich habe fast ein Jahr als Zauberlehrling studiert, und am Ende habe ich mich nur noch an den Weg zur nächsten Taverne erinnert.

Ich werde in einen eleganten Salon geführt, der sehr aufwendig möbliert ist. Das lässt mich vermuten, dass Glaser vielleicht doch kein so schlechter Beruf sein kann. Ich muss lange warten, und niemand bietet mir etwas zu trinken an.

So behandelt man keinen Gast. Selbst der Konsul würde mir ein Glas Wein anbieten, und der freut sich nie, wenn er mich sieht. Endlich taucht der Sohn des Glasers auf. Er heißt Ossinax, zählt etwa neunzehn Lenze und hat sein langes Haar zu einem Pferdeschwanz zurückgebunden, wie die meisten Söhne der Unterschicht dieser Stadt. Mein eigenes Haar ist niemals geschnitten worden und hängt seit meiner Jugend in einem Zopf auf dem Rücken. Allerdings fallen mir in letzter Zeit immer mehr graue Strähnen auf.

»Ich bin froh, dass Ihr gekommen seid.« Seine Eröffnung überrascht mich.

»Tatsächlich?«

Er senkt ängstlich die Stimme, als fürchte er, dass sein Vater vor der Tür lauschen könnte. »Ich glaube wirklich nicht, dass Makri das Geld gestohlen hat.«

»Und warum nicht?«

»Weil ich sie einmal gebeten habe, für mich einen Viertelguran aufzubewahren. Sie hat ihn mir sofort zurückgegeben, als ich danach gefragt habe.«

»Warum war es denn überhaupt nötig, dass sie Euren Viertelguran aufbewahrte?«

»Das war nicht nötig. Dabei ging es um eine Wette mit einigen anderen Studenten. Wir wollten wissen, wie lange sie ihn behalten würde, ohne ihn zu stehlen. Aber dann hat sie ihn überhaupt nicht gestohlen. Wir waren alle sehr überrascht.«

»Verstehe.«

»Ich mag sie«, gesteht mir Ossinax. Er scheint ein bisschen niedergeschlagen. »Aber sie hat mich verprügelt, als sie von der Wette erfahren hat. Das habe ich jedoch nie jemandem erzählt. Ich wollte sie nicht in Schwierigkeiten bringen.«

Aus Ossinax' Tonfall schließe ich, dass er vielleicht mehr als nur freundschaftliche Gefühle für Makri hegt. Das wäre auch nicht weiter verwunderlich. In einer Stadt, in der sich die Frauen beinah immer vollkommen verhüllen, scheint Makri nie genug anzuhaben. Sie ist mehr als einmal deswegen aus der Hochschule nach Hause geschickt worden.

»Wer könnte das Geld denn noch genommen haben?«

»Das weiß ich nicht. Da liefen viele Leute herum.«

Doch jeder, an den er sich erinnert, steht auf meiner Liste, und ich habe sie alle überprüft.

»Seid Ihr sicher, dass kein anderer Student da war?«

»Ich kann mich jedenfalls an keinen erinnern.«

»Und auch an keine Angestellten?«

»Warum sollte ein Angestellter fünf Gurans stehlen?«

»Man weiß nie, wer vielleicht dringend Geld brauchte.«

Ossinax hat jedoch seines Wissens nach keine Angestellten der Hochschule auch nur in der Nähe des fraglichen Raums gesehen.

»Professor Toarius war kurz vorher dort, aber er läuft oft in dem Gebäude herum.«

»Wie viel früher?«

»Etwa eine Stunde früher. Das war noch vor meinem Philosophiekurs. Er ist zusammen mit Barius über den Flur gegangen.«

»Barius?«

»Das ist Professor Toarius' Sohn.«

»Was wollte der denn da?«

»Das weiß ich nicht. Er studiert an der Kaiserlichen Universität. Ich habe ihn zuvor nur einmal gesehen, als er seinen Vater besucht hat. Aber ich bin sicher, dass er es war.«

Niemand hat bisher den Sohn des Professors erwähnt. Das ist wahrscheinlich nicht weiter verdächtig. Immerhin war das mehr als eine Stunde vor dem Diebstahl. Trotzdem macht es mich neugierig. Der Professor hat mir nicht gesagt, dass sein Sohn ihn an diesem Tag besucht hat. Andererseits hat Professor Toarius überhaupt nicht viel gesagt, bevor er wütend aus dem Zimmer stürmte. Ich frage Ossinax, ob er mir mehr über Barius erzählen kann, aber das kann er nicht. Es überrascht ihn, dass mich das überhaupt interessiert.

»Die Familie ist sehr reich. Barius hat es nicht nötig, fünf Gurans zu stehlen.«

»Wahrscheinlich nicht.«

Ich hinterlasse ihm meine Adresse und bitte ihn, sich bei mir zu melden, wenn ihm etwas einfällt, was mich möglicherweise interessieren könnte.

»Ihr wohnt in der *Rächenden Axt*? Ist das da, wo Makri arbeitet?«

»Ja.«

»Ist das ein gefährlicher Ort?«

»Jeder Platz, an dem Makri arbeitet, ist potenziell gefährlich.«

»Hat sie wirklich einen Orgk-Lord und seine ganze Familie niedergemetzelt, bevor sie aus den Gladiatorgruben geflohen ist?«

»Das hat sie.«

»Und hat sie auch einen Drachen in der Arena besiegt?«

Offensichtlich hielt Makri es nicht für unter ihrer Würde, ein wenig an der Hochschule anzugeben.

»Das hat sie wirklich getan«, erwidere ich. »Und sie hat mir auch geholfen, einen anderen, viel größeren zu besiegen«, füge ich hinzu. Ich möchte nicht, dass der junge Ossinax den Eindruck bekommt, dass nur Makri in der Lage wäre, Heldentaten im Kampf zu vollbringen. Wir haben zwar den Drachen nicht getötet, aber immerhin die Orgk-Krieger besiegt, die ihn begleiteten. Makri hatte den entscheidenden Anteil an dem Sieg, als sie sich durch die Reihen der Orgks gemäht und ihren Anführer getötet hat.

Ich lasse einen nachdenklichen Ossinax zurück. Ein Diener führt mich unter den wachsamen Blicken seines Vaters hinaus. Draußen höre ich das Geräusch von Hämmern aus der Werkstatt hinter dem Haus. Ich blicke an der Fassade hoch.

»Hübsche Fenster. Habt Ihr die alle selbst gemacht?«

Der Glaser schließt nachdrücklich die Tür. Es ist heiß wie in der orgkischen Hölle. Ich trinke einen Schluck Wasser aus einem Brunnen und sehe mich nach einem Wassermelonenstand um. Irgendwie verspüre ich den Drang, Barius, dem Sohn von Professor Toarius, einen Besuch abzustatten. Nachdem ich zwei große Wassermelonen gegessen habe, verspüre ich diesen Drang immer noch. Also winke ich einem Landauer und lasse mich nach Thamlin kutschieren.

10. Kapitel

Es ist überraschend schwierig, Barius aufzutreiben. Er ist nicht an der Kaiserlichen Universität, und seit einigen Tagen hat ihn auch niemand dort gesehen. Ich trotte voller Unbehagen durch die hohen Marmorsäle, befrage Studenten und Angestellte, aber die Freunde des jungen Mannes haben ihn nicht gesehen, und die Professoren und Tutoren sind nicht allzu scharf darauf, einem Außenseiter Informationen zu geben, Tribun oder nicht. Als mir schließlich ein Professor für Theologie einen langatmigen Vortrag über die historischen Pflichten des Tribunats hält, erkenne ich, dass es Zeit wird, der Universität den Rücken zu kehren. So viel geballtes Wissen kann ich nur schwer verdauen. Beim Anblick der Reihen gut gekleideter und aufmerksamer Studenten, die in den gewaltigen Vorlesungssälen hocken, denke ich unwillkürlich an Makri und daran, was diese Institution wohl aus ihr machen wird, falls sie sich den Zugang zur Universität erkämpfen sollte. Vizekonsul Zitzerius hat einmal angedeutet, dass er ihr vielleicht helfen würde, wenn die Umstände es erlauben, aber damals wollte er etwas von ihr. Außerdem bezweifle ich, dass er ihr wirklich helfen würde, wenn es jemals dazu käme.

Barius lebt noch zu Hause im Schoß der Familie, also fasse ich das als mein nächstes Ziel ins Auge. Allerdings freue ich mich nicht gerade auf eine weitere Begegnung mit Professor Toarius. Der Professor wird sich wie ein Böser Bann auf mich stürzen, wenn ich erst einmal anfange, seine Familie zu behelligen. Toarius gehört zu einer wichtigen Familie und hat viele einflussreiche Freunde. Der Rang eines Professors an sich verleiht zwar noch keinen sonderlich hohen Status, aber Toarius' Familie besitzt viel Land vor der Stadt und ist schon länger wohlhabend, als die Leute erinnern können. Schade eigentlich, denke ich, während ich mich zu seiner Villa aufmache. Während meiner Laufbahn als Detektiv bin ich bereits den meisten wichtigen Leuten der Stadt auf die Zehen getreten, was bei meinem Gewicht keine leichte Sache ist. Also dürfte ein weiterer Feind wahrscheinlich auch keinen großen Unterschied mehr machen.

Was mich an etwas erinnert. Ich sollte eigentlich Ermittlungen wegen Lisutaris' Sekretärin anstellen. Es macht mich sehr neugierig, aus welchem Grund die Zauberin sie so beschützt. Ich breche meine aktuelle Mission ab und mache einen Abstecher in eine Taverne, deren Besitzer früher einmal als Vorsteher der Stallungen von Budhaius von der Östlichen Erleuchtung gearbeitet hat. Als der Zauberer vor einem Jahr seine Toga abgegeben hat, saß der Vorsteher plötzlich auf der Straße. Er hat seine Ersparnisse in eine Taverne gesteckt, was auch ganz gut zu ihm passte. Ich habe seinen Sohn einmal vor einer Anklage wegen Körperverletzung bei einer Straßenschlägerei bewahrt, und seitdem hat er mir ein- oder zweimal mit seinem Wissen über die Angestellten und Diener unserer Stadtzauberer geholfen.

»Lisutaris' Sekretärin? Sicher erinnere ich mich an sie. Avenaris. Nervöses kleines Ding, das. Ist die Tochter von Lisutaris' älterem Bruder. Als der im Krieg gefallen ist, hat die Herrin des Himmels sie aufgenommen und kümmert sich seitdem um sie. Was hat sie denn ausgefressen?«

»Nichts, wovon ich wüsste. Aber warum ist sie so nervös?«

»Wer weiß?«

Mehr kann er mir jedoch auch nicht verraten. Avenaris war nie in Schwierigkeiten und ist eine loyale Angestellte. Kein Skandal, keine Liebhaber, einfach nur nervös. Ich danke ihm, gebe ihm Geld für einige Drinks und begebe mich wieder an meinen Auftrag.

Professor Toarius lebt in Thamlin. Ich bin immer wieder überrascht, wie sauber und ordentlich es hier ist. Nirgendwo liegt Müll auf der Straße, an den Ecken stehen keine Bettler herum, und nirgendwo suchen Straßenköter hungrig nach Abfällen. Die Bürgersteige sind mit blassgelben und grünen Fliesen gepflastert, ein untrügliches Merkmal der wohlhabenderen Viertel Turais. Die großen Villen liegen alle ein ganzes Stück von der Straße entfernt und werden zusätzlich durch ausgedehnte Gartenanlagen von ihr getrennt. Auf den Straßen ist es ruhig. Die gut erzogenen Dienstboten schleppen Proviant in die Heime ihrer Brötchengeber. Und überall zeigt sich die Zivilgarde, deren Aufgabe vor allem darin besteht, unerwünschten Besuch fern zu halten.

Als eine offiziell wirkende Karosse neben mir anhält, habe ich einen Moment lang das Gefühl, dass ich eine dieser unerwünschten Personen bin. Ich bin erstaunt, als die Vorhänge der Karosse zurückgezogen werden und der Konsul höchstpersönlich mir zuwinkt. Ich bin Konsul Kahlius zwar schon vorher begegnet, hätte aber nie gedacht, dass Turais ranghöchster Bonze selbst nach mir die Straßen absucht.

»Steigt ein!«, befiehlt Kahlius.

Ich tue ihm den Gefallen.

»Wohin fahren wir?«

»Wir fahren nirgendwohin.«

Kahlius muss etwa sechzig Jahre alt sein. Seine Toga ist goldgesäumt, wie es seinem Rang geziemt. Und er trägt sie voller Stolz. Als turanianischer Konsul hat er einen recht guten Ruf. Er ist zwar nicht so spitz wie ein Elfenohr, aber er gehört auch nicht zu den Dümmsten, die je dieses Amt bekleidet haben. Und auch wenn ihm Zitzerius' Integrität und Unbestechlichkeit abgeht, hat man ihn wenigstens noch nie dabei erwischt, wie er Bestechungsgelder annimmt. Außerdem ist er erheblich charismatischer als sein Stellvertreter.

»Ich will mit Euch reden. Und das geht hier genauso gut wie irgendwo anders.«

Unsere spontane Konferenz verwirrt mich. Ich frage den Konsul, ob er zufällig vorbeikutschiert ist.

»Ich habe nach Euch gesucht. Mein Zauberer hat Euch aufgespürt, und ich bin schnellstens hierher gekommen, um Euch abzufangen.«

Wenn der Konsul tatsächlich einen Zauberer eingesetzt hat, um mich zu finden, muss er sich wegen irgendetwas ernste Sorgen machen. Die Behörden behelligen ihre Zauberer nicht mit Banalitäten.

»Welchen Auftrag erledigt Ihr gerade für Lisutaris, die Herrin des Himmels?«

Ich weiß nicht genau, was ich sagen soll. Ich kann Lisutaris' Gründe, aus denen sie mich engagiert hat, auf keinen Fall enthüllen. Und jetzt begreife ich zum ersten Mal in vollem Ausmaß, dass Lisutaris ungeheuer lebenswichtige Informationen vor dem Staat zurückhält. Informationen, die sie besser nicht verschweigen sollte. Und ich stecke jetzt bis über meinen Scheitel mit in der Sache drin. Wenn Turai eine Katastrophe erlebt, weil eine nutzlose Zauberin das Medaillon verloren hat, und ich dafür verantwortlich gemacht werde, dass es nicht rechtzeitig wiedergefunden wurde, dann gute Nacht. Den Rest meines Lebens auf einer Sklavengaleere rudern zu dürfen wäre dann noch ein glückliches Los für mich.

Ich spiele mit dem Gedanken abzustreiten, dass Lisutaris mich engagiert hat, aber das ist zu riskant. Der Konsul hat einfach zu viele Informationsquellen. Es wird Zeit für eine Lüge, ein Talent, dessen ich mich besonders rühme.

»Sie hat mich engagiert, um irgendwelche persönlichen Dokumente wiederzufinden.«

»Was für Dokumente?«

»Ihr Tagebuch.«

Kahlius mustert mich kühl. »Ihr Tagebuch?«

»Ja. Sie hat es beim Wagenrennen verloren. Es ist natürlich eine sehr delikate Angelegenheit. Kein hochstehender Zauberer möchte, dass wichtige Einzelheiten seiner alltäglichen Gedanken in aller Öffentlichkeit breitgetreten werden. Und der *Berühmte und Wahrheitsgetreue Chronist* würde vermutlich das ganze Ding publizieren, wenn es ihm in die Hände fiele.«

Kahlius ist alles andere als überzeugt. »Lisutaris hat Euch engagiert, um ihr Tagebuch zu suchen? Es fällt mir schwer, das zu glauben.«

»Tagebücher sind höchst heikle Dinge, Konsul. Ich glaube, in ihrem stehen verschiedene Liebesgedichte. Und sie ist natürlich peinlichst darum bemüht, dass niemand anders sie zu Gesicht bekommt.«

»Wollt Ihr mir weismachen, dass Turais wichtigste Hexenmeisterin ihre Zeit damit verplempert, Liebesgedichte zu schreiben?«

Ich hebe ergeben die Hände. »Sind Liebesgedichte wirklich Zeitverschwendung? Wer kann das schon sagen? In der Kaschemme, in der ich wohne, sind viele Personen zutiefst in Angelegenheiten verstrickt, die …«

»Ich bin an den elenden Affären nicht interessiert, die sich in der *Rächenden Axt* abspielen«, unterbricht mich Kahlius ätzend.

Ich bemerke mit gewisser Genugtuung, dass der Konsul sich tatsächlich daran erinnert, wo ich lebe. Er ist sogar einmal vorbeigekommen, allerdings um mich zu drangsalieren. Ich dachte, er hätte es schon vergessen. Ich flicke weiter an meiner Geschichte: »Lisutaris brauchte einen diskreten Mann, der für sie arbeitet. Ich bin sicher, dass Ihr das versteht. Eigentlich sollte ich Euch das gar nicht erzählen, und ich muss Euch inständig bitten, dass diese Information diese Karosse nicht verlässt.«

»Ich bin von der Zivilgarde darüber in Kenntnis gesetzt worden, dass Ihr an einer Vielzahl von Todesfällen beteiligt seid, die sich in den letzten Tagen ereignet haben. Ist Euch klar, dass heute früh sechs Männer in der Nähe der Lustgärten tot aufgefunden wurden? Sie sind geradezu zerstückelt worden.«

»Das wusste ich nicht. Und was habe ich damit zu tun?«

»Lisutaris hat etwas damit zu tun. Mir wurde zugetragen, dass ein Detektiv namens Demanius sofort am Tatort gewesen ist, und weiter gehende Informationen besagen, dass dieser Demanius in eine Sache verwickelt ist, die Lisutaris betrifft.«

»Demanius? Irgendwie kommt mir der Name bekannt vor. Wer hat ihn engagiert?«

Kahlius will mir nicht erzählen, wer Demanius engagiert hat, und er will ebenfalls nicht verraten, woher er weiß, dass Demanius an etwas arbeitet, das Lisutaris betrifft. Trotzdem halte ich seine Informationen für verlässlich. Das Büro des Konsuls hat seinen eigenen, höchst effizienten Nachrichtendienst. Es bestürzt mich, dass sechs weitere Männer ums Leben gekommen sind. Aber noch beunruhigender ist es, dass Demanius am Tatort war und ich nichts davon erfahren habe.

»Es erscheint mir sehr wenig plausibel, dass sich so viele Morde bei der Suche nach einem schlichten Tagebuch ereignen können, ganz gleich, wie viele Gedichte es enthalten mag«, schließt der Konsul.

»Ich habe mit diesen Todesfällen nichts zu tun, Konsul. Sie haben sich ereignet, als ich zufällig in der Nähe war. Natürlich führt mich die Spur des Tagesbuchs an verschiedene höchst zwielichtige Schauplätze. Es sind Orte, die man unter normalen Umständen nur sehr ungern besuchen möchte, aber als Detektiv hat man keine Wahl. Meiner Meinung nach steht die Gewalt, die dort stattgefunden hat, in keiner Weise mit mir in Verbindung. Oder mit Lisutaris.«

Kahlius trägt einen Goldreif am Mittelfinger seiner rechten Hand. Es ist ein offizieller Siegelring, eines der Embleme, die sein Amt als Oberster Repräsentant des Königs unterstreicht. Er betastet ihn nachdenklich.

»Sollte ich herausfinden, dass Ihr mich belügt, Detektiv, dann werdet Ihr dafür bestraft werden.«

Ich versichere ihm, dass ich nicht lüge. Ich habe es eilig, weiterzukommen, aber Kahlius ist noch nicht mit mir fertig.

»Als Zitzerius Euch zu einem Tribun ernannte, hat er meines Wissens unmissverständlich klargemacht, dass diese Ernennung nur ehrenhalber stattgefunden hat.«

»Das hat er.«

»Und trotzdem benutzt Ihr die Macht des Tribunats gegen den ausdrücklichen Willen der Regierung.«

Es ist sinnlos, in diesem Punkt Lügen zu erzählen.

»Ich hatte das Gefühl, dass es berechtigt war«, erwidere ich.

»Gab es nicht einen Mordanschlag auf Euch, als Ihr das letzte Mal diese Macht eingesetzt habt?«

»Das stimmt.«

»Ich hätte gedacht, dass dieses eine Mal genügt, um Euren Enthusiasmus zu bremsen«, meint Kahlius. »Jemand wie Ihr hat sich nicht in die Politik dieser Stadt einzumischen. Seid gewarnt. Eure Machtbefugnisse sind rein symbolisch. Wenn Ihr wegen Eurer Aktionen in Schwierigkeiten geratet, wird die Regierung Euch nicht unterstützen.«

Kahlius entlässt mich aus seiner Karosse. Sein Kutscher nimmt die Zügel auf, und sie rumpeln davon. Was für eine Art Strafe Kahlius wohl im Sinn hat? Sollte ich nicht lieber meine Sachen packen und schleunigst die Stadt verlassen? Und vor allem: Warum gibt es in Thamlin keine Tavernen? Ich brauche dringend ein Bier.

Ich kann keinen Miet-Landauer finden, also muss ich den langen Weg zurück zur Stadtmitte zu Fuß antreten. Hier sind die Straßen nicht gepflastert, und ich schlucke den erstickenden Staub und verfluche die Hitze. Ich habe den Mond-und-Sterne-Boulevard zur Hälfte passiert, als eine andere Kutsche neben mir hält. Heute ist anscheinend der allgemeine »Wir-suchen-Thraxas-in-der-Kutsche«-Tag. Lisutaris öffnet den Verschlag und winkt mich hinein. Ihre Mitfahrgelegenheit ist luxuriös eingerichtet, aber es riecht ziemlich nach Thazis.

»Habt Ihr mich mit einem Zauber gefunden?«

Sie nickt. »Ich glaube, ich habe das Medaillon aufgespürt.«

»Sehr gut. Der Konsul vermutet nämlich, dass Ihr es verloren habt.« Ich schildere ihr meine Begegnung mit ihm. Lisutaris ist fassungslos, und nicht zuletzt deswegen, weil ich dem Konsul den Bären aufgebunden habe, dass sie Liebesgedichte schreibt. Ihre vornehmen Gesichtszüge verzerren sich höchst pikiert.

»Hättet Ihr Euch nicht etwas Überzeugenderes ausdenken können?«

»Ich hatte keine Zeit, lange nachzudenken. Außerdem ist es nicht so unglaubwürdig. Zauberer hätscheln gelegentlich eine poetische Ader. Und Ihr habt nie geheiratet. Wer weiß, ob Ihr Euch nicht heimlich nach jemandem verzehrt?«

»Allmählich fange ich an zu glauben, dass Harmonius Alp-Elfs Einschätzung Eurer Person ganz richtig gewesen ist.«

»Harmonius? Was hat er gesagt?«

»Dass Ihr ein Schwachsinniger seid.«

Lisutaris sieht mich an, als läge ihr noch jede Menge zu diesem Thema auf der Zunge, aber in diesem Moment ertönt der Ruf zum Sabbab, dem Nachmittagsgebet, in der Stadt. Es ist eine gesetzliche Vorschrift für alle turanianischen Bürger, dreimal am Tag zu beten. Selbst wenn ich zu nichts weniger Lust habe, als mich jetzt auf die Knie zu werfen, bleibt mir keine Wahl. Es ist sogar verboten, in einer Kutsche zu bleiben. Also steigen Lisutaris und ich aus, während wir frustriert knurren, und gesellen uns zu den anderen, die ebenfalls das Pech hatten, beim Ertönen des Rufs nicht im Haus zu sein. Lisutaris behagt die Aussicht, sich in den Staub zu knien und ihr teures Gewand zu beschmutzen, gar nicht, was man an ihrer mürrischen Miene deutlich ablesen kann.

»Vielleicht kann ich ja göttlichen Beistand gut gebrauchen«, meint sie und wirft mir einen Blick zu, der andeutet, dass sie in meine Fähigkeiten als Detektiv nicht mehr länger ihr vollstes Vertrauen setzt. Wir beten schweigend. Das heißt, wir tun so. Ich bin viel zu sehr damit beschäftigt, mich über Harmonius AlpElf aufzuregen, weil er mich einen Schwachsinnigen genannt hat. Er ist vielleicht ein sehr mächtiger Zauberer, aber ich habe ihn niemals für sonderlich intelligent gehalten. Schließlich erlöst uns der Ruf, der das Ende der Gebete verkündet.

»Ich werde ein Wörtchen mit Harmonius AlpElf reden«, knurre ich und rapple mich auf.

»Ihr wärt sehr unklug, wenn Ihr Harmonius beleidigen würdet«, antwortet Lisutaris.

»Unklug? Ihr glaubt, ich mache mir Sorgen darüber, diesen spitzohrigen Scharlatan zu beleidigen? Er wäre nicht der erste Zauberer, dem ich einen Kinnhaken versetzt habe, bevor er einen Bann ausspucken konnte.«

Lisutaris wühlt in ihrem Beutel nach Thazis. »Wenn ich gewusst hätte, dass Ihr so labil seid, hätte ich Euch nicht engagiert.«

»Ich bin nicht labil. Ich mag nur keine Zauberer, die mich einen Idioten schimpfen.«

»Schwachsinniger war das Wort.«

»Von mir aus auch Schwachsinniger.«

Wir fahren schnell durch die Stadt. Lisutaris erzählt mir, dass sie zwar das Medaillon nicht ausfindig machen konnte, dafür aber Sarin bis zu einem Lagerhaus am Hafen verfolgt hat.

»Und ich habe auch einen mächtigen Anwender von Magie dorthin eilen spüren. Ich glaube, dass dies mit dem Medaillon in Verbindung steht.«

»Wahrscheinlich. Habt Ihr vielleicht eine Ahnung, um wen es sich bei diesem mächtigen Anwender von Magie handeln könnte?«

Lisutaris schüttelt den Kopf. »Dieser Aura bin ich bisher nicht begegnet.«

Wir kommen gut über den Boulevard voran und kreuzen dann den Fluss, gleichfalls im Galopp. Lisutaris' Kutscher ist ein Meister seines Fachs und windet sich mit einer Geschicklichkeit durch das Gedränge der Lastkarren, die ich nur bewundern kann.

»Glaubt Kahlius wirklich, dass ich das Medaillon verloren habe?«

»Ich bin mir nicht ganz sicher. Er vermutet, dass Ihr in ernsten Schwierigkeiten steckt. Mehr weiß er vielleicht noch nicht. Aber das genügt bereits, die Regierung aufzuschrecken, da Ihr die Oberhexenmeisterin der Zaubererinnung seid.«

»Er wird auf jeden Fall bei meinem Maskenball verlangen, das Medaillon zu Gesicht zu bekommen.«

»Vielleicht könnte ich ihn ablenken, wenn ich da wäre?«

»Glaube ich nicht.« Lisutaris zündet sich eine weitere Thazisrolle an.

Ich verfalle den Rest der Fahrt in brütendes Schweigen. Lisutaris wischt sich beiläufig den Staub von ihrem Gewand. Wie ihr Regenbogenumhang ist auch der Stoff dieses Kleides von höchster Qualität. Die Herrin des Himmels ist eine außerordentlich wohlhabende Frau. Sie hat eine große Hinterlassenschaft von ihrem Vater geerbt, einem reichen Großgrundbesitzer, der sein Vermögen noch um ein Vielfaches vermehrt hat, nachdem er in den Senat gewählt wurde. Die übliche Hauptbeschäftigung unserer Senatoren. Es ist zwar ungewöhnlich, dass ein Zauberer in Turai aus den höchsten Adelskreisen stammt, weil Zauberei wie jede andere ehrliche Arbeit für gewöhnlich unter ihrer Würde ist, aber Lisutaris war das jüngste Kind der Familie. Es wurde ihr freigestellt, sich ihren eigenen Weg zu suchen, während ihre beiden älteren Brüder für ihre Rolle in der Gesellschaft zurechtgetrimmt wurden. Ihr Vater war zwar nicht übermäßig erfreut darüber, als sich bei ihr eine Begabung zur Zauberei zeigte, aber da ihre beiden männlichen Geschwister bereits ehrbar dekadent aufwuchsen, verbot ihr Vater ihr nicht, etwas Sinnvolles zu lernen.

Unter normalen Umständen hätte sich Lisutaris zu einer schwer arbeitenden Zauberin mit einem bescheidenen Einkommen entwickelt, aber ihre beiden Brüder kamen im letzten Orgk-Krieg unglücklicherweise ums Leben. Wodurch sie die Alleinerbin des riesigen Familienvermögens wurde. Seitdem erfüllt sie ihre Doppelrolle als Mitglied des Hochadels und mächtige Zauberin ohne allzu viel Skandale, und das in einer Stadt, die über das Ungewöhnliche sofort die Nase rümpft. Ihr erstklassiger Leumund während des Krieges schützt sie noch vor jeder Kritik, obwohl ihr enormer Konsum von Thazis ihren Adelsgenossen bekannt sein muss. Der *Berühmte und Wahrheitsgetreue Chronist* hat gelegentlich einige schneidende Seitenhiebe über ihre Ehelosigkeit gelandet, aber selbst das wird bei einer Zauberin als nicht so ungewöhnlich betrachtet. Zauberern sieht man selbst ein hohes Maß an Exzentrik nach, vor allem einer Zauberin, die ganze

Regimenter von Orgks mit ihren Zaubersprüchen durch die Luft gewirbelt hat. Zudem hat ihre kürzliche Wahl zur Oberhexenmeisterin der Zaubererinnung Turai viel Ehre gemacht. Da sich unter diesem Dachverband die meisten Zauberer des Weiten Westens versammeln, bringt es auch ein bisschen mehr Sicherheit für unsere Stadt mit sich.

Unsere Kutsche hält neben einem großen Lagerhaus, das nicht weit vom Hafen entfernt liegt.

»Sarin ist da drin«, erklärt Lisutaris.

Ich schenke mir die Frage, woher sie das weiß. Lisutaris hat eine Macht des Sehens, die ich nicht einmal annähernd erreichen könnte, selbst wenn ich mein ganzes Leben studiert hätte. »Schön«, sage ich. »Wie kommen wir an den Zentauren vorbei?«

»Zentauren?«

In diesem Augenblick biegen drei Zentauren um die Ecke. Es sind Wesen, halb Mensch, halb Pferd, die in Turai so gut wie nie gesehen werden. Sie sind noch seltener als Einhörner. Ich habe einige im Feenhain getroffen, aber abgesehen von diesem Ort weiß ich nicht, ob sie noch irgendwo auf der Welt existieren. Wir starren sie an. Unsere Münder stehen mehr oder weniger weit offen.

»Sie können nicht hier sein«, sagt Lisutaris. »Ein Zentaur würde diese Stadt niemals besuchen.«

»Und wenn, dann würden sie sich bestimmt nicht ausgerechnet nach ZwölfSeen verirren.«

»Die menschliche Umgebung ist ihnen ein ausgesprochenes Gräuel.«

Während wir zusehen, wie die Zentauren vor dem Lagerhaus stehen bleiben, überlege ich, ob ich nicht besser mein Schwert ziehen sollte. Zentauren können ziemlich grob werden, wenn man sie aufschreckt. Ich weiß, wovon ich rede. Ich habe sie kämpfen sehen. Aber sie schenken uns keine

Aufmerksamkeit, sondern traben weiter um das Lagerhaus herum und verschwinden schließlich um die nächste Ecke. Ihre Menschenköpfe recken sie stolz empor, und die Pferdeschwänze peitschen hinter ihnen die Luft.

Wir biegen vorsichtig um die Ecke des Lagerhauses und sehen uns um. Keine Zentauren zu sehen.

»Sie können nicht so einfach verschwunden sein«, murmelt Lisutaris. »Ich sollte die Behörden verständigen.«

»Es gibt keine Hufspuren.«

»Was?«

»Sie haben keine Spuren hinterlassen. Echte Zentauren hätten jede Menge Spuren im Staub gemacht. Es war eine Art Erscheinung. Ist hier Zauberei benutzt worden?«

»Ja«, bestätigt Lisutaris kurz darauf meinen Verdacht. »Aber ich bin nicht sicher, welche Art oder von wem.«

Drei geheimnisvolle Zentauren sind eigentlich interessant genug, aber wir haben hier etwas anderes zu erledigen. Ich schlage vor, dass wir das Warenhaus untersuchen, bevor sich Sarin ebenfalls in Luft auflösen kann. Drinnen ist es dunkel. Lisutaris zieht einen kurzen Stab aus ihrem Mantel, murmelt ein Machtwort, und das Licht aus dem Stab erhellt selbst den letzten Winkel des Gebäudes. Überall stehen Kisten und Kästen herum.

»Sie ist oben«, meint Lisutaris.

Ich folge ihr eine Holztreppe hinauf und halte dabei die ganze Zeit scharf nach Sarin der Gnadenlosen Ausschau.

»Sie ist tödlich mit ihrer Armbrust«, flüstere ich.

»Ich beschütze Euch«, erwidert Lisutaris ebenfalls flüsternd.

Ich hatte das eher als Warnung gemeint denn als Bitte um Schutz, sage aber nichts mehr. Ich mache mir eher Sorgen wegen des Mächtigen Nutzers der Magie, der laut Lisutaris zu uns unterwegs ist. Man weiß nie, wer gerade den einen Zauberspruch bei sich trägt, der den eigenen Schutzzauber durchdringt.

Wir steigen einen langen Weg hinauf. In dem Lagerhaus ist es so heiß wie in der orgkischen Hölle. Bei der dritten Treppe rinnt mir der Schweiß unter meinem Wams den Rücken hinunter. Meine Intuition droht überzuschnappen, nachdem sie bereits von den Zentauren angefacht wurde. Gefahr ist im Verzug. Lisutaris dämmt das Licht ihres Leuchtstabs und tritt vorsichtig durch die Tür, die zum obersten Stockwerk führt. Plötzlich surrt etwas durch die Luft. Ich ducke mich instinktiv, aber Lisutaris bleibt gerade stehen und hebt einfach nur die Hand. Ein Armbrustbolzen prallt von ihrem magischen Feld ab und poltert harmlos zu Boden.

Lisutaris lässt ihren Leuchtstab zu voller Kraft aufflammen, und in der gegenüberliegenden Ecke sehe ich Sarin, die ihre Armbrust hastig neu lädt. Ich hebe mein Schwert und greife sie an. Ich will ihr den Kopf von den Schultern schlagen, bevor sie wieder feuern kann. Und ich habe allen Grund zur Zuversicht. Ich mag ja nicht in der Lage sein, einen Armbrustbolzen mit Magie abzuwehren, aber wenn es darum geht, mit dem Schwert zu kämpfen, ist Thraxas die Nummer eins am Platze. Ich ziele auf Sarins Hals, und ich schwöre, dass mein Schwert nur einen Zentimeter davon entfernt ist, sie zu enthaupten, als ich plötzlich wie von einer unsichtbaren Hand gepackt und durch das halbe Lagerhaus geschleudert werde, wo ich atemlos in einem Haufen lande, zerschunden und verwirrt. Als ich mich wieder aufrapple, fallen mir zwei Dinge ins Auge. Erstens hat Sarin ihre Armbrust wieder geladen, und zweitens kommt Georgius Drachentöter die Treppe hinter uns hinunter. Georgius ist ein sehr mächtiger Zauberer, der mächtigste kriminelle Zauberer, dem ich je begegnet bin. Jedenfalls von der menschlichen Spezies. Er schnippst mit den Fingern, und Lisutaris segelt durch die Luft.

Ich vertraue darauf, dass Lisutaris schon auf sich selbst aufpassen kann, und stürze mich mit erhobenem Schwert auf Sarin, als sie gerade den Abzug ihrer Armbrust betätigt. Meine Schwertspitze kollidiert mit der Spitze ihrer Waffe, woraufhin der Bolzen in die Decke rauscht. Allerdings schlägt er mir dabei das Schwert aus der Hand. Sarin lässt sofort die Armbrust fallen und tritt mir ins Gesicht. Ich werde schmerzlich daran erinnert, dass sie schon bei unserer letzten Begegnung eine Ehrfurcht gebietende Gegnerin im unbewaffneten Kampf war. Ich fühle, wie mir das Blut aus der Nase läuft. Aber ich achte nicht darauf und trete mit erhobenen Fäusten vor. Ich habe keinen besonderen Trick auf Lager, sondern benutze einfach nur mein überlegenes Körpergewicht, um sie zu überwältigen. Sarin tritt mich wieder und springt zurück, aber ich gehe einfach weiter, bis ich sie gegen die Wand gedrückt habe. Dann fälle ich sie mit einem Schwinger, der sie zu Boden schickt wie einen betrunkenen Elf, der vom Baum gestürzt ist.

Ich hebe mein Schwert auf und blicke mit gewisser Befriedigung auf ihre ausgestreckte Gestalt. Das war ich ihr schuldig. Ich überlege gerade, ob es wohl angebracht wäre, ihr einige deftige Tritte zu versetzen, als mich die unsichtbare Hand schon wieder packt und durch ein Fenster hinausschleudert. Mit mir stürzen einige Kisten und ein Haufen Glasscherben mehr als dreißig Meter in die Tiefe.

11. Kapitel

Nach der Hälfte der Strecke verlässt mich meine Zuversicht. Vor dem Warenhaus befindet sich nur der harte Boden der Tatsachen, und ich stürze in einem gottlosen Tempo darauf zu. Ich verfluche Georgius, Sarin, Lisutaris und das feindselige Schicksal, das es seit meiner Geburt auf mich abgesehen hat. Das bringt mich bis auf drei Meter an den Erdboden heran. Ich schließe die Augen. Und bremse sanft ab. Wohlwollende Zauberei, vermutlich die von Lisutaris, hat mich gerettet. Ich lande auf den Füßen, mein Schwert in der Faust, und stürme sofort in das Warenhaus zurück. Ich werde Georgius Drachentöter zeigen, dass ich kein Mann bin, den man einfach so aus einem hohen Fenster werfen kann, ohne unter den Konsequenzen zu leiden.

Drinnen hat sich die Lage beträchtlich verkompliziert. Mittlerweile haben sich noch mehr Leute in dem Lagerhaus eingefunden. Und sie führen eine ausgewachsene Schlacht auf, die auf der ganzen Länge der Holztreppe tobt. Ich erkenne einige Mitglieder der Bruderschaft aus dem Viertel, die mit Gegnern kämpfen, die ich dem Freundeskreis zurechne. Und dann nähern sich auch hastig fünf oder sechs Uniformierte der Palastwache, des Königs eigener Geheimdienst.

»Ein ziemliches Durcheinander, was, Thraxas?«, sagt eine Stimme hinter mir.

Es ist Demanius, aus Luxius' Detektei.

»Was machst du denn hier?«, will ich wissen.

»Dasselbe wie du«, antwortet Demanius.

»Ich mache gar nichts.«

»Ich auch nicht.«

Der Kampf über unseren Köpfen verschärft sich. Einige der Kämpfer werden von der Treppe in die Gänge gedrängt, und ich versuche, mich durchzuschlagen. Meine Klientin ist da oben, kämpft mit Georgius Drachentöter und Sarin der Gnadenlosen, und ich sollte wohl bei ihr sein.

Als vier Bewaffnete des Freundeskreises mir mit gezückten Schwertern den Weg versperren, schießt mir kurz durch den Kopf, wie schön es wäre, Makri an meiner Seite zu haben. Allerdings würde sie vermutlich sowohl die Palastwache als auch meine Gegner abschlachten und so die ganze Sache nur noch verschlimmern. Makri kann sich einfach nicht beherrschen, wenn sie ihre Axt erst mal ausgepackt hat.

Aber ich bin auch so nicht allein. Demanius taucht an meiner Seite auf, und wir stellen uns gemeinsam unseren Feinden. Der Freundeskreis ist hier weit von seinem Territorium entfernt. Es ist gefährlich für dessen Mitglieder, sich südlich über den Fluss zu wagen, wo die Bruderschaft ihr Zepter schwingt. Ich vermute, dass diese Schläger am liebsten so schnell wie möglich verschwinden würden, da sie jetzt erkennen müssen, dass ihr Plan fehlgeschlagen ist. Ich will ihnen gerade die Gelegenheit dazu geben und damit ein großes Gemetzel vermeiden, als hinter mir die Pfeife eines Zivilgardisten ertönt. Ich riskiere einen Blick zurück. Zwanzig Zivilgardisten unter der Leitung von Hauptmann Rallig stürmen in das Lagerhaus.

Die Kämpfer des Freundeskreises verlieren schlagartig ihr Interesse an mir, weil sie auf keinen Fall von der Zivilgarde gefasst werden wollen. Sie drehen sich um und fliehen die Treppe hinauf. Ich folge ihnen, und Demanius hat sich an meine Fersen geheftet.

Jetzt ist das Lagerhaus voller Bruderschaftsbrüder, Freundeskreisfreunde, Palastwachenwächter, Zivilgardegardisten und einem Haufen Detektive, Zauberer und mörderischer

Abenteurerinnen. Also kann ich wohl behaupten, dass sich jede Geheimnistuerei um Lisutaris' Problem hiermit erledigt hat. Als ich den zweiten Stock erreiche und Harmonius Alp-Elf mit wehendem Regenbogenumhang durch ein Fenster hereingesegelt kommt, wird mir klar, dass sich Lisutaris, Herrin des Himmels, wohl einer scharfen Befragung durch die Zaubererinnung gegenübersieht, falls ihr Verhör bei der Palastwache jemals endet. Natürlich nur, wenn Lisutaris überhaupt überlebt. Ich ignoriere das Kampfgetümmel und stürme die Treppe hinauf.

Ich befinde mich unmittelbar unter dem obersten Stockwerk, als ein Blitz aufflammt und eine Explosion das Gebäude erschüttert. Holz und Steine regnen mir auf den Kopf. Die Bodendielen knarren Furcht erregend, als magische Kräfte die Bude unnachgiebig auseinander nehmen. Überall schreien die Leute vor Panik auf, als das Lagerhaus heftig zu schwanken anfängt.

»Raus hier!«, brüllt Demanius.

Ich laufe weiter. Ich muss meine Klientin retten. Ihr magischer Zweikampf mit Georgius Drachentöter hat das Lagerhaus vernichtet, und ich kann nicht wissen, ob sie nicht bewusstlos am Boden liegt, während Sarin die Gnadenlose mit einer Armbrust auf sie zielt.

Die Wände verbiegen sich, und Holzstücke fliegen mir um die Ohren, während ich in das oberste Stockwerk des Lagerhauses stürme. Ein Feuer ist ausgebrochen, und Rauch quillt hervor und breitet sich rasch aus. Als ich endlich den letzten Raum im obersten Stock erreiche, stürzt das Dach ein. Ich werde von einem Dachsparren von den Füßen geholt, der mich auf dem Boden festnagelt. Vergeblich versuche ich, mich zu befreien.

»Thraxas?«

Lisutaris steht über mir. Sie wirkt gelassen und unbekümmert. »Ich habe Euch eine sichere Landung gewährt. Warum seid Ihr zurückgekommen?«

»Um Euch zu retten.«

Ich glaube, Lisutaris lächelt. In dem dichten Rauch kann ich das nicht genau erkennen.

»Danke«, sagt sie nur.

Die Zauberin wedelt mit der Hand. Der Dachsparren fliegt weg. Ich rapple mich mühsam hoch.

»Wir müssen hier weg!«, keuche ich. »Das Gebäude stürzt gleich in sich zusammen.«

Es gibt einen Knall, der sich anhört, als würde ein ganzes Schwadron Kriegsdrachen auf die Erde fallen, und dann bricht das Lagerhaus zusammen. Zum zweiten Mal in wenigen Minuten finde ich mich etwa dreißig Meter hoch in der Luft wieder, und habe nichts, was meinen Sturz mindern könnte.

Nichts?

Lisutaris ist neben mir. Wir schaukeln beide sanft in der Luft. Es ist ein sehr angenehmes Gefühl.

»Seid Ihr wirklich zurückgekommen, um mich zu retten?«

»Ja.«

»Das Gebäude drohte einzustürzen. Das war sehr dumm von Euch.«

»Ich habe eine Verpflichtung meinen Klienten gegenüber.«

Der Wind bläst Rauch aus den Trümmern um unsere Gesichter. Von dieser Höhe aus habe ich einen sehr guten Überblick über ZwölfSeen. Aber es sieht trotzdem nicht besser aus.

Wir sinken, sehr, sehr sanft.

»Sind das Zivilgardisten?«, erkundigt sich Lisutaris.

»Ich fürchte ja. Die Palastwache ist auch da. Und Harmonius AlpElf.«

»Was will der denn?«

»Vielleicht wird die Zaubererinnung allmählich neugierig.«

Lisutaris runzelt die Stirn. Ihr langes Haar flattert im Wind. »Wollt Ihr damit sagen, dass mein Geheimnis keines mehr ist?«

»Sie haben Verdacht geschöpft. Was ist mit Georgius und Sarin passiert?«

Das weiß Lisutaris auch nicht. Es war zwar nicht schwer für sie, Georgius in dem magischen Zweikampf zu besiegen, aber sie war nicht in der Lage, ihn daran zu hindern, das Gebäude mit einem Explosivbann zu sprengen, der ihm die Flucht ermöglichte.

»Was mit Sarin geschehen ist, weiß ich nicht.«

Wenn ich Glück habe, ist sie elendiglich zugrunde gegangen. Mittlerweile sind wir fast am Erdboden angekommen. Ein großes Empfangskomitee sieht bereits gespannt unserer Landung entgegen.

»Was soll ich ihnen sagen?«, erkundigt sich Lisutaris.

»Sagt gar nichts.«

»Nichts? Das wird kaum jemanden überzeugen.«

»Ihr steht im Rang höher als all diese Leute. Streitet alles ab, bis Euch der Konsul selbst in einem Gerichtssaal unter Eid nimmt. Und überlasst es mir zu reden.«

Lisutaris' Mundwinkel senken sich nach unten. »Ich fürchte, ich bin erledigt. Trotzdem vielen Dank, dass Ihr mich retten wolltet.«

Wir landen ein kurzes Stück von dem brennenden Lagerhaus entfernt und werden sofort umzingelt. Fragen prasseln von allen Seiten gleichzeitig auf uns ein. Hauptmann Rallig ist besonders hartnäckig. Das hier ist sein Turf, und er mag es gar nicht, wenn bewaffnete Banden Lagerhäuser in Brand setzen.

»Oder habt Ihr etwa das Lagerhaus mit Zauberei in Brand gesetzt?« Er sieht Lisutaris an.

Harmonius AlpElf steht daneben und wartet auf seinen Auftritt. Soweit ich weiß, haben auch die ranghöchsten Zauberer Turais nicht die Macht, offiziell die Oberhexenmeisterin ihrer Innung zu tadeln, aber es wird Lisutaris' Ruf ruinieren, wenn sie sich gegen sie wenden. Ein Mann, der der Anführer der Palastwachen zu sein scheint, die bedauerlicherweise von Rhizinius, meinem eingeschworenen Erzfeind, befehligt werden, mischt sich in das allgemeine Tohuwabohu ein. Alle sehen Lisutaris an und warten auf eine Erklärung. Da schnellstens Maßnahmen ergriffen werden müssen, tritt der dafür zuständige Mann vor und hebt die Hand.

»Es handelt sich um eine offizielle Angelegenheit des Tribunats«, verkünde ich laut. »Lisutaris ist auf mein Bitten hier erschienen und hilft mir bei einer Ermittlung. Infolgedessen verbiete ich ihr, von den heutigen Ereignissen zu sprechen. Ein ausführlicher Bericht wird dem Konsul in Kürze vorgelegt werden.«

Die Anwesenden schweigen wie betäubt. Weder Zivilgardisten noch die Palastwache haben damit gerechnet, dass ein Privatdetektiv ihnen Befehle erteilt. Aber aus irgendwelchen Gründen, für deren Erläuterung man einen ausgefuchsten Historiker brauchen würde, waren die Machtbefugnisse der Tribunen sehr groß und konnten nur durch den Senat aufgehoben werden. Es wundert mich gar nicht, dass die Behörden diese Institution schließlich der Vergessenheit anheim fallen ließen. Aber ihre Machtbefugnisse wurden niemals rechtskräftig aufgehoben, so dass sich noch heute alle daran halten müssen. Hauptmann Rallig kennt sich mit dem Gesetz gut genug aus, um auf jeden Einwand zu verzichten. Aber als ich Lisutaris wegführe, nimmt er mich zur Seite.

»Du schaufelst dir da eine ziemlich große Grube, Thraxas. Ich weiß zwar nicht genau, was hier vorgeht, aber wenn du etwas für Lisutaris unter den Teppich kehren willst, wird die

Regierung über dich kommen wie die Mutter des Bösen Banns. Und erwarte nicht von ihr, dass sie für dich eintritt, wenn du vor einen Senatsausschuss zitiert wirst.«

»Das tue ich auch nicht.«

»Weißt du etwas von Zentauren? Wir haben Berichte von irgendwelchen Verrückten vorliegen, die angeblich gesehen haben wollen, wie drei von ihnen hier herumgetrabt sind.«

»Das stimmt. Ich habe sie ebenfalls kurz gesehen.«

Dem Hauptmann schmeckt das alles ganz und gar nicht. »Gestern waren es Einhörner, heute sind es Zentauren. Zuerst dachte ich, es wären Boahgespenster, aber jetzt bin nicht mehr so sicher.« Er wendet sich an Lisutaris. »Kennt Ihr einen Grund, aus dem merkwürdige magische Gestalten plötzlich in der ganzen Stadt auftauchen könnten?«

»Ich habe keine Ahnung«, antwortet Lisutaris, und damit ist die Angelegenheit erledigt. Ein Hauptmann der Zivilgarde kann kein Verhör dritten Grades bei der Oberhexenmeisterin der Zaubererinnung anwenden. Lisutaris geht, und ich folge ihr.

Hauptmann Rallig ruft uns etwas nach: »Ich hab im Lagerhaus kurz durchgezählt. Sechs Tote. Wie viele erwartest du noch, bevor der Fall gelöst ist?«

»Ich habe nicht die geringste Ahnung«, rufe ich zurück. Mir schwant Übles.

»Ich habe eine Wette auf zwanzig laufen. Wie stehen da die Chancen?«

Ich würdige ihn keiner Antwort, sondern führe Lisutaris auf die gepflasterte Straße, auf die ich beinah herabgestürzt wäre. Hinter uns taucht der Feuerbekämpfungskarren auf und löscht geschickt den Brand. Sie haben ihre Pferde so ausgebildet, dass sie Feuer nicht mehr fürchten. Es ist eine großartige Einrichtung. Die Zivilgardisten verhaften alle übrig gebliebenen Bandenmitglieder. Harmonius AlpElf starrt uns hinterher. Soll er doch starren. Ich habe ihm noch nicht verziehen, dass er mich einen Schwachsinnigen genannt hat. Wir verlassen den Schauplatz standesgemäß in Lisutaris' Kutsche.

»Ich glaube, es gibt keinen Auslieferungsvertrag zwischen Turai und Abelasi«, sagt sie.

»Und?«

»Ich überlege gerade, wohin ich am besten fliehen kann.«

»Fliehen? Schlagt Euch das aus dem Kopf. Wir sind noch nicht geschlagen.«

»Wir haben weniger als zwei Tage Zeit, einen Gegenstand wiederzubeschaffen, der sich bisher all unseren Nachforschungen entzogen hat. Und selbst wenn wir ihn finden, bin ich ruiniert. Es gibt jetzt keine Möglichkeit mehr, es geheim zu halten.« Lisutaris zieht eine Thazisrolle aus einer großen Innentasche ihres Gewands.

»Verzweifelt nicht. Ich gebe nicht so leicht auf. Außerdem weiß keiner von diesen Leuten, was genau hier vorgeht. Solange Ihr nicht zugebt, dass Ihr das Medaillon verloren habt, bleibt alles Gerücht und bloße Vermutung. Die Oberhexenmeisterin der Zaubererinnung hat es nicht nötig, auf Gerüchte zu reagieren. Streitet einfach weiterhin alles ab.«

»Und wenn jemand anderes das Medaillon findet?«

»Dann leiste ich Euch in Abelasi Gesellschaft. Aber dazu wird es nicht kommen. Ich finde es vorher.«

Lisutaris ist nicht überzeugt. Genauso wenig wie ich. Aber ich bin eben stur.

»Habt Ihr eine Theorie, was die Zentauren betrifft?«

»Nein. Ich kann ihr Auftauchen auch nicht erklären. Was meinte Hauptmann Rallig, als er Euch wegen der Zahl der Leichen gefragt hat?«

»Ich vermute, dass er einfach nur Informationen wegen seines Berichts brauchte. Ihr kennt diese Gardisten ja. Sie haben es gern, wenn ihre Statistiken stimmen.«

Lisutaris schenkt mir einen viel sagenden Blick aus ihren großen Augen. »Ich bin die Oberhexenmeisterin der Zauberinnung«, erinnert sie mich.

Da ich das schon weiß, bedeutet ihr Hinweis wohl, ich soll nicht versuchen, sie mit einer Lüge abzuspeisen.

»Es hat sich herumgesprochen, dass ich in einem großen Fall ermittle«, gebe ich zu. »Das ist die Schuld dieser verrückten Frau. Dandelion, die mit den Delfinen spricht. Sie hat in den Sternen gelesen, dass ich in ein Blutbad verwickelt werden würde, und seitdem haben die Stammgäste der *Rächenden Axt* Wetten auf die genaue Zahl der Leichen beim Abschluss des Falles abgegeben.«

Lisutaris sieht mich erstaunt an. Ihre Pupillen weiten sich. Ich bereite mich darauf vor, aus der Kutsche zu springen. Und dann ... lacht sie. »Sie wetten?« Anscheinend findet sie das lustig. »Wir versuchen hier verzweifelt, die ganzen Ereignisse vor dem Konsul zu verheimlichen, und in der *Rächenden Axt* platzieren sie Wetten?«

»Ich habe ihnen eindringlichst geraten, davon abzusehen.«

»Warum? Auf wie viel hat Makri gesetzt?«

»Auf vierzehn Kadaver.«

»Viel zu wenig, fürchte ich«, meint Lisutaris.

»Stimmt. Ich glaube, wir liegen jetzt schon bei einundzwanzig.«

»Wie hoch ist die Quote?«

»Fünfzig zu eins für die genaue Zahl, und zwanzig zu eins, wenn man innerhalb einer Marge von höchstens drei Leichen landet.«

»Habt Ihr immer noch das Geld, das ich Euch für die Wiederbeschaffung des Medaillons gegeben habe? Wenn ja, dann setzt für mich auf fünfunddreißig«, bittet mich Lisutaris.

»Seid Ihr sicher?«

»Natürlich. Warum sollte ich in Anbetracht meiner jüngsten Verluste beim Wagenrennen diese Gelegenheit verstreichen lassen?«

»Weil die ganze Sache unethisch ist.«

»Eine Wette ist eine Wette«, sagt Lisutaris.

Ich fühle, wie sich ein Mühlstein von meinen Schultern hebt. Außerdem wird mir schlagartig klar, warum ich wegen der ganzen Angelegenheit so wütend war. Nur deshalb, weil ich mir einbildete, selbst keine Wette platzieren zu dürfen. Kaum vorzustellen: Thraxas, die ungekrönte Nummer eins unter den Spielern von ZwölfSeen, der mitten in einem wunderbaren sportlichen Wettbewerb steckt und daran gehindert wird mitzumischen – und das ausgerechnet aus ethischen Gründen. Kein Wunder, dass ich mich schlecht fühlte. Aber jetzt, mit der Einwilligung meiner Klientin, darf ich mich ins Getümmel stürzen. Was für eine Erleichterung!

»Schön. Aber glaubt Ihr wirklich, dass wir fünfunddreißig schaffen?«

»Mindestens«, sagt Lisutaris. »Ich kann es fühlen.«

Während die Kutsche weiterrumpelt, stelle ich einige ernsthafte Kalkulationen an, auf welche Zahl ich meine eigene Wette platzieren soll. Ich werde diesem Abschaum von der *Rächenden Axt* zeigen, wozu ein wahrhafter Spieler in der Lage ist. Der Grünschnabel Moxalan wird bitterlich bedauern, jemals ins Wettgeschäft eingestiegen zu sein, wenn ich mit ihm fertig bin.

Lisutaris lässt mich am Quintessenzweg aussteigen. Die Fischfrau und der Messerschärfer streiten schon wieder. Aber ich habe andere Sorgen als keifende Straßenverkäufer. Makri zum Beispiel, die sich schon wieder in meinem Büro verkrochen hat.

»Willst du vielleicht jede deiner Pausen hier verbringen, bis diese Dandelion-die-mit-den-Delfinen-spricht verschwindet?«

»Vielleicht.«

»Siehst du, das ist eines deiner Probleme, Makri. Du tolerierst diese merkwürdige Sorte Menschen, und was hast du davon? Sie nutzen dich aus. In einer Stadt wie Turai zahlt es sich nicht aus, Leute zu tolerieren. Hier muss man hart sein.«

»Ich bin hart.«

»Mit einem Schwert, ja. Aber nicht mit Aussteigern. Da bist du nicht annähernd hart genug.«

»Sagt dir deine Religion nicht, dass du freundlich zu den Armen sein sollst?«, kontert Makri.

»Kann sein. Ich habe mich nie viel mit Religion befasst.«

»Was ist mit euren drei Gebeten täglich? Worum betest du?«

»Um persönliche Bereicherung, wie alle anderen auch.«

»Bin ich froh, dass ich keiner Religion angehöre«, erwidert Makri.

»Das liegt nur daran, dass du eine Barbarin bist, die ohne die Segnungen einer ordentlichen Bildung aufwachsen durfte.«

»Ich bin gebildet genug, um dieses Gespräch nicht weiter fortzusetzen, du fetter Heuchler.«

Sie zieht zwei Thazisrollen aus der Tasche, die sie hinter dem Tresen gestohlen hat. Wir zünden uns jeder eine an und rauchen sie schweigend. Das Thazis entspannt mich, und ich beschreibe ihr die Ereignisse des heutigen Tages.

»Alles in allem ein weiteres Desaster.«

»Wie viele Tote macht das jetzt?«, erkundigt sich Makri.

»Einundzwanzig. Aber es deutet alles darauf hin, dass es noch viel mehr erwischen wird. Ich denke, wir sollten ein paar Wetten rund um die Dreißiger abgeben und vielleicht auch eine auf die Vierzig setzen. Nur für den Fall, dass es wirklich rau wird.«

»Wie bitte?«, fragt Makri.

»Du musst die Wette natürlich für mich abgeben. Moxalan wird eine Wette von mir nicht annehmen, sondern mich wegen zu viel vertraulicher Information disqualifizieren.«

Makri ist baff. »Ich habe das Gefühl, dass mir schon wieder etwas entgangen ist. Du hast mir die letzten zwei Tage ständig in den Ohren gelegen, weil ich auf deine Ermittlungen wette, und jetzt sagst du mir, ich soll eine Wette für dich platzieren? Was hat sich geändert?«

»Nichts.«

»Was ist mit den ethischen Problemen?«

»Das Feld der Ethik überlasse ich gern den Philosophen. Lisutaris will ebenfalls wetten, und du solltest auch für sie eine Wette platzieren.«

»Gut. Solange ich mich in deinem Büro vor Dandelion verstecken darf.«

»Wenn es sein muss. Ich werde mir vielleicht etwas Geld von dir borgen müssen.«

»Was ist mit dem ganzen Geld, das Lisutaris dir gegeben hat?«

»Ich habe es ausgegeben. Für die Miete und eine Kiste Kleeh.«

»Ich habe kein Geld übrig«, behauptet Makri.

»Hast du wohl. Du hast dein Trinkgeld gespart, um für deine Prüfungen bezahlen zu können. Zufällig weiß ich, dass du mehr als hundert Gurans zu diesem Zweck in deinem Zimmer versteckt hast.«

»Wie kannst du es wagen ...!«

Ich hebe beschwichtigend die Hand. »Bevor du eine Hetzrede vom Stapel lässt, darf ich dich vielleicht daran erinnern, dass ich dich vor noch nicht allzu langer Zeit dabei erwischt habe, wie du meine fünfzig Notfall-Gurans stehlen wolltest, die ich unter meinem Sofa verwahrt habe. Außerdem habe ich dir bei zahllosen Gelegenheiten mit Geld ausgeholfen.

Ganz zu schweigen davon, dass ich dich in die richtige Richtung bugsiert habe, als es darum ging, einige kühne Wetten zu platzieren. Also komm von deinem hohen ethischen Ross runter und mit dem Geld rüber. Mit meinen vertraulichen Informationen und deinem Geld gehen wir sozusagen auf Nummer Sicher. Du wirst genug gewinnen, um die Prüfungen nicht nur dieses, sondern auch nächsten Jahres zahlen zu können. Wahrscheinlich bleibt sogar noch etwas für eine neue Axt übrig.«

»Einverstanden«, sagt Makri. »Aber halt mir nie wieder darüber Vorträge.«

»Da würde ich nicht mal im Traum dran denken.«

»Bist du der Wiederbeschaffung des Medaillons näher gekommen?«

»Nein. Es ist frustrierend. Und dabei dachte ich am Anfang, es würde so leicht werden. Zauberer. Man kann ihnen nicht trauen.«

Die Wärme macht mich schläfrig. Als Makri wieder an ihre Arbeit geht, wehre ich mich nicht mehr gegen das Schlafbedürfnis.

Ich wache hungrig auf und gehe nach unten, um etwas von Tanroses Eintopf nachzufüllen. Ich hoffe, sie hat sich mit Ghurd wieder vertragen. Ich hänge so sehr von ihren Kochkünsten ab, dass mich die Aussicht, sie könnte die Kaschemme verlassen, mit Angst erfüllt. Moxalan ist in der Bar, und Makri nickt mir unauffällig zu. Sie hat unsere Wette platziert.

Trotz des üblichen Lärms der frühabendlichen Kunden scheint irgendetwas zu fehlen. Kein freundliches Aroma von Eintopf. Es riecht überhaupt nicht nach Essen. Ein merkwürdiges Gefühl beschleicht mich, und ich fange an zu zittern. Das ist mir noch nie passiert, nicht mal angesichts des tödlichsten Feindes. Ich befürchte das Schlimmste.

»Wo ist Tanrose? Wo ist das Essen?«

»Sie ist gegangen«, erwidert Ghurd und zapft mit einer solchen Wut eine Halbe, dass die Bierpumpe beinah in seiner Hand zerbirst.

»Und was ist mit dem Essen?«

»Tanrose ist fort«, wiederholt Ghurd und knallt einem eingeschüchterten Gast den Krug auf den Tresen.

»Hat sie was zu essen dagelassen?«

»Nein. Sie ist einfach nur gegangen.«

»Warum?«

»Makri hat es ihr geraten.«

»Was?«

»Ich habe ihr nicht geraten zu gehen«, widerspricht Makri.

Mein Zittern wird schlimmer. »Erzählt mir vielleicht mal jemand, was hier passiert ist?«, schreie ich. »Wohin ist Tanrose gegangen?«

»Zurück zu ihrer Mutter«, erwidert Ghurd tonlos. »Makri hat es ihr geraten.«

»Das ist eine nicht ganz korrekte Beschreibung der tatsächlichen Ereignisse«, protestiert Makri. »Ich habe nur vorgeschlagen, dass sie sich vielleicht ein bisschen Zeit nehmen sollte, sich über ihre Gefühle für Ghurd klar zu werden, und dann offen mit ihm darüber zu sprechen.«

Ghurd sackt zusammen wie ein Mann, der soeben eine tödliche Wunde empfangen hat. Ich ringe mit dem starken Bedürfnis, die Hände vors Gesicht zu schlagen.

»Was ist dann passiert?«

»Sie hat mir gesagt, sie habe genug davon, für einen Mann zu arbeiten, der zu niederträchtig sei, die Dinge zu schätzen, die sie für ihn tut«, berichtet Ghurd stöhnend. »Und dann hat sie ihre Sachen gepackt und ist gegangen.«

Makri mustert aufmerksam die Bodendielen vor ihren Füßen. »Das war nicht das Ergebnis, das ich erwartet habe«, sagt sie schließlich.

»Warum konntest du dich nicht da heraushalten?«, schreie ich sie an. »Jetzt sieh nur, was du angerichtet hast! Tanrose hat uns verlassen!«

Makri reagiert gereizt. »Ich habe nur versucht zu helfen. Wie du vorgeschlagen hast.«

»Thraxas hat es vorgeschlagen?« Ghurd sieht mich finster an.

»Ich habe nichts dergleichen getan! Makri, du widerwärtiges, orgkisches Scheusal, ist dir nicht klar, was du da gemacht hast?«

Makri klappt vor Schreck der Unterkiefer herunter. »Hast du mich gerade ein widerwärtiges orgkisches Scheusal genannt?«

»Allerdings. Und von all den lächerlichen Sachen, die du seit deiner Ankunft hier verbrochen hast, um uns zu piesacken, ist das hier das Schlimmste. Jetzt wird Ghurd den Rest seines Lebens so mürrisch wie eine niojanische Hure herumlaufen, und ich werde verhungern!«

»Warum konntest du dich nicht einfach heraushalten?«, schreit Ghurd.

Nach meiner Beleidigung war Makris erster Impuls, nach ihrem Schwert zu greifen, aber es verwirrt sie, dass sie sich jetzt einer neuerlichen Kritik von Ghurd gegenübersieht.

»Ich habe nur versucht …«

Dandelion taucht auf und mischt sich in unsere Plauderei.

»Thraxas, ich habe schreckliche Neuigkeiten für dich«, sagt sie.

»Ich hab sie schon gehört«, antworte ich. »Wir müssen sie zurückholen.«

»Wen?«

»Tanrose, natürlich.«

»Ist sie weg?«, erkundigt sich Dandelion.

»Natürlich. Das sind schreckliche Neuigkeiten.«

»Warum?«

»Was soll das heißen, warum? Diese Frau kocht den besten Eintopf in ganz Turai.«

Dandelion verzieht ihr Gesicht. »Ich verzehre kein Fleisch von Tieren«, erklärt sie hoheitsvoll.

Ich hole aus.

»Wag es nicht, Dandelion zu schlagen«, meint Makri und tritt zwischen uns.

»Vielleicht sollte ich dich stattdessen verprügeln.«

»Versuch's doch.«

Makri hebt ihre Hände und baut sich in Verteidigungsstellung auf.

»Ich kann ohne Tanrose nicht leben«, jammert Ghurd. So fassungslos habe ich ihn noch nie erlebt. Ich habe einmal drei Pfeile aus seinen Rippen gepflückt, und er hat sich mit keiner Silbe beschwert.

»Du hörst ja gar nicht, was ich zu berichten habe«, bemerkt Dandelion ganz richtig.

»Wenn es etwas mit den Sternen zu tun hat, interessiert es mich auch nicht.«

»Die Sterne sind heilig!«

»Es interessiert mich trotzdem nicht.«

Aber diese Frau kann man nicht so einfach abschütteln. Dandelion hüpft praktisch wie verrückt von einem Bein aufs andere, weil sie mir unbedingt was sagen will. »Es ist eine sehr ernsthafte Warnung! Gestern Nacht gab es Blitze am Himmel, wie ich sie noch nie zuvor gesehen habe!«

»Ach ja?«

»Es war fast, als stände der Himmel in Flammen!«

»Hörst du endlich auf, mir irgendwelche Warnungen zu überbringen? Sie haben bereits genug Ärger verursacht!«

Meine Worte verletzen Dandelions Gefühle. Sie befummelt ihre Halskette, ein albernes Ding, das sie aus Muscheln gemacht hat, und meint leise, dass sie ja nur helfen wollte. Die Gäste in der Kaschemme tun mittlerweile lautstark ihre Meinung zu den verschiedenen Themen kund, die hier anstehen. Ghurd, Makri und ich werden mit Vorschlägen bombardiert. Die meisten finden, dass Ghurd losgehen und Tanrose augenblicklich einen Heiratsantrag machen sollte. Es gibt allerdings auch eine kleine, aber nicht minder laute Gruppe, die wissen will, ob Lisutaris wirklich jeden in einen Frosch verwandeln will, der sich ihrer heimlichen Liebesaffäre in den Weg stellt.

»Lisutaris hat keine heimliche Liebesaffäre.«

»Warum hat sie dich dann engagiert, damit du ihr Tagebuch wiederbeschaffst? Angeblich steckt es voller diskriminierender Liebesgedichte.«

»Wie viele Leute werden sich ihr in den Weg stellen?«, fragt Parax. »Reden wir hier von, sagen wir mal, drei Personen?«

»Wenn sie verschmäht wird«, weiß ein Hafenarbeiter, »dann kann sie ziemlich gewalttätig werden. Du weißt ja, wie Frauen so sind, wenn man sie abweist.«

Ghurd gibt jede Hoffnung auf und lässt sich auf einen Hocker hinter den Tresen fallen. Er will nicht einmal einen Krug Bier zapfen. Vielleicht kann er es auch gerade nicht. Makri fällt wieder ein, dass ich sie ein widerwärtiges orgkisches Scheusal genannt habe, und droht, mich zu töten. Ich teile ihr mit, dass ich sie ja liebend gern zu ihrer Mutter zurückschicken würde, wenn sie eine hätte, was ich ernstlich bezweifle. Man sollte meinen, dass die Lage kaum schlimmer sein könnte, als ein junger Regierungsbonze in einer gestärkten weißen Toga in die Kaschemme marschiert. Er ignoriert das Schwert in meiner Hand und drückt mir ein Dokument in die andere.

»Was ist das?«

»Eine Vorladung wegen Feigheit vor dem Feind.«

»Wegen was?«

»Ihr werdet vor einen Senatsauschuss zitiert, um über Euer Verhalten während der Schlacht von Sanasa Auskunft zu geben.«

Mir verschwimmt alles vor den Augen. Die Schlacht von Sanasa war vor siebzehn Jahren.

»Wovon redet Ihr überhaupt?«

»Es wird behauptet, dass Ihr Euern Schild im Stich gelassen habt und vom Schlachtfeld desertiert seid.«

Die Trinker in der Kaschemme halten wie ein Mann die Luft an. Seinen Schild auf dem Schlachtfeld im Stich zu lassen ist die schlimmste Anschuldigung, die man gegen einen turanianischen Bürger erheben kann. Ich hätte mir nie träumen lassen, dass man mich einmal einer solchen Ungeheuerlichkeit beschuldigen könnte. Die Welt spielt wirklich verrückt.

12. Kapitel

Ich explodiere vor Wut wie ein Vulkan. »Ich soll meinen Schild im Stich gelassen haben? Ich? Ich habe die Schlacht von Sanasa praktisch im Alleingang entschieden, du Grünschnabel! Wäre ich nicht gewesen, dann würdest du heute nicht in deiner Toga durch die Stadt stolzieren können! Weil da nämlich keine Stadt wäre, durch die du stolzieren könntest! Wer hat diese Beschuldigung erhoben?«

»Grobiax, ebenfalls ein Teilnehmer an dieser Schlacht!«, antwortet der Bonze.

»Das werden wir ja sehen!«, brülle ich und stürme zur Tür. Das Schwert in der Hand. Ich fuchtele damit herum, um den Effekt zu verstärken. Niemand beschuldigt mich ungestraft der Feigheit. Ghurd hält mich auf, indem er seine Arme um mich schlingt und sich mit einem Fuß gegen einen Tisch stemmt.

»Wohin willst du?«, erkundigt er sich.

»Grobiax umbringen, was denn sonst? Niemand beschuldigt mich, dass ich mein Schild im Stich lasse und desertiere!«

»Wenn du Grobiax umlegst, wird dir das auch nicht viel helfen.«

»Natürlich wird das helfen. Und jetzt lass mich los. Ich muss jemanden umlegen!«

»Sie werden dich hängen!«

Ich versuche, mich aus Ghurds Griff zu befreien. Makri sieht dem Kampf amüsiert zu.

»Ich hätte zwar nichts dagegen, Thraxas, wenn du wegen Mordes gehängt würdest. Immerhin hast du mich ein widerwärtiges orgkisches Scheusal genannt und warst unerträglich grob zu mir. Aber ist das nicht eine ähnliche Situation wie die, in der du mir geraten hast, Professor Toarius nicht zu massakrieren?«

»Es ist ganz und gar nicht dasselbe. Grobiax hat meine Ehre beleidigt.«

»Toarius meine auch!«

»Das interessiert mich nicht!«, schreie ich und erneuere meine Bemühungen, aus Ghurds Griff freizukommen.

»Du wirst verhaftet und kannst dann Lisutaris nicht mehr helfen.«

Ich höre auf, mich zu wehren. Außerdem ist es auch nicht ganz einfach, sich aus Ghurds Klammergriff zu befreien. Er war schon immer ein ungewöhnlich starker Mann, und zudem ist er in erheblich besserer körperlicher Verfassung als ich. Er zieht mich wieder zum Tresen zurück.

»Würden sie Thraxas wirklich hängen, wenn er Grobiax umbringt?«, erkundigt sich Makri.

»Ja«, antwortet Ghurd.

»Dann ist das vielleicht doch ein ganz guter Plan. Lass ihn los.«

Ghurd wirft ihr einen giftigen und sehr barbarischen Blick zu. »Wir brauchen keine weiteren schlauen Ratschläge von dir. Geh und bedien die Gäste.«

Während dieser ganzen Auseinandersetzung hat der Regierungsbonze ruhig auf eine Gelegenheit gewartet, das Wort ergreifen zu können. Als er spricht, kehrt schlagartig Ruhe in der Kaschemme ein. Ein Mann in einer Toga strahlt offenbar immer noch so etwas wie Respekt aus.

»Ich muss Euch weiterhin mitteilen, dass ein Mann, der sich einer solchen Anklage gegenübersieht, nicht mehr länger irgendwelche offiziellen Ämter bekleiden darf. Es wird Euch deshalb vom Gesetz verboten, länger das Amt des Tribuns auszuüben. Weiterhin wird Eure Detektivlizenz, die Euch vom Konsul im Namen des Königs ausgestellt wurde, vorübergehend eingezogen, bis Ihr entweder von dem Vorwurf freigesprochen seid – in diesem Fall wird sie erneuert – oder aber verurteilt werdet. In diesem Fall erlischt sie.«

»Wollt Ihr damit etwa sagen, dass ich nicht länger ermitteln darf?«

»Das ist richtig.«

»Wie lange?«

Das weiß er nicht. Jedenfalls so lange, bis mein Fall vor einem Senatsausschuss gehört worden ist. Das kann Monate dauern. Vielleicht sogar Jahre. Wenn man in dieser Stadt keinen Einfluss hat, kann es manchmal sehr lange dauern, bis Rechtsfälle vor Gericht verhandelt werden.

Der Bonze verschwindet. Ich bleibe und denke über die ungeheuerliche Unverfrorenheit dieser Anschuldigungen nach. Ghurd weist Makri an, sich um den Tresen zu kümmern, und führt mich ins Hinterzimmer, wo er mir ein großes Glas Kleeh einschenkt. Ich leere es in einem Zug, und er schenkt mir nach.

»Danke, Ghurd. Dafür, dass du mich daran gehindert hast, loszugehen und Grobiax umzubringen. Es wäre dumm gewesen. Aber ich würde es immer noch gern tun.«

»Natürlich«, meint Ghurd. »Das würde ich auch mit jedem machen, der mich der Feigheit bezichtigt. Damals oben im Norden hätte ich ihn schon längst erledigt. Aber hier laufen die Dinge anders.«

Ich sehe Ghurd überrascht an. »Wann hast du dich denn in einen verantwortungsbewussten Bürger verwandelt?«

»Seit ich diese Kaschemme gekauft und angefangen habe, Steuern zu zahlen.«

Ich kenne Ghurd jetzt schon so lange, und wenn ich an ihn denke, sehe ich ihn immer mit seiner Axt in der Hand, wie er auf seine Feinde einschlägt. Irgendwie ist mir gar nicht aufgefallen, wie sehr er sich verändert hat. Er ist gereift, denke ich. Was nicht heißen soll, dass er einem Kampf aus dem Weg gehen würde, wenn sich einer böte. Das hat er in den letzten Jahren mehr als einmal unter Beweis gestellt, meistens, um mir zu helfen. Ghurd scheint meine Gedanken zu ahnen.

»Mach dir keine Sorgen. Wenn du deinen Namen nicht vor Gericht reinwaschen kannst, dann helfe ich dir, Grobiax zu töten, und wir fliehen anschließend zusammen aus der Stadt.«

Ich genehmige mir noch ein Glas Kleeh. So wie die Dinge sich entwickeln, werden wir wohl über kurz oder lang gemeinsam mit Lisutaris nach Süden reisen. Sie wäre eine gute Gesellschaft für einen Ausgestoßenen. Mit ihr gäbe es jedenfalls kein Problem, mitten in der Wildnis ein Lagerfeuer zu entzünden. Ghurd will wissen, was hinter dieser unseligen Wendung der Ereignisse steckt.

»Ich habe meine Machtbefugnis als Tribun eingesetzt, um Lisutaris zu schützen. Das bedeutet, ich habe die Zivilgarde und die Palastwache kaltgestellt. Ich hätte wissen müssen, dass ich mich nicht mit so mächtigen Leuten anlegen darf. Jemand schreit nach Rache. Vermutlich ist es Rhizinius, der Führer der Palastwache. Er hat mich schon seit Jahren auf seiner schwarzen Liste. Das musste einfach irgendwann passieren.«

Ghurd versucht mich zu beruhigen. »Niemand, der dich kennt, würde jemals glauben, dass du deinen Schild weggeworfen hast und vom Schlachtfeld desertiert bist.«

»Und was ist mit denen, die mich nicht kennen? Diese Nachricht wird sich bald in Windeseile in der Stadt verbreiten. Und einige Leute werden es glauben.«

In einer Stadt wie Turai, wo jeder förmlich danach giert, etwas Schlechtes über seinen Nachbarn in Erfahrung zu bringen, bleiben solche Anschuldigungen schnell an einem kleben. Man kann seinen Ruf ruinieren, selbst wenn der Fall nicht einmal vor Gericht verhandelt wird. Allein schon mit Feigheit vor dem Feind in Verbindung gebracht zu werden ist ein schreckliches Tabu. Seinen Schild wegzuwerfen wird sogar gerichtlich verfolgt, aber das Stigma, das einem anhaftet, ist noch viel schlimmer. Es ist eine so schwere Anschuldigung, dass sie nur selten gegen irgendwelche hilflosen und widerwilligen Männer erhoben wird, die sich dessen tatsächlich schuldig machen. Meistens hat der Anführer einer Kohorte den Mann, mit dessen Feigheit er konfrontiert wird, verprügelt, ihn beim nächsten Angriff abgefüllt und ihn wieder in die Schlacht geschickt. Wegen Feigheit vor Gericht gestellt zu werden bleibt normalerweise Politikern vorbehalten, deren Feinde ein Mittel suchen, um sie zu ruinieren. Entweder das, oder aber ein reicher Mann wird Opfer dieser Anschuldigung, weil seine gierigen Verwandten ihn auf diese Weise seines Vermögens berauben wollen. Wird die Anklage bewiesen, verliert man augenblicklich alle Bürgerrechte.

»Warum ausgerechnet Grobiax?«, wundert sich Ghurd.

Wir beide kennen Grobiax. Er ist ein ungeschlachter, brutaler Bursche. Ein sehr guter Soldat, aber dumm wie ein Orgk. Gemein und böse, selbst zu Friedenszeiten.

»Ich bin ihm letzten Winter in die Quere gekommen«, erwidere ich. »Er wird liebend gern mitspielen, wenn Rhizinius ihm genug Geld dafür bietet.«

Natürlich werde ich meine Ermittlungen in Sachen Lisutaris nicht einstellen. Nicht einmal der König kann einen Bürger daran hindern, herumzulaufen und Fragen zu stellen. Allerdings kann mir das eine Menge Schwierigkeiten einbringen. Ich habe keinen gesetzlichen Status mehr, durch den ich meine Klienten schützen kann, und könnte von der Zivilgarde gezwungen werden, ihnen alles über jeden Fall zu erzählen, an dem ich gerade arbeite. Jedenfalls theoretisch. Praktisch kann die Zivilgarde von mir aus zur Hölle fahren.

»Alle können zur Hölle fahren. Wenn ich Grobiax das nächste Mal begegne, werde ich ihn umbringen. Ansonsten mache ich wie gewohnt weiter. Ich werde Lisutaris retten. Und ich werde auch Makris Unschuld beweisen. Selbst wenn ich sie hinterher umbringen muss, was durchaus passieren könnte.«

»Was soll ich wegen Tanrose unternehmen?«

»Geh und besuch sie. Nimm Blumen mit. Entschuldige dich dafür, dass du ihre Haushaltsführung kritisiert hast. Und sorg dafür, dass Makri sich nicht einmischt. Sie ist nicht dafür geeignet, normalen Menschen zu raten, wie sie ihr Leben führen sollen.«

»Glaubst du wirklich, ich sollte Tanrose fragen, ob sie mich heiratet?«

Da meine eigene Ehe ein solches Desaster gewesen ist, bleibe ich eine Antwort darauf lieber schuldig. »Ghurd, du weißt doch, dass ich so nützlich bin wie ein einbeiniger Gladiator, wenn es um Beziehungen geht.«

Bedauerlicherweise will Ghurd mich nicht ungeschoren davonkommen lassen. Er will wissen, was ich denke. Vermutlich schulde ich ihm eine vernünftige Antwort.

»Ja, heirate sie. Immerhin zahlst du ja schon Steuern. Da ist eine Ehe wahrscheinlich der nächste logische Schritt.«

Ghurd schenkt sich ebenfalls ein Glas Kleeh ein. Vermutlich flößt ihm die Aussicht auf eine Ehe mehr Angst ein als ein Kampf gegen Feinde, die uns in zwanzigfacher Übermacht gegenüberstehen. Was wir schon erlebt haben. Und zwar mehr als einmal.

Ghurd fällt ein, dass er Makri die gut besuchte Kaschemme überlassen hat, und er verschwindet, um ihr zu helfen. Aber Makri kommt mit der Situation ausgezeichnet zurecht.

Dandelion unterstützt sie dabei. Sie steht gerade hinter einem Zapfhahn und überlegt, wie das Ding wohl funktioniert. Einige neu angekommene Gäste sind allerdings ziemlich verwirrt, als sie sehen, dass der Tresen der *Rächenden Axt* jetzt von dem merkwürdigen Pärchen Makri und Dandelion geführt wird. Die *Rächende Axt* ist schließlich ein seriöses Trinkerfachgeschäft, und da ist man wenig erbaut über irgendwelche neuen Attraktionen.

»Hat das etwas damit zu tun, dass es draußen Frösche regnet?«, erkundigt sich ein Hafenarbeiter. Er ist ein Stammkunde und bisher nicht wegen übermäßiger Trunkenheit aufgefallen.

»Es regnet Frösche?«

Wir marschieren geschlossen nach draußen. Es regnet Frösche. Sie platschen auf die staubige Straße und springen dann schnellstens davon. Nach einer Minute hört es auf, und die Frösche verschwinden auf einen Schlag.

»So etwas habe ich noch nie gesehen«, meint ein Hafenarbeiter.

»Gestern habe ich ein Einhorn gesehen«, meint sein Gefährte. »Aber ich wollte es niemandem erzählen.«

Niemand kann den Froschschauer erklären. Aber man ist sich rasch einig, dass es ein schlechtes Zeichen und die Stadt dem Untergang geweiht ist. Bei diesem Gedanken stürmen die Leute schnellstens wieder an den Tresen und überschlagen sich mit ihren Bestellungen von Bier und Kleeh. Ich schüttele den Kopf. Einhörner, Zentauren und Frösche. Soll sich jemand anders einen Reim darauf machen. Ich bin immer noch empört wegen der Anschuldigung der Feigheit und mehr als bereit, jemanden für die Demütigung leiden zu lassen, die mir das zugefügt hat. Niemand kann erwarten, einen Mann wie Thraxas zu beschuldigen, vom Schlachtfeld zu desertieren, und dafür keine Konsequenzen in Kauf nehmen zu müssen. Der Nächste, der mich auch nur unfreundlich ansieht, wird sich als Empfänger einer saftigen Tracht Prügel wiederfinden. Vielleicht auch von etwas Schlimmerem.

Bedauerlicherweise ist die nächste Person, der ich begegne, Harm der Mörderische. Und das ist kein Mann, dem man so einfach eine Tracht Prügel verabreichen kann. Im Gegenteil. Harm ist einer der niederträchtigsten und mächtigsten Zauberer der Welt, ein völlig übergeschnappter Halb-Orgk aus den Ödlanden, der vor einem Jahr beinah unsere ganze Stadt vernichtet hätte. Er ist sehr stark, er ist sehr böse, er hasst Turai, und er hasst mich. Von daher ist es eine gelinde Überraschung, dass er gemütlich in meinem Büro hockt.

»Macht es Euch gemütlich, bitte sehr«, knurre ich ihn an. Mächtiger Zauberer hin oder her, ich hätte große Lust, ihm mein Schwert zwischen die Rippen zu jagen, bevor er auch nur eine Silbe eines Zauberspruchs über die Lippen bringt. Ich will von ihm wissen, was er hier will.

Harm der Mörderische ist ein ausgesprochen faszinierend aussehender Zauberer. Er trägt immer nur Schwarz, hat leichenblasse Haut, langes dunkles Haar, ausgeprägte Wangenknochen, flicht Adlerfedern in sein Haar, und jeden seiner Finger schmücken Silberringe. Die meisten zeigen irgendwelche Schädelformen. Sein langer schwarzer Umhang hängt über dem Stuhl wie ein Paar Fledermausflügel.

»Seid Ihr immer so unhöflich zu Euren Gästen?«, fragt er und lacht. Sein Lachen klingt, als käme es direkt von der anderen Seite des Grabes. Als ich es das letzte Mal gehört habe, ritt er auf einem Kriegsdrachen über der Stadt. Er hatte gerade einen Zauber intoniert, der die ganze Bevölkerung in den Wahnsinn stürzte. Turai hätte sich beinah in einer blutigen Orgie aus Feuer und Gewalt selbst vernichtet, wenn nicht Lisutaris, die Herrin des Himmels, es im letzten Moment geschafft hätte, den Zauber zu neutralisieren. Trotzdem hatte die Verwüstung bereits weit um sich gegriffen. Es genügte, um Harm in den Rang eines ewigen Todfeindes von Turai zu befördern.

»Ich bin berühmt für meine Unhöflichkeit. Und jetzt verschwindet aus meinem Büro.«

Harm geht nicht auf den Vorschlag ein. »Diese Stadt beeindruckt mich nicht gerade«, sagt er.

»Wir finden Euch auch nicht gerade beeindruckend«, erwidere ich.

»Ich hatte erwartet, dass mein Acht-Stadien-Terror-Bann Euch endlich ausradieren würde. Ich war ganz fürchterlich enttäuscht, als das nicht geklappt hat.«

»Also habt Ihr Euch jetzt darauf verlegt, uns mit Fröschen zu bombardieren?«

»Frösche? Ihr meint diesen etwas ungewöhnlichen Sommerregen? Damit habe ich nichts zu schaffen.«

Obwohl Harm ein Halb-Orgk ist, spricht er ein ausgesprochen vornehmes Turanianisch. Zusammen mit seiner dicht unter der geschniegelten Oberfläche schlummernden Bösartigkeit hat das eine sehr beunruhigende Wirkung. Da ich aber keine Möglichkeit sehe, ihn aus meinem Büro zu vertreiben, ohne Gewalt anzuwenden, frage ich ihn schließlich, was er von mir will.

»Ich habe mit dem Gedanken gespielt, ob ich Euch engagieren soll, Detektiv. Vielleicht, damit Ihr mir ein gewisses Medaillon beschafft?«

»Ich bin beschäftigt«, erwidere ich barsch und lasse mir nicht anmerken, wie bestürzt ich bin. Wenn jetzt Harm der Mörderische in Turai herumläuft und nach dem Medaillon sucht, hat sich der Einsatz drastisch erhöht. Dabei stand schon vorher viel zu viel auf dem Spiel.

»Ihr wisst, dass Euch Prinz Amrag bald vernichten wird?«, erkundigt sich Harm.

Dieser plötzliche Themenwechsel überrumpelt mich. »Wird er das?«

»O ja. Der junge Prinz erweist sich als ein überraschend mächtiger Anführer. Er ist dabei, die Orgk-Länder zu vereinen. Zweifellos weiß Eure Regierung das bereits. Ich kann mir vorstellen, dass er in Bälde in der Lage ist, eine Armee aus dem Osten hierher zu führen.«

»Dann werden eine Menge toter Orgks feuerbestattet werden.«

Harm zuckt mit den Schultern. »Sicherlich. Aber er wird Euch von der Landkarte fegen, und auch die anderen Menschennationen. Ihr seid nicht mehr so stark wie früher, und die Elfen genauso wenig. Wie merkwürdig, dass sie ausgerechnet jetzt unter der verheerenden Wirkung von Boah leiden.«

Harm scheint einige sehr aktuelle Informationen zu haben. Noch vor wenigen Monaten war ich selbst weit unten im Süden auf den Elfeninseln. Es stimmt, dass die Droge Boah mittlerweile auch unter den Elfen Fuß gefasst hat, aber ich hätte nicht erwartet, dass sich diese Nachricht bis in die Ödlande herumspricht. Es sei denn, Harm hätte etwas damit zu tun, dass die Droge überhaupt die Elfeninseln erreichte. Er selbst ist Konsument und auch Lieferant der Droge, und er macht eine Menge Geld damit, dass er sie in die Menschenländer exportiert. Einschließlich Turai. Wir alle arbeiten fleißig an unserem eigenen Untergang und scheinen nicht in der Lage zu sein, etwas dagegen zu tun.

»Turai hat nur noch sehr wenige Bundesgenossen. Die Liga der Stadtstaaten hält nicht mehr sehr gut zusammen. Und die größeren Länder achten vor allem darauf, ihre eigenen Grenzen zu schützen. Niemand wird Turai helfen, wenn die Orgks das nächste Mal angreifen.«

»Seid Ihr hergekommen, um mir Nachhilfe in Politik zu geben? Ich bin nämlich sehr beschäftigt.«

»Natürlich«, fährt Harm fort, als hätte er mich nicht gehört, »stehe ich nicht unter der Fuchtel von Prinz Amrag. Mein Königreich in den Ödlanden ist niemals unterworfen und von einer der östlichen Orgk-Nationen regiert worden, und so wird es auch bleiben. Aber ich werde meine Streitkräfte den ihren anschließen. Manchmal langweilt man sich einfach so schrecklich. In Wahrheit freue ich mich bereits auf das Auftauchen eines neuen Kriegsherrn.« Er beugt sich auf dem Stuhl vor. »Aber ich schweife ab. Turai hat noch etwa ein Jahr. Und außerdem hat es etwas, was ich will. Vor allem dieses Medaillon.«

»Damit Ihr es Prinz Amrag geben könnt? Wenn Ihr glaubt, dass ich Euch dabei helfe, seid Ihr noch verrückter, als Ihr ausseht.«

Harm beugt sich vor. »Vielleicht sollte ich Euch jetzt einfach töten.«

»Vielleicht solltet Ihr einen Zauberspruch an mein schönes Zauberschutzamulett verschwenden, während ich Euch mein Schwert in den Leib jage.«

Harm lehnt sich zurück. Er ist vollkommen entspannt. »Ihr habt wirklich keine Angst vor mir, hab ich Recht? Das ist zwar ziemlich dumm von Euch, aber irgendwie auch bewundernswert. Sagt warum Ihr die Stadt schützen wollt.«

»Ich lebe hier.«

»Ihr könntet überall leben. Turai mag Euch nicht. Ich habe mich unten versteckt, als der unerfreuliche Behördenbonze mit dieser Anschuldigung auftauchte, dass Ihr einmal vom Schlachtfeld desertiert wärt. Eine Beschuldigung, die ich kaum für wahr halte. In meinem Königreich würde niemand solch eine Beschuldigung erheben können. Natürlich sind solche Anklagen in den Ländern, die Ihr zivilisiert nennt, an der Tagesordnung. Hier wird ein wahrer Krieger immer von seinen feigen Feinden zur Strecke gebracht.«

Es gefällt mir gar nicht, dass Harm der Mörderische so kluge Sachen sagt, und ich frage ihn direkt nach dem Medaillon.

»Was habt Ihr damit zu tun?«

»Es wurde mir zum Kauf angeboten.«

»Von Sarin der Gnadenlosen?«

»Allerdings.«

»Ich glaube mich erinnern zu können, dass Ihr Euch bei Eurer letzten gemeinsamen Arbeit ziemlich zerstritten habt.«

Harm wischt das mit einer eleganten Handbewegung beiseite. »Wir mögen gestritten haben. Aber es war nicht das letzte Mal, dass wir zusammengearbeitet haben. Es war nur das letzte Mal, von dem Ihr erfahren habt. Seitdem haben wir bei verschiedenen sehr profitablen Unternehmungen Hand in Hand gearbeitet.« Harm lächelt. »Ich sehe, dass Euch das beunruhigt, Detektiv. Glaubt Ihr denn wirklich, dass Euch alles zu Ohren kommt, was in dieser Stadt passiert?«

»Ich weiß jedenfalls, dass Sarin das Medaillon nicht hat.«

»Leider hat sie es nicht, nein. Nachdem ich mich der beträchtlichen Mühe unterzogen habe, dieser elenden Stadt einen Besuch abzustatten – natürlich war ich gezwungen, eine Vielzahl von Verkleidungszaubern zu benutzen –, muss ich jetzt feststellen, dass der gewünschte Gegenstand verschwunden ist. Die Transaktion wurde von Georgius Drachentöter gestört, den ich mit Freuden von dieser Welt entfernen werde. Wirklich, Thraxas, es war einfach lächerlich. Das Medaillon ist entweder von Sarins oder Georgius' Handlangern erst hierhin und dann dorthin geschafft worden. Und keiner von diesen Burschen konnte der Versuchung widerstehen, einen Blick hineinzuwerfen. Was sie natürlich wahnsinnig gemacht hat. Jetzt ist es verschwunden, und wer das Medaillon auch hat, er scheint es sehr erfolgreich verstecken zu können. Dabei hätte ich es so gern in meinem Besitz. Als Werkzeug für Weitsicht ist es geradezu einzigartig. Es gibt nichts Vergleichbares im Osten oder im Westen. Nur das elfische Glas von Ruyana kann sich damit vergleichen. Allerdings befindet sich dieses Elfenglas außerhalb meiner Reichweite. Jedenfalls im Moment.«

»Wie hat Sarin überhaupt von der Existenz des Medaillons erfahren?«

»Ich habe keine Ahnung«, gibt Harm gelangweilt zu. »Als sie es mir zum Verkauf angeboten hat, mochte ich mich nicht mit den armseligen Einzelheiten belasten.«

»Sehr achtlos von Euch, Harm. Hättet Ihr auf die Einzelheiten Acht gegeben, dann befände sich das Medaillon mittlerweile vielleicht schon in Eurem Besitz.«

»Vielleicht. Aber ich konnte nicht wissen, dass sich Georgius Drachentöter in das Geschäft einmischen würde. Ich habe diese ziemlich alberne Prügelei in dem Lagerhaus beobachtet. Das Medaillon wurde von einem Mann weggeschafft, den ich nicht kenne. Aber ich habe ihn mittels meiner Zauberei verfolgt und hätte ihn abgefangen, wenn sich Georgius nicht schon wieder eingemischt hätte. Als ich Drachentöter vertrieben hatte, war das Medaillon erneut fort. Aus irgendeinem Grund kann es nicht von Zauberei aufgespürt werden. Aber ich bin sicher, dass Ihr dies bereits wisst.«

»Ich habe davon gehört, ja. Also erwartet Ihr, dass ich es für Euch suche?«

»Warum nicht? Ich zahle Euch erheblich mehr als Lisutaris, die Herrin des Himmels.« Harm schnaubt verächtlich, als er ihren Namen ausspricht. »Ich musste wirklich lachen, als ich hörte, dass sie zur neuen Oberhexenmeisterin der Zauberinnung gewählt wurde. Und ich habe gehört, dass Ihr dabei Eure Hand im Spiel hattet. Ich habe Euch bei unserer ersten Begegnung falsch eingeschätzt. Ihr seid ein Mann von beachtlicher Kompetenz, Thraxas.«

Ich kann es nicht erklären, aber irgendwie haben Harms

treffsichere Komplimente einen überzeugenden Klang. Ich muss ihn schnellstens hinauswerfen, bevor er mich auf seine Seite ziehen kann.

»Vielleicht«, fährt Harm fort, »könntet Ihr mir das Medaillon bringen?«

»Es Euch bringen?«

»Ich würde Euch sehr gut bezahlen. Und da Eure Stadt auf Eure Talente keinen Wert zu legen scheint, könnte mein Königreich Euch ein sehr komfortables Heim bieten ...«

Ich frage mich, wie das wohl aussehen würde. Thraxas, Oberster Ermittler der Ödlande. Das klingt gar nicht so schlecht.

»Obwohl viele meiner Untertanen bedauerlicherweise sehr primitiv sind, besitze ich einen prächtigen Palast in den Bergen. Er ist so gut wie uneinnehmbar und erheblich besser möbliert als diese ...« Er bemüht sich, ein passendes Wort zu finden. »... dieser Ort, den Ihr Euer Heim schimpft.«

Ich sehe mich in meinem Büro um. Es ist wirklich sehr unerfreulich. Und tatsächlich kein Ort, an dem ein Mann wie ich leben sollte.

»Stimmt es nicht, dass die Oberschicht in Turai sich verschworen hat, Euch zu vernichten, Thraxas? Sie hat Euch bei jeder Gelegenheit enttäuscht und ihren boshaften Einfluss eingesetzt, um Euch klein zu halten. Obwohl sich doch in Wahrheit ein Mann mit Euren Talenten in einer Position befinden sollte, deren Autorität sich weit über diese Narren erhebt.«

»Das stimmt.«

»Und damit nicht genug, jetzt greifen sie auch noch das Herz Eures Seins mit dieser ungeheuren Beschuldigung der Feigheit an. Ihr habt in all den Jahren dieser Stadt besser gedient als jeder andere, aber werden ihre Führer Euch jetzt zu Hilfe kommen?«

»Nein, werden sie nicht.«

Was Harm sagt, macht Sinn. Ich lasse meine Faust wütend auf den Tisch heruntersausen, und prompt steigt eine Staubwolke auf. »Die turanianische Aristokratie ist ein mieser, heimtückischer Haufen von Feiglingen, die seit meiner Geburt an meinem Sturz arbeiten. So, jetzt habe ich aber die Nase davon voll!«

Die Tür öffnet sich, und Makri kommt herein. Beim Anblick von Harm bleibt sie wie angewurzelt stehen und zieht sofort das versteckte Messer aus ihrem Stiefel.

»Spar dir die Mühe, Makri«, sage ich beruhigend. »Harm ist nur vorbeigekommen, weil er mich engagieren wollte.«

»Was?«

»Er ist auf unserer Seite. Wir müssen ihm helfen, das Medaillon zu finden.«

»Bist du verrückt? Als wir diesen Kerl das letzte Mal gesehen haben, hat er versucht, uns umzubringen.«

»Das war nur ein Missverständnis. Unser wahrer Feind ist der König.«

Makri steckt das Messer in den Stiefel zurück, marschiert auf mich zu und verpasst mir eine Ohrfeige. Das Wort Ohrfeige trifft den Sachverhalt vielleicht nicht ganz. Es ist eine Art Schlag mit der offenen Hand, den sie in der Gladiatorenarena gelernt hat, um damit ohne Waffen einem Troll den Kopf vom Rumpf zu trennen. Der Angriff ist so heftig und unerwartet, dass ich trotz meiner nicht unbeträchtlichen Körpermasse in die Knie gehe. Es klingelt in meinen Ohren, und ich sehe einen Haufen Sterne. Dann blicke ich hoch und bekomme gerade noch mit, wie Makri den nächsten Schlag auf die andere Seite meines Gesichts landet. Ich habe Schmerzen, bin verwirrt und insgesamt mit dem Lauf der Dinge ziemlich unzufrieden.

»Thraxas!«, schreit Makri und fängt an mich zu schütteln.

»Erkennst du denn keinen Überredungszauber, wenn man dich damit einwickelt? Du solltest doch Ahnung von Zauberei haben, um Himmels willen! Hör auf, vor diesem wahnsinnigen Halb-Orgk herumzukriechen, und besinne dich wieder auf dein altes, lümmelhaftes Selbst!«

Angesichts von Makris Wut klären sich meine Gedanken. Mir wird klar, dass Harm tatsächlich einen Überredungszauber eingesetzt hat. Er war mächtig genug, langsam durch mein Zauberschutzamulett zu sickern. Es war unglaublich blöd von mir, dass ich es nicht gemerkt habe. Mühsam stehe ich wieder auf.

»Mach dir keine Sorgen«, erkläre ich Makri. »Mir geht's gut. Ein schwächerer Mann als ich wäre sicher darauf hereingefallen.«

Ich trete vor Harm und weise ihn aus meinem Büro. Harm achtet jedoch überhaupt nicht mehr auf mich. Er ist völlig von Makri fasziniert. Und zwar so fasziniert, dass er sich von seinem Stuhl erhebt, durch das Zimmer schreitet und ihr die Hand küsst. Das sieht man in ZwölfSeen nicht alle Tage.

»Ihr seid hinreißend«, sagt er und starrt sie an.

»Versucht Euren Überredungszauber gar nicht erst bei mir«, droht ihm Makri.

»Ich hätte nie erwartet, einer solchen Frau im Westen zu begegnen.«

Makri schlägt Harm mitten ins Gesicht. Sie reagiert so schnell, dass Harm der Mörderische vor ihren Füßen zusammenbricht, bevor er weiß, wie ihm geschieht.

Ich mustere den schwarzen Haufen von einem Zauberer. Und wünsche mir, ich hätte den Schlag gelandet.

13. Kapitel

Jetzt liegt tatsächlich ein sehr mächtiger Zauberer benommen auf dem Boden meines Büros. In wenigen Sekunden wird er wieder munter werden und alles vernichten, was ihm unter die Augen kommt.

»Wir müssen ihn umbringen. Wo ist deine Axt?«

»Die habe ich nicht dabei«, erwidert Makri.

»Warum denn nicht?«

»Was soll das heißen: Warum denn nicht? Du beschwerst dich doch sonst immer, wenn ich meine Axt überall mit hinschleppe.«

»Aber nur, wenn es unpassende Gelegenheiten sind. Wenn ich zum Beispiel in Ruhe ein Bier trinken will. Jetzt brauchen wir sie.«

Meine Erklärung befriedigt Makri keineswegs. »Das sagst du jetzt. Aber wenn ich das nächste Mal mit meiner Axt hier auftauche, wirst du dich garantiert wieder beschweren. Du kannst dir nicht einfach aussuchen, wann eine Frau zur Axt greift, Thraxas. Entweder tut sie's oder sie tut es nicht.«

»Ich dachte, dass jemand, der Philosophie studiert, gelernt hätte zu unterscheiden, wann es angebracht ist, schwer bewaffnet irgendwo aufzutauchen und wann nicht.«

Makri verzieht gequält ihr Gesicht. »Du solltest lieber nicht versuchen, von einem philosophischen Standpunkt aus zu argumentieren, Thraxas. Darin bist du nicht so gut. Du hast nicht einmal Ahnung von den Grundlagen. Ich würde sagen, dass dein Problem eher mit deiner Sprunghaftigkeit zu tun hat, die, wie mir aufgefallen ist, von deinen Trinkgewohnheiten beeinflusst wird.«

»Wieso ziehst du jetzt meine Trinkgewohnheiten mit in die Sache hinein?«

Harm der Mörderische erhebt sich. »Bitte hört auf zu streiten«, fleht er uns an. »Davon bekomme ich Kopfschmerzen.«

Ich richte mein Schwert auf ihn, und Makri hebt drohend ihr Messer. Harm bewegt fast unmerklich seine Hand, und es wird etwas kühler im Raum, als der Bann seine volle Wirkung erreicht.

»Es war sehr unachtsam von mir, meinen persönlichen Schutzzauber zu vernachlässigen«, sagt er. Es klingt beinah entschuldigend. »Aber ich hatte nicht erwartet, eine so ausgezeichnete Kriegerin in dieser Spelunke zu finden. Ihr seid wirklich großartig.«

»Hört auf damit«, erwidert Makri. Sie tritt unter seinem Blick unbehaglich von einem Fuß auf den anderen. Makri trägt nur ihren Kettenhemdzweiteiler. Der eines der winzigsten Kleidungsstücke ist, das ich in der zivilisierten Welt jemals an einer Frau gesehen habe. Und auch Harm scheint davon beeindruckt.

»Und hört auf, mich anzuglotzen!«, knurrt Makri.

»Verzeiht mir.«

Trotzdem betrachtet Harm sie noch einen Augenblick länger. Als erfahrener Zauberer kann er viel über eine Person in Erfahrung bringen, indem er ihre Aura studiert.

»Orgk, Elf und Mensch? Eine wahrlich sehr seltene Mischung. Einige Koryphäen halten sie sogar für schlechterdings unmöglich. Vermutlich erklärt dies Eure ungewöhnliche Reaktionsschnelligkeit. Allerdings nicht unbedingt Eure Schönheit. Wie kann es sein, dass ich noch nie von Euch gehört habe?«

»Wir sind uns schon begegnet. Im Feenhain. Ihr seid auf einem Drachen geritten, und ich habe den Kommandeur Eurer

Truppen getötet. Ich hätte Euch ebenfalls umgebracht, aber Ihr seid weggeflogen.«

»Das wart Ihr? In der Hitze des Gefechts habe ich bedauerlicherweise versäumt, Euch angemessen wahrzunehmen. Ich hielt Euch für eine der magischen Kreaturen, die den Hain bevölkern.« Er verbeugt sich sehr elegant. »Erlaubt mir, mich vorzustellen. Ich bin Harm der Mörderische, Herr des Königreichs von Yall. Und Ihr seid …?«

»Makri.«

Harm hebt seine makellos gepflegten Augenbrauen. »Makri? Die Championeuse der Gladiatoren?«

»Ja.«

Harm lacht. Ein nach seinen Maßstäben sehr herzliches Lachen. »Aber das ist ja wunderbar! Die Mär von dem Gemetzel, das ihr bei der Flucht aus den Sklavengruben angerichtet habt, ist im ganzen Osten verbreitet. Ihr habt einen Orgk-Lord und sein ganzes Gefolge in einem Amoklauf massakriert, der mittlerweile legendär geworden ist. Ich habe erst letzten Monat einen Minnesänger davon künden hören. Und natürlich auch von Euren Heldentaten in der Arena. Sie sind ebenfalls Stoff von Legenden. Es ehrt mich sehr, Euch kennen zu lernen.«

Makri ist sichtlich verwirrt. Harm geht es nicht anders.

»Wie kann es sein, dass eine Frau wie Ihr sich dazu erniedrigt, in einer solchen Spelunke zu arbeiten?«

Da Makri keine plausible Erwiderung darauf einfällt, hält sie einfach den Mund. Sie betrachtet Harm misstrauisch und überlegt anscheinend, ob er gerade versucht, sie mit einem Überredungszauber einzuwickeln. Aber soweit ich das beurteilen kann, benutzt Harm keine Magie, sondern hat sich stattdessen auf die gute alte Schmeichelei verlegt. Ich hätte nicht gedacht, dass er auf diesem Feld ebenfalls so bewandert ist.

»Das ist wirklich eine merkwürdige Stadt«, fährt Harm fort. »In der die größte Schwertkämpferin, die es gibt, gezwungen wird, in einer Spelunke zu arbeiten.«

»Es ist meine freie Entscheidung.«

»Kommt mit in mein Königreich. Ich mache Euch zu meiner Generalin.«

Makri schüttelt den Kopf.

»Zur Befehlshaberin all meiner Armeen.«

Es wird Zeit, dass ich eingreife, bevor er noch auf die Idee kommt, sie zu seiner Königin zu machen.

»Wir werden Euch nicht helfen, das Medaillon zu finden, Harm. Und Ihr solltet Euch allmählich auf den Weg machen. Sarin die Gnadenlose verzehrt sich sicher schon nach Euch.«

»Sarin. Hm. Noch eine sehr interessante Frau. Wenn ich in der Stimmung wäre, ein bisschen anzugeben, könnte ich Euch einiges über die Kostbarkeiten erzählen, die sie mir aus Turai und anderen Städten herbeigeschafft hat. Und all das, ohne dass Eure Behörden auch nur den leisesten Verdacht geschöpft hätten. Aber«, er zieht den Umhang fester um seine Schultern, »ich bin nicht in der Stimmung, ein bisschen anzugeben. Sondern ich bin in der Stimmung, das Medaillon zu finden, das Lisutaris, die Herrin des Himmels …« Er unterbricht sich. »Nicht, dass sie diesen Titel verdient hätte. Lisutaris hat keine große Herrschaft über den Himmel. Ich persönlich halte mich für einen weit erfahreneren Anwender der Kunst des Fliegens.«

Zauberer betrachten sich immer mit viel Eifersucht. Ich habe einmal gehört, wie Harmonius AlpElf in ermüdender Ausführlichkeit über die Ungerechtigkeit lamentierte, dass Tirini Schlangenstrickerin diesen Titel beanspruchte. Sie habe nie im Leben etwas mit Schlangen zustande gebracht, sondern allerhöchstens einmal mit einer einzigen einen halbherzigen Versuch unternommen, und das wäre auch nur ein kleines, ungefährliches Exemplar gewesen. Allerdings ist Tirini Schlangenstrickerin sehr schön, und sie hatte Harmonius gerade einen deftigen Korb gegeben. Vermutlich steckte gekränkte Eitelkeit dahinter.

»Ich habe keine große Meinung von Lisutaris«, fährt Harm fort. »Und ihre Thazissucht widert mich an. Thazis ist eine armselige Droge für einen Zauberer.«

Harm der Mörderische bevorzugt sicherlich Boah als einzig akzeptable Droge für einen Zauberer. Damit wäre er nicht der Einzige.

»Ich hege keinen Zweifel daran, dass ihr Maskenball eine sterbenslangweilige Angelegenheit wird.«

»Ich bin sicher, dass sie Euch nicht nur deshalb nicht eingeladen hat«, werfe ich ein.

»Das ist wahr«, gibt Harm zu. »Sie hat versäumt, mir eine Einladung zu schicken. Aber da ich ohnehin gerade in Turai bin und so gut mit Verkleidungen umzugehen verstehe, werde ich dieser Veranstaltung dennoch beiwohnen. In den Ödlanden findet man nur selten Gelegenheit zu tanzen. Ich bedauere sehr, dass Ihr, Thraxas, ebenfalls nicht unter denen seid, die einer Einladung für wert befunden wurden.«

Ich kann keine Gefühlsregung auf Makris Gesicht feststellen. Harm offensichtlich aber wohl.

»Ihr geht hin? Das ist hervorragend. Vielleicht können wir uns dort etwas ausführlicher über mein Angebot von vorhin unterhalten.« Er dreht sich zu mir um. »Wie ich sehe, habt Ihr mir über das Medaillon nichts weiter zu berichten, also scheide ich jetzt. Ich hatte eigentlich vorgehabt, Euch zu töten, weil ich die Rolle, die Ihr beim Scheitern meines Acht-Stadien-Terrors für die Vernichtung dieser Stadt gespielt habt, immer verabscheut habe. Ich habe sehr lange und sehr hart an dieser Anrufung gearbeitet. Aber ich habe meine Meinung geändert. Ich möchte nichts tun, was Eure Gefährtin Makri aufregen könnte, die ich für die schönste Blüte von ganz Turai halte.« Er betrachtet sie noch eine Weile. »Euer Haar, so prachtvoll und das ohne jede magische Hilfe. Ich habe so etwas noch nie gesehen! Darf ich fragen, wer Eure Eltern sind?«

Makris Miene verzerrt sich zu einer feindseligen Fratze, und sie hebt drohend ihr Messer.

»Verzeiht mir«, sagt Harm. »Ich wollte Euch nicht zu nahe treten. Thraxas, wir werden uns zweifellos wieder begegnen. Bis dahin, lebt wohl.«

Harm tritt gemessen zur Außentür, aber anscheinend ist er noch nicht ganz fertig. Er bleibt stehen und wendet seinen Kopf, um mich anzusehen. Sein langes dunkles Haar schwingt effektvoll um seine Schultern. Vermutlich hat er diese Geste lange einstudiert.

»Was Eure Schwierigkeiten an der Innungshochschule betrifft ... Habt Ihr schon die Rolle von Barius untersucht?«

»Ihr meint Barius, den Sohn von Professor Toarius? Ich wollte ihn mir gerade vornehmen, als ich von Konsul Kahlius aufgehalten wurde. Was ist mit ihm?«

»Er ist boahsüchtig. Jedenfalls habe ich meine Geschäftspartner so verstanden.«

Harm verbeugt sich höflich und schlüpft dann lautlos nach draußen.

»Das kam ziemlich unerwartet«, meint Makri.

»Allerdings. Wenigstens hat er diesmal meine Zimmerflucht nicht zerlegt.«

»Sollten wir ihm nicht folgen?«, will Makri wissen. Sie giert offenbar nach ein bisschen körperlicher Betätigung.

»Ich kann nicht glauben, dass er auch auf Lisutaris' Ball geht. Alle gehen hin, nur ich nicht.«

»Hör auf, dich wegen des Balles zu beklagen, Thraxas. Wir haben zu tun.«

Ich suche nach einem Bier.

»Es ist einfach ärgerlich. Harm geht, Zitzerius geht, und du gehst auch.« Ich starre Makri böse an. »Mal ehrlich, was hast du denn für Lisutaris schon groß getan? Na gut, du warst ihre Leibwächterin, aber wer hat die ganze Dreckarbeit erledigt? Ich. Ohne meine Hilfe wäre sie niemals zur Oberhexenmeisterin der Zaubererinnung gewählt worden.«

Ich trinke einen Schluck Bier. Makri sieht mich neugierig an.

»Thraxas, jedes Mal, wenn ich glaube, die wahre Oberflächlichkeit deines Charakters ausgelotet zu haben, schaffst du es, mich mit einer neuen Untiefe zu überraschen. Hast du schon vergessen, was um dich herum vorgeht? Lisutaris vermisst ein wertvolles Medaillon, und im Augenblick sind fast alle Verbrecher der Welt hinter ihr her. Einschließlich einiger mächtiger Zauberer und einer Mörderin, die mir einmal einen Armbrustbolzen in die Brust geschossen hat. Das ist nicht nur schlecht für Turai, sondern auch schlecht für deine Klientin, weil Kahlius sich wie ein Böser Bann auf sie stürzen wird, sobald er den Beweis in Händen hält, dass sie das Schmuckstück verloren hat. Falls das nicht schon längst passiert ist. Abgesehen davon bin ich von der Hochschule verwiesen worden, und du hast geschworen, das wieder in Ordnung zu bringen. Darüber hinaus hat man dich der Desertion in einer Schlacht angeklagt, die schon mehr als siebzehn Jahre zurückliegt, und dir deshalb verboten, weiter zu ermitteln, bis ein Senatsausschuss die Angelegenheit untersucht hat. Außerdem regnet es Frösche!«

»All das ist mir sehr wohl bewusst.«

»Dann hör endlich auf, wie eine verwöhnte kleine Prinzessin wegen Lisutaris' Maskenball herumzujammern, und fang an zu ermitteln.«

Ich setze mich hinter meinen Schreibtisch und hole eine frische Flasche Bier aus meiner Schublade.

»Ich glaube, ich trinke lieber ein Bier. Geh du doch ermitteln. Schönste Blume von Turai, pah! Wenn du fertig ermittelt hast, kannst du dich ja zur Befehlshaberin von Harms Armeen machen lassen. Viel Vergnügen dabei.«

»Das kann auch nicht schlimmer sein, als dir zuhören zu müssen.«

»Vielleicht nicht. Aber wenn er versucht, dich zu seiner Braut zu machen, solltest du aufpassen. Vielleicht musst du dafür erst sterben.«

»Was meinst du damit?«, erkundigt sich Makri neugierig.

»Harm der Mörderische ist angeblich selbst schon einmal gestorben. Und zwar durch seine eigene Hand. Anschließend ist er durch ein Ritual der Schwarzen Magie aus dem Grab wiederauferstanden, das nur er kennt.«

»Warum sollte jemand so etwas tun?«, fragt Makri skeptisch.

»Wahrscheinlich verleiht ihm dieses Todesritual irgendwelche überirdischen Kräfte. Oder unterirdische. Ich weiß nicht, ob da was dran ist. Vielleicht behauptet er auch einfach nur, tot gewesen zu sein, um die Leute zu beeindrucken.«

»Er sieht wirklich ein bisschen blass aus«, meint Makri.

»Nicht zu blass, um mein Büro zu verpesten und herumzulaufen und Hände zu küssen.«

»Das ergibt doch keinen Sinn, Thraxas.«

»Und auch nicht zu blass, um auf Lisutaris' Ball zu gehen und die Nacht mit einem Haufen Senatoren zu durchtanzen, die noch keinen einzigen Tag in ihrem Leben ehrlich gearbeitet haben.«

Makri wundert sich über meine Halsstarrigkeit und Dummheit. Ich trinke weiter Bier. Nach einer Weile geht sie.

In meinem Büro ist es so heiß wie in der orgkischen Hölle. Diese Stadt und sämtliche ihrer Bewohner widern mich an. Es ist einfach zum Aus-der-Haut-Fahren, wie sich alles immer zu Makris Gunsten entwickelt. Die schönste Blüte Turais! Was für ein Quatsch! Eine orgkische Wilde in einem albernen, zu knapp geratenen Kettenzweiteiler, das trifft es schon eher. Da ich in der Dokumentenablage meines Schreibtischs kein Bier mehr finde, gehe ich in meinen zweiten Raum und krame unter dem Bett meinen Notfallvorrat heraus.

14. Kapitel

In der Stadt wimmelt es von mythischen Geschöpfen und toten Menschen. Berichte aus allen Ecken zeugen vom unerklärlichen Auftauchen von Einhörnern, Zentauren, Nymphen, Dryaden und Meerjungfrauen. Die Kreaturen behelligen zwar niemanden, sondern verschwinden, wenn sie verfolgt werden, aber die Bevölkerung wird allmählich unruhig. Die Angst vor einer möglichen bevorstehenden Invasion der Orgks schlummert immer dicht unter der Oberfläche des Bewusstseins unseres Volkes, und jedes merkwürdige oder rätselhafte Zeichen wird als ein böses Omen gedeutet.

Ich bin auf der Suche nach einem machtvollen zauberischen Gegenstand durch die ganze Stadt gehetzt. Und jetzt ereignen sich überall merkwürdige magische Zwischenfälle. Man muss kein Genie sein, um auf die Idee zu kommen, dass sie etwas miteinander zu tun haben könnten, aber auch wenn das so ist, kann trotzdem keiner erklären, warum. Nicht einmal Lisutaris. Außerdem scheinen es zu viele Zwischenfälle zu sein, als dass sie alle etwas mit dem grünen Juwel zu tun haben könnten. Selbst wenn dieses grüne Juwel sie hervorbringen könnte. Was es angeblich nicht kann.

Die toten Menschen sind wie eine zweite Epidemiewelle. Wohin die Behörden sich auch wenden, sie stolpern über Leichen. Einige haben Wunden, andere sind einfach aus unersichtlichem Grund gestorben. Erneut fällt es schwer zu glauben, dass dies die Schuld des verschwundenen Medaillons sein soll. Zur gleichen Zeit, als drei Marktfrauen tot in der Stadtmitte aufgefunden werden, wurden vier Männer der Wasserversorgung in Pashish niedergemetzelt. Lisutaris' Medaillon kann nicht für all das verantwortlich sein, und in einer Stadt, die für ihre hohe Mordrate berüchtigt ist, kann man unmöglich herausfinden, welche dieser Todesfälle mit dem Juwel in Verbindung stehen könnten.

Nachdem ich mit Kopfweh aufgewacht bin und den öffentlichen Bädern einen Besuch abgestattet habe, wo ich mir den gesammelten Schmutz meiner mehrtägigen Arbeit mit heißem Wasser vom Leib spüle, suche ich Zitzerius im Justizdomizil auf. Er weiß bereits von der Anklage, die gegen mich vorgebracht wurde.

»Ich habe nicht das geringste Mitgefühl mit Euch«, erklärt er.

»Vielen Dank für Eure Unterstützung.«

»Ihr wurdet deutlich vor den Schwierigkeiten gewarnt, die Euch im Falle einer Ausübung Eurer Befugnisse als Tribun erwarten.«

»Ich habe es trotzdem getan. Und jetzt stecke ich in der Klemme.«

»Allerdings, obwohl ich persönlich die Behauptung, dass Ihr Euren Schild weggeworfen und vom Schlachtfeld desertiert seid, nicht glaube«, erklärt Zitzerius. »Ich habe Eure Vergangenheit sehr sorgfältig geprüft, bevor ich Euch das erste Mal engagiert habe. Ich erinnere mich, dass Ihr ein sehr ungehorsamer Soldat wart, aber Eure Tapferkeit stand nie in Frage. Trotzdem kann ich die Anklage nicht unter den Tisch fallen lassen. Die Sache muss vor einen Senatsausschuss gebracht werden, und bis dahin ist Eure Vollmacht als Tribun widerrufen, ebenso wie Eure Lizenz als Detektiv.«

»Könnt Ihr Euren Einfluss nicht geltend machen? Mein Ankläger ist Grobiax, und der arbeitet für Prätor Raffius.«

Zitzerius kennt Raffius sehr gut. Der Prätor ist nicht nur der reichste Mann der Stadt, sondern auch ein wichtiges Mitglied der Traditionalisten, Zitzerius' Partei.

»Ich habe mich Raffius letztes Jahr in den Weg gestellt, und jetzt rächt er sich. Könnt Ihr ihn mir nicht vom Hals schaffen?«

Der Vizekonsul scheint von meinem Ansinnen nur mäßig begeistert zu sein. Auch wenn ich die Wahrheit sage, als ich behaupte, dass er mir einen Gefallen schuldet.

»Habt Ihr zusammen mit Grobiax in der Schlacht von Sanasa gekämpft?«

»Wir waren in demselben Regiment. Aber ich kann mich nicht erinnern, auf dem Schlachtfeld jemals in seiner Nähe gewesen zu sein. Dafür war ich in der Nähe vieler anderer Männer, die heute noch leben und für mich aussagen würden.«

»Das hofft Ihr, Thraxas. Meine Erfahrung als Advokat jedoch hat mich gelehrt, dass die Erinnerungen von Menschen nach so langer Zeit merkwürdig beeinflusst werden können. Und das umso mehr, wenn sie auch noch bestochen werden. Eine Anklage dieser Art, die nach siebzehn Jahren vorgebracht wird, dürfte vor Gericht nicht so einfach widerlegt werden können, vor allem, wenn Eure Gegner sie sehr gut geplant haben.« Zitzerius denkt eine Weile nach. »Ich bezweifle wirklich, dass Raffius hinter dieser Anklage steckt«, sagt er dann.

»Er muss dahinter stecken. Grobiax ist sein Mann.«

»Trotzdem hege ich meine Zweifel. Es stimmt, dass Ihr Prätor Raffius letztes Jahr Schwierigkeiten bereitet habt, aber es war nach seinem Maßstab gemessen eine kleine Ungelegenheit. Peanuts im Vergleich zu seinem beachtlichen Vermögen. Ich habe den Prätor seitdem häufiger getroffen und nicht den Eindruck gewonnen, dass er noch einen starken Groll gegen Euch hegt. Mir ist zwar klar, warum Ihr ihm misstraut, aber ich halte ihn für einen weit ehrlicheren Mann, als Ihr es ihm zutraut. Wie viele reiche Männer leidet er unter den Angriffen der Populären, die immer schnell bei der Hand sind, jeden wohlhabenden Anhänger des Königshauses der Korruption zu bezichtigen. Raffius selbst hat im Krieg tapfer gekämpft, hat eine Kohorte ausgehoben, aus eigener Tasche finanziert und in den Kampf geführt. Meiner Erfahrung nach kommt es so gut wie nie vor, dass jemand, der in einem Feldzug gekämpft hat, eine Anklage gegen einen anderen erhebt, der ebenfalls dabei war. Das würde gegen die Soldatenehre gehen.«

Ich bin noch nicht überzeugt. Raffius ist so obszön reich, dass ich nicht glauben kann, dass er gleichzeitig sein Vermögen gescheffelt und so etwas wie Ehre behalten haben kann.

»Ihr habt viele Leute vor den Kopf gestoßen, als Ihr eine vollständige Untersuchung von Lisutaris' Beteiligung an den Vorfällen in dem Lagerhaus unterbunden habt«, fährt der Vizekonsul fort. »Mir scheint es viel wahrscheinlicher, dass jemand anderes Euch jetzt bestraft sehen will. Rhizinius, zum Beispiel. Dem Führer der Palastwache seid Ihr schon lange ein Dorn im Auge.«

»Ja, möglicherweise steckt auch Rhizinius dahinter. Aber mein Instinkt sagt mir, dass Raffius Grobiax aufgestachelt hat. Also bitte ich Euch, mir zu helfen, wenn Ihr könnt. Denn Ihr werdet sicherlich verstehen, Vizekonsul, dass ich meinen Ankläger töten und anschließend fliehen muss, sollte ich wirklich wegen Desertion vor Gericht gezerrt werden.«

Zitzerius sieht mich schockiert an. »Ihr werdet Euch gefälligst an die Gesetze von Turai halten!«, ermahnt er mich streng.

»Aber selbstverständlich.«

»Und da Ihr schon mal hier seid«, fährt Zitzerius fort, »könntet Ihr mir vielleicht auch etwas über die Natur der Schwierigkeiten verraten, in denen sich Lisutaris im Moment zu befinden scheint?«

»Es sind nicht wirklich Schwierigkeiten, Vizekonsul. Es geht nur um eine eher unbedeutende Sache. Ein verschwundenes Tagebuch.« Ich deute an, dass ich leider wegen des Detektiv-Klient-Vertrauensverhältnisses nicht mehr verraten kann.

»Solche Privilegien genießt Ihr nicht mehr. Eure Lizenz wurde aufgehoben.«

»Dann scheine ich mit ihr auch mein Gedächtnis verloren zu haben.«

»Gestern ist ein Einhorn während meiner Rede durch den Senat getrabt.« Zitzerius wechselt das Thema.

»Das dürfte ja für eine überraschende Belebung gesorgt haben.«

»Meine Rede musste nicht belebt werden. Sie war durchaus lebhaft genug. Habt Ihr eine Ahnung, warum diese Kreaturen plötzlich die Stadt heimsuchen?«

»Nicht die leiseste.«

»Es hat nicht zufällig etwas mit unserer mächtigen Zauberin Lisutaris zu tun?

»Meines Wissens nach nicht.«

Zitzerius entlässt mich. Ich bin mit dem Verlauf unseres Treffens ziemlich zufrieden. Er hilft mir vielleicht. Und wenn nicht, bin ich im letzten Jahr die soziale Leiter doch einige Stufen hinaufgekrochen. Vor noch nicht allzu langer Zeit wäre ich nicht einmal zum Vizekonsul vorgelassen worden, geschweige denn, dass ich ihn um einen Gefallen hätte bitten können.

Auf halbem Weg zwischen Zitzerius' Büro und den Außenbezirken von Thamlin begegne ich einer Gestalt, die zielstrebig die Straße entlangmarschiert. Sie verbirgt sich unter einem Umhang und einer Kapuze.

»Makri? Was machst du denn hier?«

Makri schiebt ihre Kapuze ein Stück zurück. »Ich bin verkleidet.«

»Das sehe ich. Warum?«

»Ich habe vor, Grobiax zu töten.«

»Was? Warum denn das?«

Makri zuckt mit den Schultern. »Ich dachte, ich sollte dir helfen.«

»Und wie willst du ihn finden?«

»Ich wollte zu Prätor Raffius' Anwesen gehen und mir dort von jemandem sagen lassen, wo Grobiax am wahrscheinlichsten anzutreffen ist.«

»Und dann wolltest du auf ihn losgehen und ihn töten?«

»Genau. Wenn er tot ist, dann ist die Anklage gegen dich doch hinfällig, hab ich Recht?«

Makris Sorge rührt mich beinahe.

»Das ist kein schlechter Plan. Aber ich habe gerade den Vizekonsul gebeten, sich für mich einzusetzen, und ich möchte ihn jetzt nicht in eine peinliche Lage bringen, indem ich Grobiax umbringe, bevor es wirklich unbedingt notwendig ist.«

Makri zuckt mit den Schultern. Sie hat mir deshalb keine einzige Frage über die Schlacht von Sanasa gestellt, weil sie es nicht für möglich hält, dass ich vom Schlachtfeld desertiert bin. Das ruft mir wieder ins Gedächtnis, dass ich mit Makri befreundet bin. Ich habe Gewissensbisse, weil ich ihr das Leben so schwer gemacht habe.

»Ich muss einige Kaschemmen nach Barius, dem Sohn von Professor Toarius durchsuchen. Ich glaube, dass wir diesen Diebstahl an der Hochschule rasch aufklären können, wenn wir ein bisschen Druck auf ihn ausüben.«

Makri möchte mitkommen, also marschieren wir beide in die Innenstadt.

»War meine Verkleidung wirklich so schlecht?«, erkundigt sich Makri.

»Nein, so schlecht war sie nicht. Doch ich habe dich an deinem Gang erkannt.«

»Eigentlich brauchte ich gar keine Verkleidung. Aber ich

dachte, es wäre besser, wenn die Leute mich nicht erkennen, wenn ich Grobiax umbringe. Da wir beide in derselben Kaschemme wohnen, könnte das den Verdacht auf dich lenken.«

»Ich weiß es zu schätzen, dass du dir diese Mühe machen wolltest. Und es tut mir sehr Leid, dass ich dich angeschnauzt habe.«

»Das war mehr als anschnauzen! Es war Verleumdung und Rufmord!«

»Du übertreibst.«

»Du hast mich ein widerliches orgkisches Scheusal genannt!«

»Dann entschuldige ich mich hiermit in aller Form für diese Beleidigung. Wie immer meinte ich das nur in einem positiven Sinn.«

Die Hitze ist erdrückend. Makri zieht ihren Umhang aus, als wir die staubige Straße entlangtrotten.

»Ich habe die Sache mit Tanrose vermasselt. Als ich ihr vorgeschlagen habe, sie solle sich Zeit nehmen und über ihre Gefühle nachdenken, hatte ich nicht erwartet, dass sie die *Rächende Axt* verlassen würde.«

»Das ist eigentlich nicht deine Schuld, Makri. Das Problem ist Ghurd. Er ist schon so lange Junggeselle, dass er Angst hat, seine Gefühle ihr gegenüber zuzugeben. Deshalb mäkelt er stattdessen an ihrer Haushaltsführung herum.«

»Um seine Zuneigung zu maskieren?«

»Ja.«

Makri nickt.

»So etwas ist mir gerade in einem Theaterstück des elfischen Barden Leha-al-Heth begegnet. Darin geht es zwar nicht um Buchführung, aber trotzdem sind die beiden Fälle ähnlich. Der große Elfenlord Uthelo-ir-Yill hat seine Königin einmal zum Weinen gebracht, weil er sie des Ehebruchs mit einem Einhorn beschuldigte. Dabei war er nur eingeschnappt, weil sie ihm nicht mehr zum Einschlafen auf ihrer Harfe vorspielte. Das konnte sie aber nicht, weil ihre Finger wund waren. Sie hatte die Mähne des Einhorns zu lange geflochten. Und das musste sie tun, um das Leben ihres Sohnes zu retten, aber natürlich konnte sie das ihrem Gatten nicht verraten, ohne auch gleich den Fluch zu enthüllen, der über ihrer Familie lastete.«

Mir wird schwindlig. »Und die Geschichte ähnelt der Beziehung zwischen Ghurd und Tanrose?«

»Sehr sogar. Wenn die beiden ihre wahren Gefühle rechtzeitig ausgedrückt hätten, wäre das Problem gelöst gewesen, aber sie hüteten beide Geheimnisse, die sie nicht enthüllen wollten. Natürlich hat das schließlich zu einem großen Zwist zwischen den beiden Stämmen von Yill und Evena geführt, der, soweit ich gehört habe, bis heute nicht ganz beigelegt ist.«

»Und das hast du alles in einem Theaterstück gelesen?«

Makri nickt. Anscheinend ist sie eine begeisterte Anhängerin der Stücke des elfischen Barden Leha-al-Heth.

»Es weist zwar ein sehr ungewöhnliches Versmaß auf und ist im Ton sehr archaisch, aber dennoch sehr spannend.«

»Ich werde es bei der nächsten Gelegenheit lesen«, verspreche ich. Damit bringe ich Makri zum Lachen, was sie nicht sehr häufig tut.

»Ist das da drüben in dem Brunnen nicht eine Meerjungfrau?«

Wir starren auf den Brunnen auf der anderen Straßenseite. Zu Füßen der Statue von Sankt Quaxinius sitzt tatsächlich eine Meerjungfrau. Kinder umringen den Brunnen und deuten lachend auf das Fabelwesen. Die Meerjungfrau lächelt verführerisch, kämmt ihr Haar und verblasst langsam.

»Turai wird immer interessanter. Oder werden wir alle langsam verrückt?«

»Ich weiß es nicht. Wenigstens sind uns diese Fabelwesen,

die überall erscheinen, freundlich gesonnen. Es dürfte nicht sonderlich amüsant sein, wenn erst einmal Drachen durch die Straßen stampfen.«

»Ich mochte die Frösche«, erklärt Makri.

Wir überqueren den Königlichen Markt nördlich von Kushni. Er ist einer der Hauptumschlagplätze für Waren in Turai. In den Geschäften hier werden Kleidungsstücke, Schmuck, Wein und Waffen verkauft – größtenteils sehr teure und hochwertige Waren. Die Marktstände handeln auch mit Lebensmitteln, aber sie unterscheiden sich erheblich von den billigen Märkten in ZwölfSeen. Hierher nach Kushni kommen die Diener der Reichen, um Lebensmittel für ihre Herrschaft bei den Markthändlern zu erwerben. Die bieten nur beste Ware an, die oft aus dem ganzen Westen und manchmal sogar von den Elfeninseln importiert werden.

Makri starrt in das Schaufenster eines Juwelierladens. »Wer verdient denn so viel Geld, dass er solche Dinge kaufen kann?«, fragt sie laut.

Eine junge Frau verlässt das Geschäft. Zwei Bedienstete folgen ihr. Als sie Makri sieht, nickt sie ihr im Vorübergehen unmerklich zu. Ich frage Makri, wer die junge Frau war.

»Das war Avenaris, Lisutaris' Sekretärin.«

Ich habe mich bereits auf die Verfolgung gemacht. Man hat mir ausdrücklich verboten, die junge Frau zu befragen. So etwas macht einen Detektiv zwangsläufig misstrauisch. Ich versperre ihr mit meinem massigen Körper den Weg. Sie betrachtet mich ziemlich nervös. Ich stelle mich vor, aber offenbar kennt sie mich bereits.

»Könntet Ihr mir vielleicht helfen, die Antworten auf einige Fragen zu finden?«

»Lisutaris möchte nicht, dass ich über ihre Angelegenheiten mit jemandem spreche«, erwidert Avenaris. »Nicht einmal mit einem Ermittler, den sie selbst beauftragt hat.«

Sie versucht, an mir vorbeizukommen, aber ich trete ihr erneut in den Weg. Sie wirkt wirklich sehr nervös. Erheblich nervöser, als sie sein sollte. Ich bin keineswegs besonders Angst einflößend, jedenfalls nicht bei Tageslicht. Und ganz bestimmt nicht so schrecklich, dass eine Person bei meinem Anblick augenblicklich einen Tick bekommen könnte. Trotzdem fängt Avenaris' Augenlid heftig an zu zucken.

»Vielleicht könntet Ihr mir etwas darüber erzählen, was an dem Tag im Stadion eigentlich genau passiert ...?«

»Was hat das zu bedeuten?«

Wer da spricht, ist niemand anders als Lisutaris, Herrin des Himmels.

»Habe ich Euch nicht ausdrücklich befohlen, meine Sekretärin in Ruhe zu lassen?«

»Er hat mir den Weg versperrt!«, beklagt sich Avenaris. So wie sie das sagt, klingt es, als wäre das ein Gewaltverbrechen. Zudem ist sie den Tränen nahe.

»Es tut mir Leid«, tröstet Lisutaris sie und versucht, sie zu beruhigen. »Er hatte nicht das Recht, dich zu behelligen. Geh jetzt nach Hause. Ich sorge dafür, dass er dich nicht mehr belästigt.«

Avenaris geht rasch davon. Die beiden Dienstboten begleiten sie.

Die Zauberin sieht mich wutentbrannt an. »Wie könnt Ihr es wagen, meine Angestellten zu verfolgen?«

»Spart Euch die Belehrung, Lisutaris. Was ist mit ihr los? Ich habe ihr eine höfliche Frage gestellt, und sie ist praktisch in Tränen ausgebrochen.«

»Sie ist eine junge Frau, die ein dünnes Nervenkostüm hat. Sie ist viel zu empfindsam, um mit euresgleichen konfrontiert zu werden. Ich muss darauf bestehen ...«

»Ihr solltet mich mit ihr reden lassen. Ich habe den starken Verdacht, dass sie etwas weiß.«

»Muss ich Euch daran erinnern, dass Avenaris meine Nichte ist? Ich habe Euch nicht engagiert, damit Ihr meine Familie drangsaliert. Zum letzten Mal: Haltet Euch von meiner Sekretärin fern!«

Lisutaris wirkt jetzt wirklich bedrohlich. Ich lasse das Thema auf sich beruhen, jedenfalls fürs Erste. Später werde ich es jedoch weiterverfolgen, ganz gleich, was Lisutaris sagt.

»Seid Ihr unterwegs irgendwelchen Einhörnern begegnet?«, erkundige ich mich.

»Nein. In meinem Fischteich haben sich jedoch zwei Meerjungfrauen getummelt. Ich bin ziemlich ratlos. Es sind ganz offenbar magische Erscheinungen, aber ich kann ihre Quelle nicht aufspüren.«

»Habt Ihr meine Nachricht wegen Harm dem Mörderischen erhalten?«

Lisutaris nickt und runzelt die Stirn. »Harm der Mörderische ist ein sehr gefährliches Individuum. Konsul Kahlius sollte sofort darüber informiert werden, dass er sich in der Stadt aufhält.«

»Und wurde er informiert?«

»Nein«, gibt Lisutaris zu. »Ich versuche immer noch, die Dinge möglichst geheim zu halten.«

In den letzten Tagen musste sich Lisutaris einer Menge Fragen ihrer Zaubererkollegen und von Regierungsbonzen stellen. Bis jetzt jedoch gibt es noch keine offizielle Untersuchung.

»Vizekonsul Zitzerius hat mich besucht, weil er mit mir über die Renovierung von irgendwelchen Wasserleitungen sprechen wollte. Mir war gar nicht klar, dass er meine Meinung zu der Wasserversorgung der Stadt schätzt. Und Harmonius AlpElf war ebenfalls zufällig in der Nähe und hat vorbeigeschaut, um mir eine amüsante Geschichte über irgendwelche Elfenzauberer zu erzählen.«

Angesichts von Lisutaris' gesellschaftlichem Rang dürfte es jedem ziemlich schwer fallen, geradeheraus zu fragen, was eigentlich los ist, obwohl ganz offensichtlich ist, dass hier irgendwas schief läuft. Aber nachdem alle gemeinsam Himmel, Erde und die Drei Monde in Bewegung gesetzt haben, damit Lisutaris zur Oberhexenmeisterin der Zaubererinnung gewählt wird, will natürlich niemand in Turai, dass sie nur wenige Monate später in Ungnade fällt. Das würde Turais Ansehen in den Augen alle Nationen schwersten Schaden zufügen.

»Sie haben um das Thema herumgeredet. Ich habe geschwiegen, wie Ihr es mir geraten habt, aber ich kann das nicht mehr lange durchhalten. Tilupasis war ebenfalls da und hat herumgeschnüffelt. Ihr wisst, was sie für eine listige Frau ist. Ich konnte sie nur unter dem Vorwand abwimmeln, dass ich mich zurückziehen und einen Zug von meiner Pfeife rauchen müsste. Damit dürfte mein Ruf unter den aristokratischen Matronen Turais dahin sein. Jetzt wird sich bald in ganz Thamlin herumsprechen, dass Lisutaris nicht in der Lage ist, länger als eine halbe Stunde eine Audienz zu geben, ohne Thazis zu rauchen.«

»Weiß das denn nicht sowieso jeder?«, fragt Makri. Sie hat es immer noch nicht gelernt, taktvoll zu sein.

»Ich bin nicht thazissüchtig«, erwidert Lisutaris kühl.

»Oh«, sagt Makri. »Ich dachte, Ihr wärt es. Ich erinnere mich noch daran, wie Ihr auf dem Konvent der Zauberer zusammengebrochen seid und ich Euch zu Eurer Pfeife schleppen musste und Ihr gestöhnt habt, wie dringend Ihr einen Zug Thazis braucht, also habe ich natürlich angenommen, dass ...«

»Könnten wir das vielleicht ein andermal besprechen?«, zischt Lisutaris und wirft ihr einen ärgerlichen Blick zu. Dann richtet sie denselben ärgerlichen Blick auf mich. »Natürlich ist von meinem guten Ruf sowieso nicht mehr allzu viel übrig, nachdem Ihr herumgelaufen seid und überall erzählt habt, dass ich Euch engagiert hätte, damit Ihr mir mein Tagebuch zurückbringt. Welches ich deshalb so dringend wiederhaben will, weil es voller höchst intimer Liebesgedichte sein soll. Wenn ich das richtig verstehe, ist die Identität meines heimlichen Geliebten mittlerweile das beliebteste Ratespiel bei Abendgesellschaften.«

»Ich bin wirklich schockiert, Lisutaris. Als ich Kahlius von Eurem Tagebuch erzählt habe, dachte ich, er würde diese Information diskret behandeln.«

»Wer ist es denn?«, erkundigt sich Makri.

»Wer ist denn wer?«

»Die Person, mit der Ihr eine Affäre habt?«

»Ich habe keine Affäre mit niemandem. Thraxas hat es sich aus den Fingern gesogen.«

»Warum denn?«

»Ich brauchte eine plausible Geschichte. Und das war alles, was ich mir auf die Schnelle ausdenken konnte.«

Makri ist der Meinung, dass ich mir ruhig etwas mehr Mühe hätte machen können. »Schließlich behaupten nicht gerade wenige Leute, dass du einer der besten Lügner in der ganzen Stadt bist.«

Lisutaris ist sicher, dass der Konsul sich auf jeden Fall das Medaillon zeigen lassen wird, wenn er auf den Maskenball kommt.

»Kahlius ist vielleicht nicht so spitz wie ein Elfenohr, aber selbst ihm muss mittlerweile dämmern, dass ich das Medaillon verloren habe. Verdammt, ich wünschte, ich hätte nicht ausgerechnet diesen Zeitpunkt für einen Maskenball ausgewählt.«

»Wo wir gerade von Eurer gesellschaftlichen Rolle sprechen«, sage ich. »Harm der Mörderische hat erwähnt, dass er Euch vielleicht ebenfalls einen Besuch abstatten will.«

»Wirklich?«

»Ja. Und wie Ihr schon ganz richtig bemerktet, ist Harm ein sehr gefährliches Individuum. Ich halte es für klug, wenn Ihr Euch für den Ball noch einen persönlichen Schutz zulegen würdet.«

»Vielleicht habt Ihr Recht«, stimmt Lisutaris mir zu.

Ich warte auf die ersehnte Einladung. Lisutaris schaut Makri an.

»Würde es Euch stören, wenn Ihr wieder als meine Leibwächterin fungieren würdet?«

»Ich wäre entzückt«, antwortet Makri strahlend.

Mürrisch starre ich in die Auslage des Juweliers. Lisutaris ist wirklich eine Schande für diese Stadt. Ihr Thaziskonsum ist ein öffentlicher Skandal. Sie hätte es wirklich verdient, ins Exil geschickt zu werden.

»Welches weitere Vorgehen schlagt Ihr jetzt vor, Detektiv?«

»Ich habe keine Ahnung.«

»Dafür kann ich Euch wirklich keinen Vorwurf machen. Ich wüsste auch nicht, was ich jetzt machen soll.«

Ich komme langsam zu dem Schluss, dass es beinahe sinnlos ist, weiter zu ermitteln. Entweder führt uns jemand absichtlich in die Irre und verspottet uns bei jeder neuen Wendung der Ereignisse, oder die Situation ist so chaotisch geworden, dass es zwecklos ist, irgendwelche Schritte zu unternehmen. Gleichviel, in beiden Fällen bin ich geschlagen.

»Wenn niemand irgendwelche Vorschläge hat, wie wir die Stadt retten können, dann könnten wir ja jetzt vielleicht Barius aufsuchen«, meint Makri schlau.

»Wer ist Barius?«, will Lisutaris wissen.

»Der Sohn von Professor Toarius. Ich glaube, dass er etwas Licht in Makris Verweis von der Hochschule bringen könnte.«

Lisutaris bietet uns ihre Karosse an, die in der Nähe wartet. Lust nach Hause zu fahren hat sie nicht besonders, weil sie fürchtet, dass sie noch mehr Besuch von naseweisen Zauberern oder neugierigen Regierungsbonzen bekommen könnte.

»Seit heute gibt es wieder sechs Tote mehr in der Stadt«, sage ich. »Das steigert die Gesamtzahl auf siebenundzwanzig, wenn ich mich nicht verrechnet habe. Bei den vielen Toten wird das Justizdomizil sicherlich bald einen Zauberer auf den Fall ansetzen. Der Alte Hasius Brillantinius wird jede Einzelheit der ganzen Angelegenheit herausfinden.«

»Noch lange nicht«, widerspricht Lisutaris. »Die Stellung der Monde ist noch viel zu ungünstig.«

Will ein Zauberer in die Vergangenheit blicken, müssen sich die drei Monde in einer ganz bestimmten Stellung zueinander befinden. Und laut Lisutaris befinden wir uns gerade in einer der längsten ungünstigen Stellungen des Jahrzehnts. Das hätte ich selbst gewusst, wenn ich nicht so ein lausiger Zauberer wäre.

»Es wird noch Monate dauern, bis die Zauberer in die Vergangenheit blicken können. Wenn das nicht so wäre, hätte ich selbst längst einen Blick zurück geworfen.«

Die Karosse bringt uns nach Kushni. Der Kutscher schreit irgendwelchen Traumtänzern zu, gefälligst die Straße freizumachen. Sie sehen aus, als wollten sie auf der Stelle einen Streit vom Zaun brechen, aber dann erkennen sie Lisutaris' Regenbogenwappen an der Kutsche und treten rasch zur Seite, weil sie nicht von einem Zauberspruch eingeäschert werden wollen.

»Glaubst du, dass wir unsere Wetteinsätze erhöhen sollten?«, erkundigt sich Makri. »Wir stehen im Moment alle drei bei fünfunddreißig Toten. Aber wenn es jetzt schon siebenundzwanzig sind, dann genügt das vielleicht nicht.«

Lisutaris lacht grimmig. »Allerdings. Und wenn der Konsul mein Vermögen konfisziert, bevor er mich vor Gericht stellt, dann brauche ich vielleicht Geld, um einen Advokaten zu bezahlen. Wann ist der Wettschluss für diese Wette?«

Makri wirkt etwas verlegen. »Na ja, wenn der Fall zu einem Ende kommt …«

»Und wann ist das?«

»Wenn Thraxas ihn löst. Oder getötet wird. Oder Ihr verhaftet werdet …«

Lisutaris ist schockiert. »Der turanianische Plebs wettet darauf, dass ich verhaftet werde?«

»Nur ganz am Rande«, versucht Makri sie zu beruhigen.

»Beschwert Euch nicht«, rate ich der Zauberin. »Es ist längst nicht so schlimm wie auf meinen Tod zu wetten.«

»Ich glaube, dass Lisutaris' Tod die Wette ebenfalls beenden würde«, wirft Makri in dem vergeblichen Versuch ein, hilfreich zu sein. »Aber niemand erwartet, dass dies passiert. Außer Parax, der Schuhmacher. Ich glaube, er hat einen kleinen Betrag auf Lisutaris' Tod gesetzt. Und vielleicht ein oder zwei andere auch noch. Zum Beispiel Hauptmann Rallig. Aber sonst haben das nicht viele getan. Diese Wette ist längst nicht so beliebt wie die Aussicht, dass Thraxas seine Toga abgeben muss. Habt Ihr zufällig eine Thazisrolle dabei?«

Wir rauchen Lisutaris' Rollen, während wir über die belebten Straßen fahren. Selbst in dieser angespannten Situation muss ich die erstklassige Qualität ihres Thazis loben.

»Habt Ihr es in Eurem eigenen Garten angebaut?«

»Ja. Das heißt, genauer gesagt, in dem Glashaus, das ich letztes Jahr erbauen ließ.«

»Ihr habt ein Glashaus?«

»Es ist eine Spezialkonstruktion«, erklärt die Zauberin. »Es schützt die Gewächse vor den Elementen und verstärkt das Sonnenlicht, das sie nährt. Zuerst wurden solche Häuser in Simnia eingesetzt. Sie nennen sie Gewächshäuser. Meines ist, glaube ich, das erste seiner Art in Turai.«

Ich habe noch nie von so etwas gehört und wundere mich erneut über Lisutaris' Hingabe an ihr Lieblingsthema. Thazis wird im Südosten im großen Stil angebaut und von dort nach Turai importiert. Obwohl ich Leute kenne, die gelegentlich ihre eigenen Pflanzen ziehen, glaube ich nicht, dass noch jemand in Turai in der Lage ist, ihr Volumen zu vergrößern. Ein Gewächshaus. Es muss ungeheuer teuer gewesen sein.

»Der Preis war allerdings fantastisch«, stimmt Lisutaris meiner Vermutung zu. »Aber bei dem vielen Regen, den wir hier in Turai haben, blieb mir keine andere Wahl.« Sie wendet sich unvermittelt an Makri. »Warum hat Hauptmann Rallig auf meinen Tod gewettet?«, will sie wissen. »Hat er irgendwelche geheimen Informationen?«

Das glaubt Makri zwar nicht, aber Lisutaris ist dennoch besorgt. Vielleicht liegt es am Thazis. Übermäßiger Genuss der Droge kann manchmal zu Halluzinationen führen. Ich erkundige mich bei Makri, ob sehr viele Leute auf meinen Tod gewettet haben.

»Hunderte«, erwidert Makri. »Davon gehen die meisten aus. Seit dem Moment, als die Bruderschaft ins Spiel kam, strömte das Geld nur so.«

»Ich will verdammt sein, wenn ich nur sterbe, um diesem Haufen von Degenerierten in der *Rächenden Axt* Geld einzubringen! Glaubst du wirklich, die Bruderschaft macht mir Angst? Außerdem dachte ich, die Wette beschränkte sich ausschließlich auf die Zahl der Toten.«

Makri zuckt mit den Schultern. »Es hat sich irgendwie ausgeweitet. Moxalan hat so viele Nachfragen zu bewältigen, dass er einen Assistenten einstellen und sein Angebot vergrößern musste.«

Die Kutsche hält an, und wir klettern hinaus auf die staubige Straße. Lisutaris trägt ihren Regenbogenmantel. Wahrscheinlich unterlässt sie es aus Fatalismus, sich zu verkleiden, als wir ins *Zum Durchgegangenen Einhorn* gehen. Es ist eine Kaschemme am Rand von Kushni, in der meinen Informanten zufolge Barius sehr oft anzutreffen ist. Auch diese Kaschemme ist ein weiterer ekelhafter Sündenpfuhl. Als jedoch die Oberhexenmeisterin durch die Türe schreitet, kehrt schlagartig Ruhe ein. Einige Gäste vermuten anscheinend, dass Lisutaris in offiziellem Auftrag hier ist. Messerscharf schließen sie weiter, dass dies, ganz gleich, um welchen Auftrag es sich handeln könnte, für sie nichts Gutes bedeutet. Woraufhin sie in Windeseile durch die Hintertür verduften, als die Herrin des Himmels an den Tresen tritt.

»Ich suche einen jungen Mann namens Barius«, sagt sie freundlich.

»Oben, er ist oben«, stammelt der Wirt. Er quakt fast, während er sich ganz offensichtlich vorstellt, welche Wirkung der Zauberbann einer gereizten Oberhexenmeisterin der Zaubererinnung auf ihn haben könnte.

»Hier entlang«, fordert Lisutaris uns auf und führt Makri und mich eine Treppe hinauf. Sie scheint sehr mit sich zufrieden zu sein. »Ich habe bisher noch nie irgendetwas ermittelt. Mir kommt es nicht übermäßig schwierig vor.«

Ich verbeiße mir eine sarkastische Bemerkung und folge Lisutaris zur ersten von vier Türen, die vom oberen Flur abgehen. Sie ist verschlossen, also murmelt Lisutaris einen einsilbigen Minderzauber, und die Tür schwingt auf. In dem Raum finden wir einen Mann mit einer Toga, der intensiv mit einer Frau beschäftigt ist, die ohne weiteres seine Enkelin sein könnte, aber nicht mit ihm verwandt ist. Vermutlich jedenfalls.

»Entschuldigt, Senator Alesius«, sagt Lisutaris charmant und scheucht uns wieder auf den Flur zurück.

»Na ja, damit dürftet Ihr ihm aber gründlich sein nachmittägliches Nickerchen verdorben haben«, sage ich. »Eine wichtige Regel bei Ermittlungen ist die, dass man nicht einfach mit der ersten Tür ins Haus fällt, an die man kommt.«

»Und wie soll ich, bitte schön, die richtige finden?«

»Das ist eine Frage von Erfahrung und Intuition«, erkläre ich ihr. »Man entwickelt so etwas nach einigen Jahren in diesem Geschäft.«

»Sehr gut«, meint Lisutaris und deutet auf die drei restlichen Türen. »Welche Tür soll ich denn Eurer Meinung nach als Nächstes öffnen?«

Ich entscheide mich für die Tür links. Lisutaris murmelt erneut den Minderzauber, und die Tür schwingt auf. Dahinter wartet eine elegant gekleidete Frau mittleren Alters auf uns, die mit einem Haufen Juwelen behängt ist und sich in Begleitung eines nackten, erheblich jüngeren Mannes befindet, der aussieht wie ein erfolgreicher Athlet. Sie sind beide vollkommen mit ihrer Boahpfeife beschäftigt.

»Bitte verzeiht mir, Marwini, meine Liebe«, haucht Lisutaris liebenswürdig und zieht sich aus dem Raum zurück. Dabei legt sie eine verblüffende Eleganz an den Tag. Makri und ich dagegen stolpern hinter ihr her. Uns ist das alles ziemlich peinlich.

»Wer war das denn?«

»Prätor Raffius' Gemahlin«, antwortet Lisutaris. »Ehrlich, ich hatte keine Ahnung. Ich dachte immer, die beiden wären ein recht zufriedenes Paar. Erst letzte Woche hat sie mir bei einem Glas Wein verraten, dass sie sich nie glücklicher mit ihrem Ehemann gefühlt hat.«

»Wahrscheinlich, weil er immer seltener zu Hause vorbeischaut.«

»Sind solche Vorkommnisse denn in ganz Kushni üblich?«

»Das ist ziemlich guter Durchschnitt«, versichere ich ihr. »Obwohl sich unsere Aristokraten vielleicht einen neuen Ort für ihr Fehlverhalten suchen müssen, wenn Ihr weiterhin Zaubersprüche benutzt, um Türen zu öffnen.«

»Ich möchte gern das nächste Zimmer aussuchen«, bittet Makri.

In diesem nächsten Zimmer finden wir tatsächlich Barius. Er liegt bewusstlos auf einer Couch. Das ganze Zimmer stinkt nach Boah. Aus dem überwältigenden Gestank und dem allgemeinen elenden Eindruck würde ich schließen, dass er bereits einige Tage hier vegetiert.

»Ich habe das richtige Zimmer gefunden«, sagt Makri gut gelaunt.

»Du musstest ja nur noch zwischen zwei Türen wählen.«

»Darum geht es nicht. Du hast dich geirrt, und ich habe richtig gewählt.«

»Darum geht es sehr wohl. Die Chancen waren vollkommen andere.«

»Müsst Ihr beiden Euch denn immer wieder streiten?«, fragt Lisutaris. »Hier ist Euer Verdächtiger. Was macht Ihr jetzt?«

»Ihn aufwecken, falls das möglich ist.«

Neben der Couch steht ein Krug mit abgestandenem Wasser. Ich nehme ein Blatt Lebatrana aus einem kleinen Beutel an meinem Gürtel und versuche Barius dazu zu zwingen, es zu schlucken. Es ist sehr schwierig, und ich bin sehr vorsichtig, falls Barius ausgerechnet diesen Moment wählen sollte, sich zu übergeben.

»Und jetzt warten wir eine Weile. Lisutaris, schließt bitte die Tür.«

Die Lebatrana-Blätter von den Elfeninseln sind sehr wirkungsvoll, wenn man das Nervensystem von schädlichen Substanzen aller Art heilen will. In den Menschenländern sind sie nur schwer zu bekommen. Normalerweise würde ich mich hüten, sie an einen Boahsüchtigen zu verschwenden, der sich sowieso bei der nächsten Gelegenheit wieder mit Boah vollpumpt. Aber ich kann nicht so lange warten, bis Barius auf natürlichem Weg sein Bewusstsein wiedererlangt. Ein paar Minuten, nachdem er das Blatt geschluckt hat, gewinnt seine Gesichtshaut ihre natürliche Farbe zurück, und seine Pupillen reduzieren sich auf ihre normale Größe. Er hustet und versucht, sich aufzusetzen. Ich flöße ihm noch etwas Wasser ein.

»Vee ... Wer seid Ihr?«

»Thraxas. Detektiv.«

»Detektiv? Von ... von ...?«, keucht er.

»Nein, nicht von Luxius' Agentur. Ich bin ein unabhängiger Detektiv und kann Euch helfen.«

»Was wollt Ihr?«

»Ich will Euch einige Fragen stellen.«

Vermutlich hat das Lebatrana-Blatt seine Aufgabe zu gut erfüllt. Barius hat etwas von seiner jugendlichen Kraft und seinem Trotz wiedergefunden.

»Geht zum Teufel!«, sagt er und versucht, von der Couch aufzustehen. Ich lege meinen Arm um seine Schultern und drücke ihn wieder hinunter. Makri steht neben mir. Ich spüre ihre Ungeduld. Falls Barius Informationen hat, die ihre Unschuld beweisen können, wird sie ihn nicht aus dem Raum lassen, bevor er damit herausgerückt ist. Lisutaris dagegen wirkt ziemlich gelangweilt. Außerdem findet sie diesen schmutzigen, übel riechenden Raum offenbar wenig erbaulich.

Ich frage Barius, ob er etwas von dem Diebstahl des Geldes an der Innungshochschule weiß. Er vermittelt allerdings den starken Eindruck, dass er viel zu sehr von Boah abhängt, um überhaupt etwas zu wissen. Ich bin gerade dabei, ihm damit zu drohen, seinem Vater und seinen hochnäsigen Verwandten zu erzählen, was er in seiner Freizeit so anstellt, als Makri der Geduldsfaden reißt.

Sie hat zwei Schwerter bei sich. Ein glänzendes Elfenschwert und ein mattschwarzes von den Orgks. Die Orgk-Klinge hat sie aus den Gladiatorsklavengruben mitgebracht, und das Elfenschwert war ein Geschenk des Elfenlords auf Avula. Es sind beides sehr schöne Waffen, und sie gehören zum Besten, was in Turai zu finden ist. Bei einer Auktion würde jede einzelne von ihnen Makri genug Geld bringen, dass sie für ein ganzes Jahr ihre Prüfungsgebühren zahlen könnte. Allerdings verkauft Makri niemals eine Waffe. Sie zieht beide Schwerter. Das Licht von der Wandfackel lässt das Elfenschwert hell glänzen, wohingegen die Orgk-Klinge den Schein geradezu zu absorbieren scheint. Es ist eine bösartige Waffe, und sie hat viel Wirbel verursacht, als Makri sie mit auf die Elfeninseln genommen hat. Makri richtet die Spitze des Orgk-Schwertes direkt auf Barius' Kehle.

»Erzählt uns von dem Geld, sonst töte ich Euch auf der Stelle.«

Barius wird klar, dass dies ihr Ernst ist. Er sieht mich furchtsam an und wartet darauf, dass ich ihn beschütze. Ich sehe gelangweilt an die Decke. Makri übt etwas Druck aus. Ein wenig Blut tröpfelt Barius über den Hals. Er weicht zurück und zuckt mit den Schultern, als wäre er vollkommen unbesorgt.

»Und was? Ich habe fünf Gurans aus einem Schrank genommen. Wen interessiert das schon?«

»Mich, du Vaginux!«, zischt Makri und holt mit dem Schwert aus. »Du hast mein Leben für eine Dosis Boah ruiniert?«

Ich hebe die Hand und halte Makris Arm fest. »Es ist gut, wir haben, weswegen wir gekommen sind. Wir können gehen.«

»Habt Ihr wirklich, weswegen Ihr gekommen seid?«, gibt Lisutaris zu bedenken. »Wird ein solches Geständnis vor Gericht standhalten?«

»Es wird kein Gerichtsverfahren geben. Professor Toarius wird Makri still und heimlich wieder zulassen, wenn ich ihm sage, dass sein Sohn das Geld gestohlen hat, um sich Boah zu kaufen, und dass ich dafür auch einen Zeugen habe. Der Professor ist natürlich sehr darauf erpicht, den Namen der Familie sauber zu halten, weswegen er zweifellos auch den Raub Makri so schnell angelastet hat.«

Barius zittert. Ich lege meinen Arm um ihn und führe ihn zu der Couch zurück. Er kann sich den Tatter wegschlafen. Danach sollte er nach Hause gehen, aber ich bezweifle, dass er dies tun wird. Doch das ist nicht mein Problem. Es macht mir nur Sorgen, dass einer von Luxius' Detektiven bereits bei ihm war. Ich weiß immer noch nicht, wer die Agentur engagiert hat. Als wir die Kaschemme *Zum Durchgegangenen Einhorn* verlassen haben, schüttelt sich Lisutaris, allerdings sehr vornehm.

»Was für ein widerlicher Ort. Es erstaunt mich, dass Marwini sich hier verabredet. Wer um alles in der Welt war dieser nackte junge Mann?«

»Einer der Athleten des Königs, denke ich. Auf dem Weg die Karriereleiter hinauf. Oder auch hinunter, falls Prätor Raffius ihn erwischt.«

»Es ist wirklich alles sehr peinlich«, fährt Lisutaris fort. »Marwini steht natürlich auf der Gästeliste für den morgigen Ball. Wie auch Senator Alesius. Ihn hier zu finden, überrascht mich allerdings nicht. Sein Lebensstil ist in gewissen Kreisen wohl bekannt.«

»Also kann ich jetzt meine Prüfung ablegen?«, erkundigt sich Makri.

»Ich suche Toarius morgen auf. Dann wird alles gut.«

»Wann ist diese Prüfung?«, erkundigt sich Lisutaris.

»Übermorgen.«

»So bald? Könnt Ihr denn trotzdem als Leibwächterin an meinem Ball teilnehmen?«

»Natürlich«, antwortet Makri. »Ich habe meine Studien bereits abgeschlossen. Aber habe ich Euch schon gesagt, dass ich vor dem ganzen Kurs reden muss? Das ist wirklich sehr anstrengend.«

Makri jammert immer noch, als wir in Lisutaris' Kutsche steigen. Ein Problem dürfte mehr oder weniger gelöst sein. Jetzt steht uns nur noch die Aufgabe bevor, das Medaillon zu finden. Und dann wird Thraxas wegen des Vorwurfs der Feigheit vor dem Feind vor einen Senatsausschuss gezerrt. Irgendwie kann ich mich nicht konzentrieren. Es macht mich einfach wütend, dass Lisutaris, die so genannte Herrin des Himmels, sich schlechterdings weigert, mich zu ihrem Maskenball einzuladen. Aber vermutlich ist das nur zu erwarten. Die Oberschicht Turais ist berüchtigt für ihre Dekadenz und ihren Undank. Ehebruch, Boah und Korruption. Alles Zeichen für dekadentes Verhalten. Ein ehrlich arbeitender Mann wie ich sollte sich lieber erst gar nicht mit ihnen abgeben.

15. Kapitel

In der *Rächenden Axt* erwartet mich ein Bote mit der Aufforderung, zur Berichterstattung vor dem Konsul zu erscheinen. Eine andere Botschaft stammt von Harmonius Alp-Elf, in der er um ein Treffen nachsucht. Ich werfe beide Nachrichten in den Mülleimer und gehe nach unten auf ein Bier. Es macht mich wütend, dass Dandelion hinter dem Tresen steht. Ghurd sieht immer noch so mürrisch aus wie eine niojanische Hure, es gibt nichts zu essen, und ein Haufen Hafenarbeiter empfängt mich mit neugierigen Fragen über die neuesten Zahlen von Toten. Die Vordertür fliegt auf. Ein Regierungsbonze in einer Toga marschiert herein, und ihm folgt ein zweiter auf dem Fuß. Zielstrebig steuern sie auf mich zu, und beide haben eine Schriftrolle in der Hand.

Seit einigen Tagen wimmelt es in der *Rächenden Axt* nur so von Togas. Es ist schon eine Weile her, seit ich selbst eine getragen habe. Ich habe damals im Palast gearbeitet und sie für offizielle Anlässe angelegt. Es sind ziemlich teure Kleidungsstücke. Sie sind zwar sehr unbequem, aber man signalisiert den Leuten damit, dass man nicht zu den Menschen gehört, die ihre Zeit mit körperlicher Arbeit vergeuden.

»Rhizinius, der Führer der Palastwache, befiehlt Euch stehenden Fußes zu sich«, sagt der erste Bonze. »Um wichtige Staatsangelegenheiten zu besprechen.«

»Der Genehmigungsausschuss des Senats musste feststellen, dass Ihr eine Anordnung des Ermittlungsverbots verletzt habt, und fordert Euch auf, an einer ...«

»Ich komme gleich«, sage ich und stürze den Rest meines Kruges hinunter. »Ich muss nur eben meine Stiefel wechseln.«

Ich habe nur ein Paar Stiefel. Aber das wissen die beiden Bonzen ja nicht. Kaum bin ich in meinem Büro, stehe ich auch schon an der Außentür. Ich halte nur kurz inne, um den Minderöffnungszauber zu murmeln.

Die beiden rivalisierenden Straßenverkäufer sind mittlerweile zu schlagenden Argumenten übergegangen. Ich marschiere zwischen ihnen hindurch. Die Wucht meines Körpergewichts schleudert sie in entgegengesetzte Richtungen. Dann gehe ich rasch los, irgendwohin, wo keine Vorladungen, Befragungen und andere Repressalien des Staates auf mich warten.

Das Ganze hat sich mittlerweile zu einem Fiasko entwickelt. Ich habe längst alle Hoffnung aufgegeben, die Angelegenheiten zu einem befriedigenden Ende zu bringen. Lisutaris wird unausweichlich auf ihrem eigenen Maskenball demaskiert und der ganzen Welt als nutzlose, inkompetente Zauberin präsentiert werden, die das Medaillon verloren und damit die Stadt in ernste Gefahr gebracht hat. Dem wird sehr schnell eine allgemeine Jagd auf alle schuldigen Beteiligten folgen, die mit Sicherheit mich einschließt. Man wird mich anklagen, dass ich ein Verbrechen nicht gemeldet, die Behörden behindert und den Konsul belogen habe. Weiterhin habe ich mich gegen den ausdrücklichen Wunsch des Senats und Gott weiß wen sonst noch gestellt. Selbst der Versuch, mich auf das Detektiv-Klient-Vertrauensverhältnis zu berufen, das in Fällen der Nationalen Sicherheit ohnehin sehr wacklig ist, wird mir nichts nützen. Man hat mir ja meine Lizenz weggenommen, und ich kann folglich nicht länger behaupten, ein Detektiv im rechtlichen Sinne des Wortes zu sein. Wahrscheinlich erwartet mich ein Gefängnisschiff. Möglicherweise lande ich sogar auf einer Sklavengaleere.

Ich versuche krampfhaft, mir einen Weg aus dieser bedrohlichen Lage auszudenken. Plötzlich wächst ein goldener

Baum aus der Straße vor mir und steht ganz hübsch anzusehen da. Mittlerweile wird dieses Auftauchen von Fabelwesen allerorten ziemlich beunruhigend. Es gibt selbst für Zauberei den richtigen Moment und den richtigen Ort, und der befindet sich keinesfalls auf dem Quintessenzweg, und zwar ausgerechnet dann, wenn ich mich konzentrieren will. Auch wenn der Baum noch so hübsch ist, scheint sich niemand über den Anblick zu freuen. Die Umstehenden murmeln beunruhigt etwas von bösen Vorzeichen, die die Zerstörung der Stadt vorhersagen, und die Nervöseren unter ihnen fangen an zu jammern und knien sich hin.

Ich habe einige Erfahrung mit solchen Dingen. Im Magischen Raum, einer Art zauberischer Dimension, zu der nur Leute mit Zauberkräften Zugang haben, erscheinen die ganze Zeit Dinge und verschwinden auch wieder. Wenn es sich um Blumen und Einhörner handelt, mag das ja ganz in Ordnung sein. Aber letztes Mal war es eine Vulkanexplosion, und ich konnte gerade noch mein Leben retten. Wenn der Magische Raum aus irgendeinem Grund nach Turai hindurchbricht, könnte das sehr wohl die Zerstörung der ganzen Stadt bedeuten. Es ist zwar eigentlich unmöglich, aber ich kann mir keine andere Erklärung für die Geschehnisse denken. Wenn ich es genauer betrachte, könnte es sogar die Zerstörung der ganzen Welt nach sich ziehen. Der Baum verschwindet genauso rasch, wie er gewachsen ist. Ich vertraue darauf, dass die Zaubererinnung ihre vereinten Kräfte auf diese merkwürdigen Erscheinungen richtet, und kümmere mich wieder um meine eigenen Probleme.

Ich könnte zu Kahlius gehen und ihm alles erzählen, was ich weiß, aber dafür ist es vermutlich zu spät. Sobald Kahlius erfährt, dass ich schon seit einer Woche von dem verschwundenen Juwel Kenntnis hatte, wird er sich auf mich stürzen wie ein Böser Bann. Ich werde bestimmt sofort der

Palastwache übergeben, und Rhizinius wird aller Voraussicht nach einen Freudentanz aufführen, weil er mich einsperren kann. Also kommt es wohl überhaupt nicht in Frage, die Wahrheit zu erzählen. Bedauerlicherweise bietet aber weiteres Schweigen auch keine große Hoffnung. Morgen auf dem Ball wird sowieso alles herauskommen.

Ich frage mich, ob es mir nützen könnte, herauszufinden, wie das Medaillon überhaupt verschwunden ist. Lisutaris hält mich ständig davon ab, diesen Punkt genauer zu untersuchen, und behauptet, dass nur die Wiederbeschaffung des Medaillons von Bedeutung wäre. Doch wenn ich im Büro des Konsuls auftauche und eine vollständige Erklärung liefern kann, wer das Medaillon gestohlen hat und warum, könnte ich vielleicht meine Strafe herunterhandeln. Trotzdem geht mir das gegen den Strich. Ich würde damit gegen den ausdrücklichen Wunsch meiner Klientin handeln. Dennoch behalte ich diese Möglichkeit in Reserve, auch wenn es selbst im besten Fall ein eher schwacher Plan ist.

Das Einzige, was mir wirklich helfen könnte, wäre, das Medaillon sofort zu finden und es Lisutaris zurückzubringen. Sie könnte das gute Stück Konsul Kahlius präsentieren, und dann würde sich die Angelegenheit wieder beruhigen. Sie könnte sogar rundheraus abstreiten, dass sie es überhaupt verloren hätte. Wer könnte ihr schon das Gegenteil beweisen? Vielleicht kämen wir sogar damit durch.

Mir schießt durch den Kopf, dass ich vielleicht einen Fehler gemacht habe, als ich Lisutaris' so genannten Hinweisen durch die Stadt gefolgt bin. Natürlich, wenn man nach einem verlorenen Medaillon sucht und die Oberhexenmeisterin der Zaubererinnung hastig bei einem auftaucht und sagt, dass sie dieses Medaillon aufgespürt habe, wird man ihr glauben. Aber was hat mir das gebracht? Genau genommen gar nichts. Außer einem Haufen Leichen und Kopfschmerzen, weil ich in der Hitze herumgelaufen bin. Ich weiß nicht einmal, ob das Medaillon überhaupt an einem dieser Plätze gewesen ist. Irgendjemand könnte Lisutaris auch an der Nase herumgeführt haben. Nur weil Lisutaris sehr mächtig ist, heißt das noch lange nicht, dass sie immer richtig liegen muss. Vielleicht wäre ich schneller weitergekommen, wenn ich mich an meine eigenen Ermittlungsmethoden gehalten hätte. Ich habe schon eine Menge Verbrechen aufgeklärt, indem ich einfach nur durch die Stadt gelaufen bin und viele Fragen gestellt habe.

Mittlerweile habe ich die südliche Stadtmauer erreicht. Ich durchquere ein kleines Tor, das zur Küste führt. Das ist ein felsiger Abschnitt, weit weg vom Hafen. Weiter oben an der Küste gibt es auch einige goldene Sandstrände, aber so nah an der Stadt schlägt das Meer an einen öden Strich felsiger Naturbecken. Es stinkt hier höllisch nach dem Abwasser, das aus Turai herausgeleitet wird. Deshalb wird dieser Ort nur selten besucht. Selbst die Fischer, die in den flachen Becken Krebse zu fangen pflegen, halten sich von diesem verschmutzten Teil der Küste fern, vor allem im heißen Sommer. Bei dem widerwärtigen Gestank rümpfe ich unwillkürlich die Nase. Warum bin ich hierher gegangen? Ich sollte lieber zum Hafen gehen und die Schiffe überprüfen. Vielleicht finde ich sogar eine Trireme, die nach Süden geht und möglicherweise eine Passage für mich hat.

Da sehe ich eine Gestalt in der Entfernung, die halb hinter einer kleinen Felsreihe verborgen ist. Ich will gerade weitergehen, als mir etwas an den Bewegungen des Menschen bekannt vorkommt. Meine Neugier ist geweckt, und ich schlendere hinüber. Dabei achte ich darauf, dass ich nicht auf dem Schleim ausrutsche, der an den Felsen klebt. Als ich die Felsreihe erreiche, erkenne ich Harm den Mörderischen, der in einem kleinen Bassin herumwühlt.

»Sucht Ihr nach Krabben?«

Überrascht von der Störung sieht er hoch. »Ich habe den Anhänger hierher in Sicherheit gebracht, nachdem ich ihn Georgius abgenommen habe«, erklärt er. »Aber jetzt ist er weg.«

Noch bevor ich jede Schuld von mir weisen kann, sagt mir Harm, er wisse, dass ich ihn nicht genommen habe.

»Ich habe schon seit langem aufgehört, mir über Eure Spürnase Sorgen zu machen. Es gehört zu Eurem Schicksal, dass Ihr immer zu spät kommt. Aber wer sonst kann das Medaillon gefunden haben?« Harm zieht seine Hand aus dem Wasser und schüttelt die dunkle Flüssigkeit angewidert ab. »Es ist wirklich zu schade«, behauptet er. »Ich habe diese ganze Angelegenheit mittlerweile gründlich satt.«

»Alle haben sie satt.«

»Trotzdem muss ich das Medaillon haben.«

»Warum gebt Ihr nicht auf?«, schlage ich ihm vor. »Wahrscheinlich braucht Ihr es doch gar nicht so dringend.«

»Bedauerlicherweise doch«, widerspricht Harm und lächelt überraschenderweise. »Ich habe es Prinz Amrag versprochen. Das war vielleicht etwas überstürzt, aber es stimmt. Unser neuer orgkischer Kriegsherr scheint an einigen Bemerkungen von mir Anstoß genommen zu haben, die ihm von seinen Spionen hinterbracht wurden. Bemerkungen, die natürlich völlig aus dem Zusammenhang gerissen wurden, aber dennoch ... Ich muss das Medaillon unbedingt haben.«

»Ihr meint, Euer Hals ist in Gefahr, wenn Ihr ihm die Ware nicht liefert?«

»So weit würde ich nicht gehen«, sagt Harm. »Aber es wird sicher helfen, die Missverständnisse auszuräumen.«

Ich schließe daraus, dass Harm der Mörderische sich offenbar ganz ernsthaft die Gunst von Prinz Amrag verscherzt hat. Ein magischer Lord wie Harm würde kaum herumlaufen und mit den Händen in schmutzigen Pfützen wühlen, wenn er nicht ernstliche Missverständnisse ausräumen müsste.

»Ja, Harm, das ist ein Problem. Ihr habt jemanden beleidigt, der Macht besitzt, und der macht Euch jetzt das Leben zur Hölle. Mir passiert das ständig.«

»Prinz Amrag hat keine Macht über mich.«

»Sicher. Aber er befehligt bald die größte Armee im Osten.«

Wir schlendern gemeinsam über den Strand. Nach seinen Maßstäben ist Harm richtiggehend gesellig und benutzt dabei nicht einmal einen Überredungszauber. Er betrachtet mich anscheinend als eine so vernachlässigbare Bedrohung, dass es ihn nicht kümmert, wie viel ich von seinen Geschäften weiß. Er scheint im Gegenteil sogar darauf erpicht zu sein, darüber mit mir zu plaudern.

»Ich nehme an, dass Ihr immer noch vergeblich in der Stadt herumlauft und Lisutaris das Medaillon noch nicht wiederbekommen hat?«

»Meines Wissens nach nicht.«

»Und Georgius Drachentöter hat es ganz bestimmt nicht. Ich spüre weiterhin, dass die beiden Verbrecherbanden von Turai ebenfalls nicht im Besitz des Juwels sind. Ich habe genug Kontakte in der Unterwelt Turais, dass ich es längst erfahren hätte, wenn dem anders wäre. Glaubt Ihr, dass Eure turanianische Zaubererinnung das Grüne Juwel mittlerweile wieder aufgetrieben hat?«

Ich zucke mit den Schultern. Ich habe keine Ahnung.

»Irgendwie ist das alles sehr unbefriedigend«, beschwert sich der Zauberer. »Bei einer solchen Angelegenheit hätte ich etwas mehr Diskretion erwartet. Es ist zwar in gewisser Weise amüsant, dass so viele Leute von dem Diebstahl wissen, aber es ist alles andere als angenehm.«

»Und ich hatte gedacht, dass Ihr das verbreitet hättet,

Harm. Es muss Euch doch amüsieren, Lisutaris stürzen zu sehen.«

»Das tut es allerdings. Dennoch habe ich nicht in der ganzen Stadt verbreitet, dass sie das Medaillon verloren hat.«

Ein melodischer Gesang unterbricht unser Gespräch. In der Nähe des Strandes bilden einige Meerjungfrauen einen Chor.

»Seid Ihr dafür verantwortlich?«, frage ich.

Erneut bestreitet Harm der Mörderische jede Mitschuld.

»Natürlich bin ich nicht dafür verantwortlich. Warum sollte ich meine Zeit mit solchen Albernheiten verschwenden? Gestern bin ich fast unter die Hufe eines Zentauren geraten. Ich dachte erst, es wäre eine Art turanianischer Sitte, bis ein paar Kinder vor Angst geschrien haben. Ich vermute, dass der Magische Raum in die Reale Welt einbricht.«

»Das dachte ich auch. Habt Ihr eine Vorstellung, wie das passieren kann?«

»Nicht die geringste. Sollte das jedoch passieren, dann dürfte Euer Untergang sich beschleunigen.«

»Wenn dieser Unfug sich weiter ausbreitet, dürfte er auch Euch vernichten.«

Die Meerjungfrauen verschwinden. Ich bin nicht ganz sicher, ob es diese Meerjungfrauen wirklich leibhaftig auch hier gibt oder ob sie eigentlich ganz woanders leben. Im Gegensatz zu Einhörnern, Zentauren, Dryaden und Nymphen bin ich vorher noch nie welchen begegnet.

Harm runzelt die Stirn. »Eigentlich hätte das alles ganz einfach sein sollen. Sarin die Gnadenlose hat das Medaillon erhalten und sollte es an mich weitergeben. Ich würde die Stadt verlassen und hätte ein sehr wertvolles Geschenk für Prinz Amrag gehabt. Ich bin immer noch nicht sicher, was eigentlich schief gelaufen ist. Möglicherweise steckt Georgius dahinter. Er kennt Sarin die Gnadenlose. Vielleicht hat er früher von der ganzen Sache Wind bekommen, als ich erwartet hatte.«

»Möglicherweise dachte Sarin ja auch, dass sie von Georgius mehr Geld bekommen würde.«

»Das ist durchaus denkbar. Sie ist eine sehr tüchtige Frau. Und ich hatte schon mehrfach Grund, sie wegen ihrer Bestechlichkeit zu tadeln.«

»Von wem sollte Sarin eigentlich das Medaillon bekommen?«

»Das ist wohl der springende Punkt in Euren Ermittlungen«, erwidert Harm. »Also möchte ich Euch die Suche nicht verderben, indem ich die Lösung verrate.«

Wir sind mittlerweile wieder in die Vororte der Stadt zurückgewandert und an das kleine Tor gekommen, das von einem gelangweilten Wächter bewacht wird.

»Ich glaube, überall in Turai sterben Leute«, sinniert Harm. »Das ist ebenfalls verwirrend. Als ich von den ersten Toten erfahren habe, nahm ich an, dass sie mit dem Medaillon in Verbindung standen. Es hätte genau diese Wirkung auf den ungeübten Verstand. Aber die Todesfälle sind so weit voneinander entfernt, dass sie unmöglich alle von dem Juwel verursacht worden sein können. Es ist zwar ein magischer Gegenstand, aber es kann trotzdem nicht an mehr als einem Ort gleichzeitig sein.«

»Allerdings, Harm, das ist rätselhaft. Und wenn Ihr behauptet, dass Ihr nichts davon wisst, überzeugt Ihr mich nicht.«

Harm hebt unmerklich seine Augenbrauen, als ob er ein winziges bisschen von meiner Unterstellung irritiert ist, dass er lügt.

»Sagt mir, Detektiv, wenn Ihr zufällig über das Medaillon gestolpert wärt, wieso glaubt Ihr dann, dass Ihr nicht den Verstand verloren hättet?«

»Ich habe starke Willenskraft.«

»Glaubt Ihr wirklich? Das ist mir bisher noch gar nicht aufgefallen. Sarins Beschreibung von einem Mann, der sich volltrunken in der Gosse wälzt, scheint mir nicht auf einen Menschen mit großer Willenskraft zu passen.«

»Sarin ist eine Lügnerin.«

Harm schaut auf das Meer hinaus und deutet auf einige Felsen weiter entfernt an der Küste.

»Noch drei Tote.«

»Wirklich?«

»Ich glaube, sie gehören zum Freundeskreis. Wahrscheinlich sind sie Georgius gefolgt und haben sich am Ende gegenseitig umgebracht.

»Georgius Drachentöter«, murmelt Harm. »Ich habe ihn dreimal im Kampf besiegt, aber er scheint immer noch unerschrocken. Ich sollte das wahrscheinlich bewundern, aber allmählich wird er mir lästig. Wenn wir uns das nächste Mal begegnen, muss ich ihn auf jeden Fall töten.«

»Ihr seid ja schnell bei der Hand damit, Leute umzubringen, Harm.«

Harm wirkt überrascht. Am Fuß der Stadtmauer weht eine leichte Brise, in der sich Harms Umhang bauscht. Ich schwitze in der Hitze, aber dem Halb-Orgk-Zauberer scheint sie kein bisschen zuzusetzen.

»Bin ich das? Wen habe ich denn noch gedroht umzubringen?«

»Mich zum Beispiel.«

»Ich halte das für nicht sehr wahrscheinlich«, erwidert Harm. »Warum sollte ich damit drohen, Euch umzubringen? Es gibt nicht die geringste Chance, und die hat es auch niemals gegeben, dass Ihr mich davon abhalten könntet, meine Pläne auszuführen. Ihr seid mir hoffnungslos unterlegen, Thraxas. Und zwar steht Ihr so weit unter mir, dass Ihr das nicht einmal begreifen könnt, Ihr Detektiv, der bei seiner Prüfung zum Zaubergesellen gescheitert ist.« Harm lächelt sein boshaftes Lächeln. »Bitte überbringt Eurer schönen Gefährtin Makri meine Grüße. Sollte ich gezwungen sein, Turai zu verlassen, ohne Ihr vorher noch einmal zu begegnen, dann informiert sie bitte, dass ich versuchen will, sie zu retten, wenn Prinz Amrag diese Stadt auslöscht.«

Harm der Mörderische verbeugt sich höflich vor mir und geht am Fuß der Stadtmauer weiter. Ich durchquere das Tor, und sofort stürmt der Krach von ZwölfSeen auf mich ein.

Es war ein sehr informatives Gespräch. Und ein ausgesprochen höfliches. Als Harm mir klargemacht hat, dass ich es nicht wert bin, an mich einen Gedanken zu verschwenden, hat er mir seine Verachtung in der wohlgesetztesten Sprache zu verstehen gegeben. Auf meinem Weg zur *Rächenden Axt* bin ich sehr nachdenklich. Trotz seines überlegenen Gehabes hat Harm keine Ahnung, wo das Medaillon ist. Und er kann es auch nicht durch Zauberei finden. Was mir eine genauso gute Chance einräumt wie ihm.

Eigentlich stehen meine Chancen sogar besser. Ich bin Ermittler. Und zwar die Nummer eins am Platze, wenn es um Nachforschungen geht. Er ist nur ein sehr, sehr mächtiger Zauberer, der zufällig auch noch über ein eigenes Königreich herrscht. Vielleicht hat er wirklich große Macht, seitdem er aus dem Jenseits wiedergekehrt ist. Ich denke noch einmal über die Gerüchte nach, dass Harm angeblich schon einmal tot war. Ich hätte ihn danach fragen sollen. Allerdings kann man so ein Thema wohl nur sehr schwer beiläufig in ein Gespräch einflechten. Mir ist aufgefallen, dass er schon wieder Makri erwähnt hat. Ganz offensichtlich hat er an ihr Gefallen gefunden. Wahrscheinlich ist es schon ziemlich lange her, dass ihn das letzte Mal eine Frau ins Gesicht geschlagen hat. Und möglicherweise ist das genau der Kitzel, den er in einer

Beziehung sucht. Mich beschleicht plötzlich das ungute Gefühl, dass Harms Vorstellung von einer idealen Frau einer entspricht, die er zuerst aus dem Reich der Toten zurückholen muss. In dem Fall könnte ich mir vorstellen, dass Makri einige ziemlich deutliche Einwendungen machen würde. Ich ebenfalls. Makri ist zwar eine wahre Nervensäge, aber noch bin ich nicht so weit, dass ich ihr den Tod wünsche.

Ob Harm lebt, nicht lebt oder sich irgendwo dazwischen befindet, ich werde das Medaillon finden, und wenn auch nur, um ihm in sein arrogantes Gesicht zu spucken.

Als ich das glühende, erstickende Stück Landschaft erreiche, das man Quintessenzweg nennt, fällt mir wieder ein, was Dandelion mir gestern erzählt hat. Sie hat angeblich Lichtblitze am Strand gesehen. Vielleicht hatte sie ja noch etwas Interessantes mitzuteilen gehabt, bevor ich ihr über den Mund gefahren bin. Ich suche sie in der Kaschemme und erfahre, dass sie sich oben in Makris Zimmer aufhält.

Ich klopfe an die Tür, aber niemand antwortet. Also trete ich ein. Dandelion sitzt auf dem Boden und hält ein Medaillon in ihrer Hand, das sie leicht pendeln lässt. In der silbernen Fassung befindet sich ein grünes Juwel, das die junge Frau fasziniert anstarrt.

»Gib es mir!«, schreie ich sie an.

Sie scheint in einer anderen Realität zu schweben, schüttelt den Kopf und blinzelt, als ich ihr das Medaillon entreiße und es in meinen Beutel stopfe. Ich bereite mich darauf vor, sie zu schlagen, falls sie verrückt ist, wenn sie aufwacht. Auch wenn das in ihrem Fall schwer zu unterscheiden ist.

»Hübsche Farben.«

»Ja. Schön bunt, nicht?«

Dandelion lächelt, legt sich auf den Boden und schläft augenblicklich ein. Sie sieht nicht so aus, als habe sie etwas Gewalttätiges im Sinn. Ich bin verwirrt. Alle anderen, die in das

Juwel starrten, haben sich in bösartige Wahnsinnige verwandelt. Vielleicht muss man aber bereits eine Neigung dazu haben, die von dem Juwel nur verstärkt wird. Möglicherweise macht es einen nicht verrückt, wenn man Blumen und Delfine mag.

Ich lasse Dandelion ihren Rausch ausschlafen. In meinem Zimmer überlege ich, was ich mit dem Schmuckstück anfangen soll. Ich empfinde einen beinah übermächtigen Drang, hineinzusehen, nur, um auszuprobieren, wie es sich anfühlt. Mit viel Mühe reiße ich mich zusammen und werfe das Schmuckstück in meine Schreibtischschublade.

Ich habe das Medaillon wiederbeschafft. Gute Arbeit, auch wenn ich mich damit selbst lobe. Eigentlich war es vor allem eine gehörige Portion Glück, selbst wenn ich das niemand gegenüber zugeben würde. Ich habe einfach nur darauf gewartet, bis Dandelion an den verseuchten Strand hinunterspaziert und Harm dem Mörderischen das Schmuckstück unter der Nase wegschnappt.

Was soll ich jetzt tun? Das Medaillon kann nicht hier bleiben. Das wäre viel zu riskant. Ich sollte es so schnell wie möglich Lisutaris zurückgeben. Für einen kleinen Abstecher an den Tresen und ein Bier ist aber noch Zeit. Bei der Gelegenheit bitte ich Ghurd, ab und an nach Dandelion zu sehen und sich zu vergewissern, dass es ihr gut geht.

»Hat sie Ärger?«

»Wahrscheinlich nicht. Sie hat etwas betrachtet, was sie nicht hätte ansehen sollen, aber ich glaube nicht, dass es ihr Schaden zugefügt hat. Wo steckt eigentlich Makri?«

»Auf der Jagd nach Geld.«

»Wie?

»Sie will eine neue Wette bei Moxalan abschließen.«

Gute Idee. Mit den jüngsten drei Toten bin ich bereits bei dreißig angelangt, und der Fall wird enden, wenn ich Lisutaris das Medaillon zurückgegeben habe. Wir sollten schnellstens Geld auftreiben. Plötzlich sieht das ganze Leben wieder viel strahlender aus. Ich kann Lisutaris retten, meinen Fall zu einem zufrieden stellenden Ende bringen und Moxalan einen satten Gewinn aus den Rippen leiern. Falls die Stadt nicht in einer Flut von Einhörnern und Zentauren untergeht, könnte es ein sehr erfreulicher Sommer werden. Ich gehe nach oben und suche Makri.

Ich finde sie in meinem Büro direkt neben meinem Schreibtisch. Sie hat das Medaillon in der einen und ihr schwarzes Orgk-Schwert in der anderen Hand. Ihr Augen sind glasig.

»Ich bin Makri, die Befehlshaberin der Armeen«, sagt sie.

»Leg das Medaillon weg, Makri.«

»Bereite dich auf deinen Tod vor«, knurrt Makri und hebt ihr Schwert.

16. Kapitel

Vor etwa zwanzig Jahren habe ich den bedeutenden Schwertkampfwettbewerb im weit entfernten Samserika gewonnen. Jedes Jahr lockt dieser Wettkampf die besten Kämpfer und Gladiatoren aus aller Welt an. Ich musste einen Haufen guter Leute besiegen. Die Wildheit dieser Kämpfe war legendär, aber ich habe es mit den Besten aufgenommen und sie geschlagen. Natürlich war ich damals noch viel jünger, viel dünner und viel hungriger. Trotzdem bin ich in den darauf folgenden Jahren kaum einmal einer Person begegnet, die mir in einem Nahkampf das Wasser reichen konnte. Makri jedoch dürfte das schaffen. Ich habe sie zu oft kämpfen sehen, um mir da etwas vorzumachen.

Allerdings steht sie unter dem Einfluss des Juwels. Vielleicht verlangsamt das ihre Reflexe. Wenn ja, kann ich sie möglicherweise besiegen, aber eine tote Makri ist nicht gerade ein erstrebenswertes Ergebnis. Ich könnte zwar versuchen, aus dem Zimmer zu flüchten, aber wahrscheinlich würde Makri mir ein Messer in den Rücken werfen, bevor ich durch die Tür käme. Also hebe ich einfach nur mein Schwert, um mich zu verteidigen, verfluche die Launen des Himmels und hoffe inständig, dass sich die Wirkung des Medaillons wenigstens rasch verflüchtigt.

Mit dem Schwert in der rechten und einem Messer in der linken Hand bin ich besser bewaffnet als Makri. Sie hat nur ein Schwert, zu meinem Glück. Denn ihre selbst entwickelte Zweihandtechnik ist eine Mischung zwischen einem Wirbelsturm und einer Sensenmaschine. Und trotz ihrer unterlegenen Bewaffnung treibt sie mich mit dem Rücken zur Wand.

»Hör auf zu kämpfen!«, schreie ich verzweifelt. »Es ist nur das Juwel!« Aber Makri setzt ihre erbarmungslosen Angriffe fort. Der ausdruckslose Blick ihrer Augen und eine gewisse Fremdheit ihrer Bewegungen überzeugen mich, dass sie weit unter ihren normalen Fähigkeiten kämpft, aber auch so habe ich alle Hände voll zu tun, sie mir vom Leib zu halten. Einen Moment lang sehe ich eine Öffnung in ihrer Deckung, aber ich schrecke vor einem tödlichen Hieb zurück. Danach setzt sie mir immer härter zu. Makri streicht mit ihrer Klinge an meiner entlang. Ihr schwarzes Schwert ist so scharf, dass es den Fingerschutz meines Schwertes einfach abtrennt. Blut läuft mir über die Hand. Ich schreie Makri an, endlich wieder zu Verstand zu kommen, aber es dringt einfach nichts zu ihr durch. Verdammtes Weibsstück! Ich wusste schon immer, dass sie mich irgendwann einmal unter die Erde bringen würde.

Die Verzweiflung vertreibt meine letzten Skrupel, und ich kämpfe jetzt mit aller Macht. Eine tote Makri ist immer noch besser als ein toter Thraxas. Trotzdem treibt sie mich immer weiter zurück, bis ich schließlich gegen meinen Schreibtisch stoße. Jetzt sitze ich in der Falle. Ich unternehme einen verzweifelten Versuch, meinen Dolch in ihren ungeschützten Oberkörper zu rammen. Mit einer Parade, die ich nicht einmal sehe, wehrt Makri mit der Schwertspitze meinen Dolchstoß ab und lässt die Waffe durch den Raum kreiseln. Im nächsten Moment lässt sie ihr Schwert hinuntersausen. Ich versuche ihren Hieb abzublocken. Mein Schwert zerspringt in tausend Stücke.

Sie hebt ihre Waffe.

»Es wird allerhöchste Zeit für deine Prüfung!«, keuche ich.

Makri hält verwirrt inne. »Was?«

»Deine Prüfung. Du musst aufstehen und vor der ganzen Klasse sprechen. Jetzt sofort. Es ist sehr wichtig.«

Makris Schwertarm sinkt ein paar Zentimeter.

»Ich will nicht vor der ganzen Klasse stehen«, erwidert sie. »Das macht mir Angst.«

»Tja, trotzdem musst du es tun. Und zwar sofort.«

Makri lässt das Schwert sinken, schlurft durchs Zimmer und lässt sich schwer auf das Sofa fallen.

»Ich will aber nicht«, wiederholt sie. »Es ist nicht gerecht.«

Ich ringe nach Luft und habe fast das Gefühl, zu ersticken. So heiß ist mir noch nie gewesen. Ich nehme sogar meinen Wasserkrug und trinke einen großen Schluck. Das Wasser ist abgestanden und warm. Ich biete Makri auch etwas an. Sie trinkt verlegen.

»Habe ich die Prüfung bestanden?«, fragt sie dann.

Ihr Gesicht normalisiert sich langsam. Plötzlich schüttelt sie den Kopf und sieht mich beunruhigt an.

»Was ist passiert?«

Ich hebe das Medaillon vom Boden auf. »Du hast in das Juwel geschaut.«

Enttäuschung malt sich auf ihren Zügen ab. »Dann bin ich in Wirklichkeit nicht die Befehlshaberin aller Armeen?«

»Bedauerlicherweise nicht.«

»Oh. Ich dachte, ich wäre es. Es hat Spaß gemacht. Wir haben alles vernichtet.«

Makri trinkt noch mehr Wasser und gießt sich den Rest über das Gesicht.

»Habe ich denn die Prüfung bestanden?«

»Du hast sie noch gar nicht abgelegt. Das Juwel hat dich vollkommen verwirrt.«

»Ich habe sie nicht abgelegt?« Makri lässt die Schultern sinken und verfällt in ein beinahe komisches Brüten. »Keine bestandene Prüfung. Keine Befehlshaberin von Armeen. Natürlich nicht. Ich bin nur eine Kellnerin. Was für ein lausiger Tag.«

Ich habe inzwischen eine Lotion auf den Schnitt in meinem Finger aufgetragen. Es ist eine Salbe, die Chiruixa, die Heilerin aus ZwölfSeen, für mich zubereitet hat. Sie wirkt sehr gut bei Wunden.

»Habe ich das gemacht?«, erkundigt sich Makri.

»Ja. Allerdings habe ich nicht ordentlich gekämpft. Ich habe nur gewartet, bis du dich selbst erschöpfst. Natürlich wollte ich deinen geschwächten Zustand nicht ausnutzen.«

»Ich glaube, ich kann mich noch sehr genau an unseren Kampf erinnern«, meint Makri. Die Bruchstücke meines Schwertes auf dem Boden sprechen eine deutliche Sprache, also wechsle ich lieber das Thema.

»Was hast du in meiner Schublade gesucht?«

»Geld«, erwidert Makri.

»Natürlich. Hätte ich mir denken können. Bedien dich nur. Mein Geld ist dein Geld.«

»Ich wollte eine Wette für uns beide abgeben«, erklärt Makri, aber sie scheint keine Lust auf unser gewohntes Geplänkel zu haben. Stattdessen steht sie mühsam auf. Anscheinend hat die Wirkung des Juwels ihr zugesetzt. Ihre Haare sind feucht, und die Spitzen ihrer Elfenohren lugen heraus.

»Trotzdem danke, dass du mich nicht getötet hast, als du diesen einen Moment die Gelegenheit hattest«, sagt sie, küsst mich leicht auf die Wange und verlässt mein Büro.

»Gern geschehen.« Meine Worte prallen von der Tür ab.

Das Medaillon baumelt von meiner Hand herunter. Es ist ein hübsches Schmuckstück. Die silberne Fassung ist Elfenarbeit und der grüne, nicht sonderlich große Stein ist sehr gut geschliffen. Er funkelt in den spärlichen Sonnenstrahlen, die durch die Jalousien meiner Bürofenster fallen. Dieses Juwel ist wirklich tödlich. Wenn man mehr als nur einen kurzen Blick riskiert, wird man aufgesogen. Ich bin zwar versucht, gebe aber nicht nach. Stattdessen reiße ich den Fetzen eines alten Wamses ab, das als Handtuch dient, wickle das Schmuckstück darin ein und verstaue es in meinem Beutel. Es wird Zeit, es Lisutaris zurückzubringen, bevor es noch mehr Schaden anrichtet.

Als die Aufregung des Kampfes sich allmählich legt, fühle ich mich recht zufrieden. Man engagiert Thraxas, damit er ein verloren gegangenes Medaillon auftreibt, und was passiert? Er findet das gute Stück. Während bösartige Zauberer, gemeine Mörder, ein Haufen Verbrecher und eine ganze Armee von Regierungsbütteln ihre Energie in einer fruchtlosen Suche verschwenden, habe ich, Thraxas, das Medaillon ohne jede magische Hilfe oder die Unterstützung durch einen gut besetzten Nachrichtendienst ausfindig gemacht. Einfach nur durch solide, professionelle Ermittlungsarbeit und die Bereitschaft zu ehrlicher Arbeit. Irgendwie war die Sache unausweichlich. Es musste mehr oder weniger so kommen. Ihr habt ein Problem? Verlasst Euch auf Thraxas! Der Mann hält, was er verspricht. Ich bezweifle, dass man in ganz Turai jemand anderen finden würde, der dieses Medaillon hätte wiederbeschaffen können.

Jemand klopft an meine Außentür. Avenaris, Lisutaris' Sekretärin, marschiert in mein Büro.

»Lisutaris hat das Medaillon wiedergefunden«, verkündet sie.

Ich hebe meine Augenbrauen ein Stückchen. »Tatsächlich?«

»Ja. Heute Morgen. Sie hat mich geschickt, damit Ihr aufhört, danach zu suchen, und um Euch zu bezahlen.«

Avenaris legt Geld auf meinen Schreibtisch. Wie immer, spüre ich die Anspannung hinter ihren knappen, gemessenen Bewegungen. Sie will so schnell wie möglich hier weg.

»Und wie hat Lisutaris das Medaillon aufgespürt?«

»Das hat sie mir nicht gesagt.«

»Wart Ihr nicht neugierig?«

»Ich sollte jetzt gehen. Denkt daran, niemandem gegenüber auch nur ein Wort von dieser Angelegenheit verlauten zu lassen.«

»Na klar. Wir wollen doch nicht die paar Leute misstrauisch machen, die noch nichts davon wissen.« Wie immer macht mich diese nervöse junge Frau, die Lisutaris so unbedingt beschützen will, neugierig. »Wisst Ihr etwas darüber, wie das Medaillon überhaupt verschwunden ist?«, frage ich sie.

»Was?«

»Ihr habt mich sehr genau verstanden. Eben noch achtet Ihr auf Lisutaris Beutel, und im nächsten Moment ist das Medaillon verschwunden. Das ist mir immer schon merkwürdig vorgekommen.«

»Ich weiß wirklich nicht, warum Lisutaris einen Mann wie Euch überhaupt engagiert hat!«, bricht es aus Avenaris heraus.

»Weil ich eine ausgezeichnete Gabe habe, Dinge zu bemerken. Zum Beispiel fällt mir auf, wenn Leute nervöser sind, als sie eigentlich sein sollten. Warum ist Lisutaris so darum bemüht, Euch zu beschützen? Braucht Ihr Schutz?«

»Nein.«

»Behandelt Lisutaris Euch gut?«

»Lisutaris war immer sehr gut zu mir. Ich muss jetzt gehen.« Der nervöse Tick auf ihrem Gesicht meldet sich wieder. Und mir fällt auf, wie hager sie ist. Noch dünner als Makri. Sie ist sicherlich keine besonders hingebungsvolle Esserin. So, wie sie aussieht, genießt sie wahrscheinlich so gut wie gar nichts. Plötzlich steht mir ein Bild vor Augen. Der junge Barius, der japsend auf der Couch liegt.

»Hat Euch jemals jemand Vee genannt, Avenaris?«, erkundige ich mich unvermittelt.

Ihr Tick wird unkontrollierbar. Avenaris schlägt die Hände vor das Gesicht, um es zu verbergen. Eine Sekunde glaube ich schon, dass sie ohnmächtig wird.

»Nein!«, sagt sie. »Hört auf, mich zu verhören! Lisutaris hat Euch befohlen, das nicht zu tun!«

Mit diesen Worten flüchtet sie aus meinem Büro. Ich denke immer noch über die Bedeutung unserer Begegnung nach, als Sarin in mein Büro rauscht. Diesmal zielt sie nicht mit einer Armbrust auf mich.

»Das enttäuscht mich jetzt aber«, begrüße ich sie.

»Was denn?«

»Ich hatte gehofft, dass du in dem Zusammenbruch des Lagerhauses ums Leben gekommen wärst.«

»Bin ich aber nicht«, erwidert Sarin. Für Wortgefechte hat sie wenig übrig.

»Was willst du?«

»Ich habe ein Medaillon zum Verkauf anzubieten.«

»Ein Medaillon?«

»Es gehört Lisutaris. Ich habe es gefunden. Eigentlich wollte ich es Harm verkaufen. Aber die Umstände haben sich geändert, und ich bin bereit, es entweder Lisutaris oder der Regierung zu verkaufen. Dich würde ich dabei als Unterhändler benutzen.«

Lisutaris hat das Medaillon. Und Sarin hat es auch. Ganz offenkundig lügen beide, weil ich es ja habe. Ich werde Sarin ein bisschen an der Nase herumführen und versuchen herauszufinden, was sie eigentlich im Schilde führt.

»Die Umstände haben sich geändert? Lass mich raten: Harm der Mörderische vermutet, dass du ihn hintergehen wolltest und Georgius Drachentöter das Juwel angeboten hast. Und jetzt machst du dir Sorgen, dass du möglicherweise das Ziel eines Herzinfarktzaubers werden könntest.«

Meine Worte entlocken Sarin keine Reaktion.

»Wie kommst du darauf, dass ich als dein Unterhändler fungieren würde?«

»Du hast es schon einmal getan«, erwidert Sarin. Damit hat sie Recht. Auch wenn die Umstände damals andere waren.

Sarins Preis sind fünftausend Gurans.

»Das sollte Lisutaris ihre Haut wert sein.«

»Vielleicht, Sarin. Aber du wirst eines Tages bedauern, dass du dich mit all den Zauberern angelegt hast. Sie werden dir nicht alle verfallen wie Budhaius von der Östlichen Erleuchtung. Wie hast du ihn umgelegt? Einfach mit einem Dolchstoß in den Rücken?«

»So ähnlich«, antwortet Sarin die Gnadenlose. »Lisutaris muss bis morgen das Geld beschafft haben. Sie sollte sich besser daran halten. Mein nächstes Angebot gebe ich im Palast ab. Dort wird man sehr gut dafür bezahlen, das Medaillon vor den Orgks zu retten.«

»Bereitet es dir keine Gewissensbisse, Staatsgeheimnisse an den Feind zu verscherbeln?«

»Nicht die Spur.«

»Wenn die Orgks den Westen angreifen, dürften sie dich kaum verschonen.«

Sarin sieht mich ausdruckslos an. Mich überfällt plötzlich der seltsame Gedanke, dass sie vielleicht sogar den Tod willkommen heißen würde. Offenbar hat sie jedoch keine Lust auf eine weitere Vertiefung unseres Gesprächs und verlässt lautlos mein Büro. Ich grüble über ihr Angebot nach. Unwillkürlich muss ich ihren Mut bewundern. Sie hat das Medaillon nicht einmal, und doch kommt sie zu mir und versucht immer noch, einen Gewinn aus der ganzen Angelegenheit herauszuschlagen.

Ich brauche dringend ein Bier. Ich gehe nach unten, um mir einen Mammutkrug »Zünftigen Zunftmann« einzuverleiben. Ghurd ist immer noch so mürrisch wie eine niojanische Hure, und Makri ruht sich oben aus. Sie hat der unfähigen Dandelion die Aufgabe überlassen, Bier zu zapfen. In der Zeit, die sie braucht, um mir endlich einen »Zünftigen Zunftmann« zu servieren, hätte ich in aller Ruhe zur Nachbartaverne gehen und ein halbes Dutzend davon leeren können.

»Du siehst nachdenklich aus«, bemerkt Dandelion. Ich glaube, Ghurd hat ihr verraten, dass die Gäste gern mit der Kellnerin plaudern.

»Zu viele Medaillons.«

»Wie bitte?«

Ich schüttle den Kopf. Wenn ich so weit sinke, dass ich meine geschäftlichen Probleme mit Dandelion bespreche, wird es allerhöchste Zeit, mich aufs Altenteil zurückzuziehen.

»Was hast du gesehen, als du in das Juwel geschaut hast?«

»Viele hübsche Farben. Und ein paar Blumen.«

Ihr hat das Medaillon anscheinend nicht geschadet. Alle anderen hat es in den Wahnsinn getrieben. Dandelion hat nur viele bunte Farben gesehen. Vielleicht spricht ja doch einiges dafür, barfuß herumzulaufen. Ich schärfe ihr ein, niemandem von ihren Erfahrungen zu erzählen, und bestelle noch einen großen Krug, sobald sie mit der umfangreichen Bestellung von drei Segelmachern fertig ist. Die schreien ihre Wünsche vom anderen Ende des Tresens herüber. Sie haben gerade die neue Takelage für einen Dreiruderer fertig gestellt und wollen offenbar eine Menge Geld loswerden. Noch mehr Segelmacher kommen herein und prahlen mit der Arbeit, die sie gemacht, und dem Geld, das sie verdient haben. Anscheinend laufen die Geschäfte als Segelmacher nicht schlecht, wenn es den Händlern der Stadt gut geht. Und das scheint so zu sein. Viele Schiffe, viel Arbeit.

Ich sichere mir noch ein Bier und überlasse sie ihren Prahlereien. Was soll ich jetzt tun? Vermutlich sollte ich Lisutaris einen Besuch abstatten. Sie behauptet, dass sie das Medaillon hat. Aber sie kann es nicht haben. Weil ich es habe. Warum hat sie mir dann diese Nachricht geschickt? Ich verstehe zwar, dass sie es für den Konsul vortäuschen will, aber es ist doch sinnlos, mich zu belügen.

Donax, der Bruderschaftsunterhäuptling aus dem Viertel taucht auf, bevor ich es mir mit meinem Bier gemütlich machen kann. Es überrascht mich schon, wie geschäftig es bisweilen in meinem Büro zugeht. Man könnte glauben, ich scheffle nur so Geld.

»Willst du das Medaillon kaufen, hinter dem alle her sind?«, erkundigt er sich.

»Warum willst du das denn wissen?«

»Weil ich es habe«, erklärt Donax. »Einer meiner Leute hat es in Kushni gefunden. Schließlich bin ich ein Patriot. Ich werde es nicht einem dieser Fremdlinge in die Hände fallen lassen. Sondern ich sorge dafür, dass es dorthin zurückkehrt, wohin es gehört. Solange ein Profit für mich herausspringt.«

»Ich weiß nichts von einem verloren gegangenen Medaillon.«

»Ich weiß, dass du nichts von einem verloren gegangenen Medaillon weißt. Aber wenn du etwas von einem verloren gegangenen Medaillon wüsstest, in dem sich ein Juwel befindet, das einer unserer höchsten Oberhexenmeisterinnen eine Vorwarnung für einen möglichen Orgk-Angriff geben könnte, würdest du es dann zurückkaufen?«

»Wenn du das so ausdrückst, ist es vielleicht etwas anderes. Wie hoch ist dein Preis?«

»Dreitausend Gurans. In Gold.«

»Das ist viel Gold für einen Patrioten.«

»Ich muss auch sehen, wie ich über die Runden komme.«

Ich frage ihn, ob ich das Medaillon sehen kann.

»Es befindet sich an einem sicheren Ort.«

Anscheinend erwartet er, dass ich ihm vertraue. Was ich normalerweise auch tun würde, jedenfalls in einer solchen Angelegenheit. Der Bruderschaftsunterhäuptling würde seine Zeit nicht mit dem Versuch verschwenden, mir einen Gegenstand anzudrehen, den er gar nicht hat. Aber warum versucht er es jetzt? Ich werde einfach nicht daraus schlau. Das Medaillon befindet sich in meinem Beutel. Das weiß ich ziemlich genau. Ich habe eben noch mal nachgeschaut. Versuchen all diese Leute vielleicht, einen groß angelegten Schwindel durchzuziehen, oder ist es ein Effekt dieses magischen Wahnsinns, der überall ausgebrochen ist? Vielleicht ist Donax ja wirklich davon überzeugt, dass sich das Medaillon in seinem Besitz befindet. Und möglicherweise hält er sich ja sogar für einen Einhornflüsterer.

»Gestern Abend war ein Zentaur in meiner Taverne«, erzählt er. »Was mir den Eindruck vermittelt, dass ich mit meiner Vermutung gar nicht so weit danebenliegen könnte.«

»Wirklich?«

»Ja. Ich habe noch nie zuvor einen gesehen. Man könnte meinen, es wäre etwas befremdlich, halb Mensch, halb Pferd zu sein, aber den Zentaur scheint das nicht weiter gestört zu haben.«

»Was ist mit ihm passiert?«

»Er hat ein paar Biere getrunken und ist davongetrabt. Wird dieser ganze Unfug aufhören, nachdem das Medaillon jetzt endlich gefunden worden ist? Es ist schlecht fürs Geschäft, wenn ständig merkwürdige Sachen in der Stadt passieren. Meine Männer vergessen, was sie eigentlich tun sollten. Ich habe gestern Abend zwei Brüder losgeschickt, damit sie eine Schuld eintreiben, und als sie zurückgekommen sind, haben sie irgendwas von Meerjungfrauen in Springbrunnen gefaselt. Ich hätte sie auf der Stelle umgelegt, wenn dieser

Zentaur nicht vorher aufgetaucht wäre. Das hat ihrer Geschichte einen Anstrich von Glaubwürdigkeit verliehen. Trotzdem ist es schlecht fürs Geschäft.«

Ich gebe zu, dass ich nicht weiß, ob diese merkwürdigen Vorfälle aufhören werden. Und ich weiß auch nicht, ob sie mit dem Medaillon in Verbindung stehen.

»Die Zaubererinnung sollte die Angelegenheit klären. Normale Leute sollten sich nicht mit solchen Dingen beschäftigen müssen.«

Ich verspreche Donax, Lisutaris sein Angebot zu unterbreiten. Was sie dazu wohl sagen wird? Warum lügen alle? Ich kann einfach nicht mehr logisch denken. Wenigstens weiß ich, warum nicht. Der Grund liegt darin, dass ich seit einigen Tagen keine ordentliche Pastete oder einen vernünftigen Rehbraten zwischen die Zähne bekommen habe. Seit Tanrose verschwunden ist, habe ich nichts mehr gegessen, was mich so richtig befriedigt hätte. Unter diesen Umständen kann niemand erwarten, dass ein Mann sein Bestes gibt. Ich beschließe, Tanrose einen Besuch abzustatten. Vielleicht kann ich sie ja überreden, wieder in die *Rächende Axt* zurückzukehren. Und wenn das nicht klappt, lädt sie mich hoffentlich wenigstens zum Abendessen ein.

Ich störe Makris Ruhe.

»Ich muss weg. Setz ein bisschen Geld auf vierzig Tote. Die Zahl steigt weiter.«

»Gut.«

»Ich besuche Tanrose. Soll ich dir eine Pastete mitbringen?«

Makri schüttelt den Kopf. Sie hat mit Nahrungsaufnahme nur wenig im Sinn.

17. Kapitel

Tanrose wohnt bei ihrer Mutter im obersten Stockwerk eines finsteren Steinhauses zwischen ZwölfSeen und Pashish. Es sind fünf Treppen, die dringend eine Reinigung gebrauchen könnten, und außerdem ein paar mehr Fackeln zur Beleuchtung. Als ich eintrete, deckt Tanrose gerade den Tisch für das Abendessen. Das ist einer der wenigen Glücksfälle, die ich in diesem Sommer erlebe. Natürlich will ich nicht unhöflich sein und nehme ihre Einladung zum Essen an. Sobald ich jedoch am Tisch sitze, löst sich meine Selbstbeherrschung in Wohlgefallen auf, und ich bediene mich ein zweites, drittes und viertes Mal von allen Speisen. Das amüsiert Tanrose sichtlich, und ihre Mutter anscheinend auch. Sie ist eine ältliche Frau mit weißem Haar, die bereits von meinem legendären Appetit gehört hat.

»Einen Mann mit einem gesunden Appetit sehe ich gern«, sagt sie und holt mir noch eine Pastete aus der Speisekammer. Ich zögere. Da Tanrose jetzt keinen Verdienst mehr aus der *Rächenden Axt* nach Hause bringt, ist vielleicht nicht mehr so viel Geld in der Haushaltskasse. Andererseits will ich auf keinen Fall unhöflich erscheinen. Also mache ich mich über die Pastete her.

»Tanrose, du musst unbedingt in die *Rächende Axt* zurückkommen. Die Bevölkerung von ZwölfSeen hungert. Überall herrscht Verelendung, vor allem in meiner Zimmerflucht.«

Tanrose will wissen, ob Ghurd mich geschickt hat.

»Nein.«

»Also ist er sogar zu blöd, um eine Nachricht zu schicken«, sagt Tanrose. Was wohl auch irgendwie stimmt.

Ich versuche, ihn zu entschuldigen: »Er hat sein ganzes Leben lang mit Kämpfen zugebracht. Es gab keinen besseren Gefährten, wenn es darum ging, Niojaner niederzumetzeln. Einem Krieger fällt es nicht leicht, sich irgendwo häuslich niederzulassen. Ich weiß, dass er dich liebt. Er bringt nur einfach nicht die richtigen Worte über seine Lippen.«

»Er hatte keine Schwierigkeiten, die Worte zu äußern, dass ihm meine Buchhaltung nicht passt.«

Ich bringe es fertig, hoffnungslos auszusehen. Mehr als einige Minuten einer solchen Unterhaltung ertrage ich nicht. Ich habe keine Ahnung, wie man entzweite Paare wieder versöhnen kann. Ich kann mich nicht einmal daran erinnern, dass mich jemals zuvor ein entzweites Paar auch nur interessiert hätte.

»Was braucht es, damit du wieder zurückkommst? Eine Entschuldigung? Einen Heiratsantrag? Oder vielleicht einen Blumenstrauß?«

»Das würde jedenfalls helfen.«

»Es überrascht mich immer wieder, wie sehr du Blumen magst, Tanrose.«

Sie lächelt. »Es geht um die Idee dahinter.«

»Ist das eine so große Idee?«

»Es hat doch sogar bei Makri geholfen, stimmt's?«

Bei einigen früheren Gelegenheiten, an denen Makri sich von meinen etwas ausufernden Schimpfworten beleidigt fühlte, dabei handelte es sich um Kritik an ihrer Moral, ihren Ohren oder ihren Kleidern oder vielleicht noch ein, zwei Kleinigkeiten, ist es mir gelungen, die Wogen mit Blumen zu glätten. Darauf wäre ich selbst niemals gekommen, wenn Tanrose mich nicht dazu gedrängt hätte. Natürlich ist eine solche Sache für einen Mann wie mich höchst demütigend. Ich erntete dafür jede Menge Hohn vom Blumenverkäufer, von Ghurd und den versammelten Trinkern in der *Rächen-*

den Axt. Trotzdem war das immer noch besser, als die schreckliche Atmosphäre ertragen zu müssen, die Makri verbreitet, wenn sie wochenlang schlecht gelaunt herumstapft. Wozu sie ohne weiteres in der Lage ist.

»Es hat funktioniert. Aber nur, weil Makri nicht durchschaut hat, dass ich es nur vorgetäuscht habe.«

»Du hast es vorgetäuscht?«

»Sicher. Es ist mir egal, ob sich diese Frau aufregt oder nicht. Aber es erschwert es ungemein, in Ruhe sein Bier zu trinken. Ist dir aufgefallen, wie launisch sie in letzter Zeit geworden ist?«

»Nein. Das finde ich nicht.«

»Es ist eindeutig etwas anders an ihr«, erkläre ich hartnäckig.

»Vielleicht liegen die Probleme ja eher bei dir«, mein Tanrose.

Ich sehe sie misstrauisch an. »Wie meinst du das?«

»Seit Makri letztes Jahr ihre kleine Romanze mit diesem Elf auf Avula erlebt hat, hast du schlechte Laune. Und mir ist auch aufgefallen, dass du ihr seitdem das Leben schwer machst.«

»Und?«

»Und ich fange an zu glauben, dass an den Klatschgeschichten doch etwas dran sein könnte.«

Die Richtung, die dieses Gespräch nimmt, gefällt mir gar nicht. »Was könnte woran dran sein?«, frage ich.

»Vielleicht wäre es dir gar nicht so unlieb, wenn du eine junge Gefährtin hättest, die dich im Winter wärmt.«

Ich verschlucke mich an meiner Pastete. »Tanrose! Hast du den Verstand verloren?« Ich springe hoch.

»Ich bin hierher gekommen, um das Zerwürfnis zwischen dir und Ghurd aus der Welt zu schaffen, und jetzt machst du verrückte Andeutungen! Natürlich mache ich Makri das Leben schwer. Diese wahnsinnige Halb-Orgk ist eine Bedrohung unserer Gesellschaft, und sie wird mich wahrscheinlich früher oder später unter die Erde bringen. Sei so nett und deute nie wieder so etwas an!«

Tanrose lacht schallend. »Ich bitte dich um Verzeihung, Thraxas. Setz dich und iss die Pastete auf. Du weißt genau, dass ich nicht einfach so wieder in der *Rächenden Axt* auftauchen kann. Das würde bedeuten, dass ich Ghurd erlaube, mit mir zu machen, was er will. Er muss den ersten Schritt tun.«

»Und wenn Ghurd glaubt, dass du den ersten Schritt tun müsstest?«

Darauf scheint es keine einfache Antwort zu geben. Es ist genau diese Art unlösbares Dilemma, das vor langer Zeit zum Scheitern meiner Ehe geführt hat. Ich bin zwar sehr dankbar für das Essen, aber selbst dieses kurze Gespräch über die Beziehung von Tanrose und Ghurd bereitet mir Unbehagen. Ich verabschiede mich, nachdem ich noch einmal meinen innigsten Wunsch ausgedrückt habe, dass Tanrose zurück in die *Rächende Axt* eilen möge, wo sie schließlich hingehört.

Vor dem Gebäude flattern irgendwelche silbernen Tauben fröhlich umher. Ich verscheuche sie, indem ich heftig klatsche. Ich bin nicht in der Stimmung für magische, silberne Tauben. Ein Stück weiter stolpere ich über eine Abteilung Zivilgardisten, und noch später über eine Schwadron Reiterei des Königs. Die Stadt wird allmählich nervös. Die allgemein bekannte Nachricht über die geheimnisvollen Erscheinungen und die vielen Toten schüren die Unruhe. Ich persönlich jedoch bin mehr von Tanroses Bemerkung erschüttert, dass ich Makri begehren könnte, damit sie mich im Winter warm hält. Das war wirklich geschmacklos. Ich stürme in die nächste Taverne, um diese Geschmacklosigkeit mit reichlich Bier wegzuspülen.

In der Taverne fällt mir ein frisch gedrucktes Exemplar des *Berühmten und Wahrheitsgetreuen Chronisten* in die Hände. Eine Seite des einzelnen Blattes wird vollkommen von den Erscheinungen diverser magischer Kreaturen in Beschlag genommen, und die andere führt die überraschende Zahl von Toten an, die es in den letzten Tagen in der Stadt gegeben hat. Selbst nach Turais Maßstäben dezimiert sich die Zahl der Einwohner in einem alarmierenden Tempo.

Und wer ist dafür verantwortlich?, krakeelt das Blatt. *Und wieso hat man nicht den Versuch gemacht, den widerspenstigen Tribun Thraxas zu verhaften?*

Was? Ich schüttle den Kopf, weil ich kaum glauben kann, was ich hier lesen muss. Unwillkürlich schrumpfe ich auf meinem Sitz zusammen und hoffe, dass mich niemand erkennt, während ich eilig den Rest des Artikels überfliege.

Alle Zeichen deuten darauf hin, dass Thraxas, ein so genannter Detektiv aus ZwölfSeen, über den wir auch schon früher einige Beschwerden gehört haben, bis zum Hals in diese Affäre verwickelt ist. Unsere Nachforschungen haben ergeben, dass dieser Mann in nur drei Tagen an den Schauplätzen vieler unerklärter Morde aufgetaucht ist. Einige Wirte berichten zum Beispiel, dass Thraxas, ein mächtiger Kerl mit gewaltigem Appetit, ihre Tavernen nur Minuten, bevor sich eine Reihe gewalttätiger Morde ereignete, aufgesucht hat. Dann ist er rasch verschwunden, nachdem er die Leichen auf Wertsachen untersucht hat.

Darüber hinaus ist Thraxas, bekannterweise ein Kumpan verschiedener abtrünniger Zauberer, wiederholt vom Konsul und seinem Vizekonsul verhört worden, nachdem ein Versuch unternommen worden ist, Lisutaris, die Herrin des Himmels, zu erpressen. Zwar haben wir keine absolut sicheren Beweise dafür, dass Thraxas hinter diesem Ver-

such steckt, aber er hat angeblich versucht, verschiedene Dinge der Zauberin zu verkaufen. Darunter ein Tagebuch und Schmuckstücke. Berichte aus anderen Quellen legen nahe, dass die Wachen der Innungshochschule gezwungen waren, ihn hinauszuwerfen, nachdem er Professor Toarius wegen fünf Gurans bedroht hat.

Auch wenn nicht bewiesen werden kann, dass Thraxas für die geheimnisvollen Erscheinungen verantwortlich ist, welche die Stadt seit einer Weile in Unruhe versetzen, weiß man, dass er in den magischen Künsten dilettiert und möglicherweise sogar im Besitz einiger verheerender Orgk-Zauber ist. Immerhin spricht er fließend Orgkisch, und angeblich hat er verschiedene orgkische Kumpane. Erst kürzlich ist ans Licht gekommen, dass er einmal seinen Schild weggeworfen hat und vom Schlachtfeld desertiert ist. Ein Delikt, für das er in Kürze vor Gericht gestellt wird. Warum befindet sich dieser Mann immer noch in Freiheit? Und warum, das würden wir wirklich gern wissen, hat man ihm das Amt eines Tribunen überantwortet? Selbst in einer solch korrupten Stadt wie Turai sollte ein derartig verrufener Mann nicht in der Lage sein, sich einen lukrativen Regierungsposten zu erkaufen …

In diesem Stil geht es noch eine ganze Weile weiter. Ich bin am Boden zerstört. Zwar wurde ich schon früher im *Chronisten* verleumdet, aber noch nie so verheerend. Als ich lese, dass ich meinen Schild weggeworfen hätte, steigt eine Wut in mir hoch, wie ich sie schon lange nicht mehr gefühlt habe. Ich frage mich, warum ich Grobiax immer noch nicht umgebracht habe. Ich sollte ihn erledigen, dann dem *Chronisten* einen Besuch abstatten und den Verleger zusammenfalten. Verdammt noch mal, niemand kann so etwas über mich verbreiten, ohne ungestraft damit durchzukommen. Ich stürze mein

Bier hinunter und stürme aus der Taverne. Mir ist danach, irgendjemandem etwas anzutun, und zwar schnellstens.

Makri fängt mich im Quintessenzweg ab. »Thraxas, ich habe dich schon gesucht.«

»Hast du den Artikel gelesen?«

»Alle haben ihn gelesen. Du kannst nicht zur *Rächenden Axt* zurück. Die Zivilgarde wartet dort auf dich und will dich verhaften. Sie haben einen Haftbefehl.«

»Die Garde? Zum Teufel mit ihnen. Jedes Mal, wenn der *Chronist* sie kritisiert, glauben sie, sie müssten irgendwas dagegen unternehmen. Wenn ich diesen Verleger erwische, dann werde ich ihn ...«

»Was ist mit dem Medaillon?«, erkundigt sich Makri.

»Ich habe es noch.«

»Warum sind dann in einer Nebenstraße nicht weit von hier drei Männer vor etwa einer Stunde ohne jede erkennbare Ursache gestorben? Ich dachte, die merkwürdigen Todesfälle hätten alle etwas mit dem Medaillon zu tun. Aber wenn du es hast, dann können sie nicht hineingeschaut haben.«

Ich muss zugeben, dass mich das verwirrt. »Ich dachte auch, das alles würde mit dem Medaillon in Beziehung stehen. Vielleicht ist es ja eine Art Wahnsinn, der von Harm dem Mörderischen losgetreten worden ist. Außerdem muss ich das Medaillon Lisutaris zurückgeben. Sobald das geschehen ist, kann sie sich wieder um die magischen Nöte der Stadt kümmern. Sie wird die Einhörner und den ganzen Rest schon bewältigen.«

»Und wie willst du zu Lisutaris kommen? Es ist viel zu gefährlich für dich, einfach in der Stadt herumzukutschieren.«

Vier Zivilgardisten kommen uns entgegen. Ich ziehe mich in den Schutz eines Torwegs neben einem Geschäft zurück und lasse sie vorbeigehen. In dem finsteren Licht falle ich ihnen nicht weiter auf.

»Ich muss mich eben durch die Hintergassen heranschleichen.«

Makri macht mir klar, dass es nicht einfach für mich sein wird, mich überhaupt Lisutaris' Haus zu nähern.

»Sie werden es bestimmt beobachten. Alle wissen, dass irgendwas mit Lisutaris nicht stimmt. Wenn du an ihrer Tür auftauchst, werden sie dich einfach wegschleppen.«

»Du hast Recht.« Ich versuche nachzudenken.

»Hast du eine Idee, was für ein Kostüm ich tragen könnte?«, erkundigt sich Makri.

»Was?«

»Auf dem Maskenball morgen. Lisutaris sagt, ich soll in einem Kostüm erscheinen. Aber so etwas kenne ich nicht. Ich wollte mich eigentlich in der Kaiserlichen Bibliothek darüber informieren, aber dafür bleibt mir nicht genug Zeit, weil ich so viel um die Ohren habe.«

»Das ist wirklich nicht der richtige Moment, um über Kostüme zu plaudern.«

»Aber ich weiß nicht, was ich anziehen soll«, beschwert sich Makri unglücklich. »Ich will nicht riskieren, dass mich alle auslachen.«

Das ist wirklich zu viel. Ich bin zwar in dieser Stadt zu Hause, aber selbst dann kann man nur eine begrenzte Menge an Qualen ertragen. Ich fasse den unumstößlichen Entschluss, im Schutz der Dunkelheit aus Turai zu flüchten und nie wiederzukehren.

»Alle Reichen werden sicher schöne Kostüme haben. Das erwarte ich jedenfalls«, fährt Makri fort. »Wie soll ich da mithalten?«

»Trag deine Rüstung«, schlage ich ihr vor.

»Meine Rüstung?«

Makri hat eine sehr schöne leichte Ganzkörperrüstung aus den orgkischen Gladiatorsklavengruben mitgebracht. Sie besteht aus einem Kettenhemd und schwarzem Leder und sieht faszinierend aus. Außerdem findet man orgkische Metallschmiedekunst in Turai nicht allzu häufig.

»Warum nicht? Du sollst doch als Lisutaris' Leibwächterin fungieren, also wäre diese Verkleidung vollkommen angemessen.«

»Aber soll ich denn angemessen angezogen sein?«, fragt Makri. »Verkleiden sich die Senatoren nicht als Piraten und dergleichen?«

»Ich glaube schon.«

»Wenn ich also in Wirklichkeit eine Leibwächterin bin, sollte ich mich dann nicht lieber als Philosoph verkleiden?«

Es wird langsam dunkel, und ich sollte möglichst bald aus der Stadt fliehen. Ich erkläre Makri, dass es zwar der Sitte entspricht, wenn die Menschen an diesen Maskenbällen in einem Kostüm teilnehmen, das vielleicht keinerlei Beziehung zu ihrer Rolle in ihrem wirklichen Leben hat, dass es sich dabei aber keineswegs um eine Vorschrift handelt.

»Ich bezweifle, dass sich Zitzerius als Pirat verkleidet. Vermutlich geht er als Vizekonsul und trägt eine diskrete kleine Augenmaske. Nur extrovertierte Senatoren tauchen da in einem fremdländischen Kostüm auf.«

Makri nickt. »Verstehe. Also ist eigentlich jedes Kostüm in Ordnung?«

»Das denke ich doch.«

»Und vermutlich gewinnt man an gesellschaftlichem Ansehen, wenn man in einem besonders schönen Kostüm aufkreuzt. Ich denke mir, dass dies auffallen würde.«

»Ja, Makri, anscheinend hast du das Wesentliche begriffen. Könnten wir dieses Gespräch jetzt beenden? Ich habe wichtigere Dinge zu erledigen.«

»Gut«, antwortet Makri. »Ich wollte das nur klarstellen. Nach dem, was du sagst, müsste mein Leibwächterkostüm eigentlich hervorragend passen. Außerdem, wie viele Leute werden da schon in einem leichten Orgk-Panzer auftauchen? Nicht viele, da bin ich sicher. Zudem habe ich nicht oft Gelegenheit, meinen Helm zu tragen. Danke, Thraxas.«

Makri ist jetzt endlich glücklich. Offenbar hat die Frage der Kostümierung schwer auf ihr gelastet. Trotz meiner zahllosen Probleme bin ich immer noch verärgert, weil ich nicht eingeladen bin. Bis mir dämmert, dass dieser Maskenball eine perfekte Gelegenheit bietet, auch ohne Einladung in Lisutaris' Haus zu gelangen.

»Natürlich!«, rufe ich. »Ich verkleide mich auch und marschiere morgen Abend einfach auf den Ball. Ich gebe Lisutaris das Medaillon zurück, sie hält es dem Konsul unter die Nase, und das Hauptproblem löst sich in Luft auf. Und sobald diese Bedrohung der nationalen Sicherheit ausgeräumt ist, kann ich mich daranmachen zu beweisen, dass ich weder herumgelaufen bin und Leute umgebracht noch Lisutaris erpresst habe. Lisutaris wird sich für mich einsetzen, wenn ich erst einmal ihr Problem gelöst habe.«

Makri verzieht die Lippen. »Aber du bist nicht eingeladen.«

»Und wenn schon! Eine Einladung kann ich fälschen.«

»Du kannst es einfach nicht ertragen, dass ich auf den Ball gehe und du nicht eingeladen worden bist«, behauptet Makri.

»Das hat nichts damit zu tun.«

»Sehr unwahrscheinlich. Gib es zu, Thraxas, du hast von diesem Augenblick an versucht, dir eine Einladung zu Lisutaris' Ball zu erschleichen – seit du erfahren hast, dass ich eingeladen worden bin. Das lässt wirklich auf wenig Reife schließen.«

»Hörst du bitte damit auf? Es interessiert mich überhaupt nicht, dass du auf irgendeine Feier gehst. Ich hege nicht den

Wunsch, daran teilzunehmen, sondern plane das nur, um den Fall abzuschließen.«

»Mich kannst du nicht einen Moment täuschen«, kontert Makri böse. »Was ist, wenn du erwischt wirst? Die Leute werden glauben, dass ich dich hereingeschmuggelt habe.«

»Wer wird das glauben?«

»Alle.«

»Und wenn schon! Seit wann interessiert es dich, was Turais Aristokratie von dir hält?«

»Ich will nur einfach nicht bei meinem ersten größeren gesellschaftlichen Auftritt gedemütigt werden.«

Ich presse mir die Fäuste vors Gesicht, etwas, das ich nicht oft tue.

»Ich kann einfach nicht glauben, dass wir uns darüber streiten. Bist du immer noch benommen, weil du in das Juwel geschaut hast? Ich habe wichtige Dinge zu erledigen.«

Makri ist nach wie vor davon überzeugt, dass ich einfach nur unbedingt an dem Ball teilnehmen will. »Du solltest mich lieber nicht in Verlegenheit bringen«, sagt sie.

»Ich dich in Verlegenheit bringen? Wer war denn auf dem Zaubererkonvent so berauscht, dass ich ihn aus dem Saal tragen musste, hm? Und wer hat dem Vizekonsul beinah auf die Sandalen gekotzt?«

»Das war etwas anderes. Auf dem Zaubererkonvent waren viele Leute betrunken und haben sich erbrochen. Wenn ich mich recht entsinne, waren fast alle Zauberer berauscht.«

Auf der nächsten Straße schießt plötzlich ein Flammenpilz aus den Hausdächern. Pfeifen ertönen, und Augenblicke später strömen Zivilgardisten aus allen Richtungen heran. Ich drücke mich noch weiter in den Torweg. Die Flammen werden grün und verschwinden.

»Noch eine Erscheinung. Es wird immer schlimmer.«

»Heute sind auch noch mehr Einhörner in ZwölfSeen herumgelaufen«, stimmt Makri mir zu.

»Ich muss verschwinden. Am besten verstecke ich mich am Hafen. Das Medaillon habe ich bei mir. Wenn mich Harm und Georgius nicht vorher aufspüren, treffe ich dich morgen in Lisutaris' Haus. Und sieh zu, was du über die Sekretärin herausfinden kannst.«

»Über wen?«

»Avenaris. Ich habe da so einen Verdacht. Ich glaube, sie hat etwas mit Barius zu tun.«

»Wie kommst du darauf?«

»Das sagt mir meine Spürnase. Noch eins: Die Zahl der Toten ist längst außer Kontrolle. Überall sterben die Leute wie Fliegen. Ich weiß nicht genau, wie Moxalan beweisen will, welche Todesfälle mit mir zu tun haben, aber falls es alle sind, dann kratz das letzte Geld zusammen und setze es auf sechzig Tote.«

»Sechzig?«

»Ja. Bis morgen.«

»Was für ein Kostüm willst du denn tragen?«

»Gute Frage. Du musst mir eines besorgen.«

»Besorg dir doch zwei Stoßzähne und geh als Elefant«, meint Makri. Anscheinend kann sie sich noch immer nicht mit meinem Plan abfinden, an dem Ball teilzunehmen. Ich ignoriere ihre Stichelei.

»Bring mir meine Toga mit.«

»Du hast eine Toga?«

»Ja. Sie stammt noch von meinem Dienst im Palast. Sie liegt unter dem Bett. Und besorg mir eine Maske. Du findest welche auf dem Markt.«

»Deine Verkleidung wird aber nicht so gut sein wie mein Leibwächterkostüm«, stellt Makri befriedigt fest. »Wo kann ich dich finden?«

»Ich werde mich in den Viehställen am Hafen verstecken. Da gibt es ein Lagerhaus, in dem Pferde auf ihre Verschiffung warten. Es steht gerade für ein oder zwei Tage leer.«

Makri willigt ein, mir morgen die Toga dorthin zu bringen. Ich stehle mich über den Quintessenzweg davon und biege in die erste Seitengasse ein, an die ich komme. Aufgrund meiner exzellenten Kenntnis der Gassen und Pfade von Zwölf-Seen sollte es mir eigentlich gelingen, unbemerkt von der Zivilgarde den Hafen zu erreichen. Ein Glück, dass ich Tanrose besucht habe. Ohne ihr Essen würde ich die Nacht niemals überstehen.

18. Kapitel

Ich verbringe eine nicht einmal besonders ungemütliche Nacht auf einem Heuhaufen in einem Lagerhaus und bleibe auch dort, während die Sonne langsam höher klettert. In dem Lagerhaus befinden sich eine ganze Reihe Boxen und Tröge. Es wird als Stall für das Vieh genutzt, das per Schiff in die Stadt gebracht wird. Glücklicherweise wartet der Besitzer immer noch auf die Ankunft seiner importierten Pferde, also bin ich ganz allein hier. Abgesehen von dem starken Viehgeruch kann das Lagerhaus durchaus mit der *Rächenden Axt* mithalten, was Bequemlichkeit angeht. Ich finde Brot und Dörrfleisch in einem leeren Büro, was mich am Leben erhält. Alle paar Stunden schaut ein Wachmann herein, und ich tauche in den Heuhaufen ab. Ansonsten bleibe ich ungestört. Ich bin ziemlich sicher, dass die Zivilgarde mich hier nicht sucht, aber ich rechne damit, dass Harm oder Georgius mich hier aufspüren können. Doch es kommt niemand, und ich lümmele den ganzen Tag im Heu herum, kaue Dörrfleisch und denke über den Fall nach.

Es ist der erste ruhige Tag, den ich seit langer Zeit erlebe. Nach neun oder zehn Stunden im Heu haben sich meine Gedanken geklärt, und ich fühle mich erholt. Vielleicht ist es gar nicht so schlecht, ein Pferd zu sein. Am frühen Abend marschiert Makri in das Lagerhaus und pfeift leise. Ich tauche aus dem Heuhaufen auf und begrüße sie.

»Hast du meine Toga mitgebracht?«

»Toga, Sandalen und eine Maske. Und Bier.«

Makri packt ihren Beutel aus. Für das Bier bin ich ihr wirklich sehr dankbar. Ich trinke eines, während ich die

Toga auspacke. Sie könnte sauberer sein, aber es wird auch so gehen.

»Sie ist nicht einfach zu tragen, weißt du. Man muss sie richtig anlegen. Bei einer plötzlichen Bewegung könnte sie einem herunterrutschen. Deshalb sieht man Senatoren auch nie rennen. Es ist einfach zu gefährlich. Was für eine Maske hast du mir mitgebracht?«

Makri hat eine billige Maske auf dem Markt erstanden. Es ist eine komische Darstellung von Vizekonsul Zitzerius' Gesicht.

»Das war die einzige, die sie noch hatten.«

Makri fragt mich, warum ich das Medaillon nicht von ihr zu Lisutaris bringen lasse. Ich erinnere sie daran, dass es sie bereits einmal beinah in den Wahnsinn getrieben hätte.

»Und du wärst sicher verlockt, noch einmal hineinzusehen.«

»Stimmt«, gibt Makri zu. »Es war ein gutes Gefühl, Oberste Befehlshaberin der Armeen zu sein.«

»Was hast du denn mit deinem Haar gemacht?«, frage ich, als mir plötzlich auffällt, dass ihre ohnehin schon gewaltige Mähne noch fülliger aussieht.

»Ich habe sie mit einer Lotion aus Feenblättern gewaschen.«

»Was?«

»Das verkaufen sie auf dem Markt. Sie erhöht das Volumen. Und pflegt auch. He, ich will auf Lisutaris' Ball nicht wie eine Landstreicherin auftauchen. Es wird dort von Senatorenfrauen nur so wimmeln. Ich muss jetzt gehen.«

»Um dich zu schminken?«

»Vielleicht.«

Während des Zaubererkonvents ist Makri Copro begegnet, dem besten Kosmetiker und Haarstylisten der Stadt. Später war sie zwar gezwungen, ihn umzubringen, weil er sich als recht tödlicher Feind entpuppte, aber trotzdem hat er seine Wirkung auf sie nicht verfehlt. Nachdem Makri früher das Getue der Frauen aus der Oberschicht verächtlich abtat, kann man sie nun dabei überraschen, wie sie sich die Nägel lackiert.

»Wie sieht's denn da draußen aus?«

»Es ist die reine Hölle«, erwidert Makri. Einhörner, Zentauren, fliegende Fische, Tod und Trugbilder. Die Stadt ist ein einziges Chaos. Ich wünschte wirklich, ich könnte mir einen Kosmetiker leisten. Lisutaris hat eine ganze Mannschaft für sich gebucht. Wenn ich rechtzeitig auftauche, erlaubt sie mir vielleicht, mich von ihnen verschönern zu lassen.«

Mit diesen Worten verschwindet Makri. Die Nacht naht. Ich zwänge mich in meine Toga und stecke die Maske in die Tasche. So gut wie möglich versuche ich, meinen Zopf hinten unter meiner Toga zu verstecken. Dann trete ich hinaus auf die Straßen von ZwölfSeen und hoffe, dass ich aussehe wie ein Senator, der zu einem Maskenball unterwegs ist. Sofort werde ich von einigen halbwüchsigen Kindern ausgelacht, die sich laut fragen, ob ich vielleicht auch eine magische Erscheinung bin. Ich jage sie mit einer Schimpfkanonade in die Flucht, die sie von einem Senator wohl kaum erwartet hätten.

»So redet man nicht mit Kindern.« Hauptmann Rallig betrachtet mich amüsiert. Hinter ihm stehen drei Zivilgardisten. »Du stehst unter Arrest, Senator Thraxas«, sagt der Hauptmann.

Ich trage einen Zauberspruch in meinem Gedächtnis und murmle die korrekten, uralten Worte. Der Hauptmann sowie seine Untergebenen sacken zusammen. Der Schlafzauber ist sehr wirkungsvoll, und er ist einer der wenigen Zaubersprüche, die ich souverän beherrsche. Bedauerlicherweise habe ich jetzt keinerlei Magie mehr zur Verfügung, und ohne die

Hilfe meines Zauberlexikons kann ich keinen Zauberspruch in mein Gedächtnis laden. Ich hatte eigentlich gehofft, mir den Bann aufheben zu können, falls ich auf dem Maskenball in Schwierigkeiten gerate.

Allerdings stecke ich auch so schon tief genug in der Klemme, nachdem ich einen Hauptmann der Zivilgarde mit dem Zauber außer Gefecht gesetzt habe. Sich einer Verhaftung mittels Zauberei zu entziehen ist ein sehr ernstes Vergehen. Ich eile davon und halte den ersten Miet-Landauer an, den ich sehe.

»Zum Anwesen von Lisutaris, Herrin des Himmels. Und zwar schnellstens.«

Ich winde mich ein bisschen, um zu vermeiden, mich auf mein Schwert zu setzen, das ich unter der Toga versteckt habe. Noch vor einigen Monaten habe ich eine Truppe fahrender Gaukler gesehen, die einen Sketch in den Lustgärten aufführten. Darin fällt einem Senator die Toga in dem Moment vom Körper, als die Prinzessin den Raum betritt. Ich würde nicht darauf wetten, dass sich dies heute Nacht nicht wiederholen könnte. Ob Lisutaris eine Prinzessin eingeladen hat? Das ist sehr wahrscheinlich. Prinzessin Du-Lackai ist eine sehr eifrige Ballbesucherin. Außerdem ist sie eine ehemalige Klientin von mir. Sie hatte mich in einer höchst delikaten Angelegenheit konsultiert. Ich werde mein Bestes tun, ihr aus dem Weg zu gehen.

Auf der Fahrt durch die Stadt halte ich meinen Kopf gesenkt. Als wir uns der langen Kavalkade von Fahrzeugen anschließen, die in die Wahre-Schönheit-Chaussee einbiegt, riskiere ich einen Blick. Ich bin eingerahmt von prächtigen Kutschen, in denen Leute in prächtigen Kostümen sitzen. Mit meinem Miet-Landauer und in meiner alten Toga und der wenig beeindruckenden Maske fühle ich mich jetzt schon billig. Aber ich glaube, damit kann ich leben. Ich bin sicher nicht der Einzige auf dem Ball, der knapp bei Kasse ist. Man muss in der Oberschicht Turais nicht lange suchen, um dort auf jemanden zu stoßen, der so hoch verschuldet ist, dass er niemals wieder auf einen grünen Zweig kommen wird.

Ich werfe dem Kutscher Geld zu, springe aus dem Landauer und mische mich unter eine Gruppe kichernder junger Mädchen, die die Auffahrt hinaufschlendern. Sie sind als Tänzerinnen verkleidet. Vielleicht sind sie auch wirklich Tänzerinnen. Ich gebe mir den Anstrich eines besorgten Patriarchen, der seine Schäfchen auf die Weide treibt, schreite selbstbewusst durch das Portal, nehme mir ein Glas Wein vom Tablett eines Lakaien und sehe mich um.

Der Ball findet vorwiegend im Freien statt, und ich werde von einer Reihe von Dienstboten zu dem ausgedehnten Grundstück hinter dem Haus geleitet, wo in jeder Ecke andere Musiker spielen und ein Haufen sehr elegant verkleideter und maskierter Leute unter einer Reihe von großen Zelten flaniert. Mir dämmert, dass es vielleicht gar nicht so einfach werden könnte, Lisutaris sofort ausfindig zu machen. Ich hatte gehofft, dass sie die ankommenden Gäste an der Tür empfängt, aber offenbar befindet sie sich mitten im Getümmel. Es sei denn, sie ist noch dabei, sich anzukleiden. Da ich letztes Jahr für die Frau gearbeitet habe, weiß ich, wie unglaublich viel Zeit sie braucht, um sich fertig zu machen. Allerdings vermute ich, dass es für Lisutaris eine Frage des Stolzes ist, mit dem schönsten Kostüm von allen aufzutauchen, und so suche ich die Menge nach einer Person ab, die besonders fabelhaft aussieht. Bedauerlicherweise kann ich unter sehr vielen Kandidatinnen wählen. In den Gärten tummeln sich jede Menge maskierte Gäste, angefangen bei Männern wie mir, die nur in formelle Togen gekleidet sind und eine kleine Gesichtsmaske tragen, bis zu denen, die vermutlich Wochen für die Anfertigung ihres höchst kunstvollen Kostüms gebraucht haben. Piraten, Soldaten, Elfen, berühmte Gestalten der Geschichte, Eisfeen, Engel, Barbaren – es gibt alle Arten von Masken und Kostümen. Ich nähere mich einer Gestalt in einer wundervollen Adlermaske, in der Hoffnung, dass es sich um Lisutaris handeln könnte. Aber dann höre ich enttäuscht, wie sie sich bei ihrer Gefährtin über die derzeitigen hohen Preise auf dem Markt beschwert. Lisutaris würde es für unter ihrer Würde halten, sich über so etwas zu beschweren.

Wo Makri wohl ist? Sie könnte ebenfalls im Haus sein und sich von Lisutaris' Stylisten verschönern lassen. Was bedeutet, dass die beiden sich vielleicht eine Thazispfeife teilen. Und dies wiederum heißt, dass sie erst in einigen Stunden auftauchen werden. Es behagt mir gar nicht, die ganze Zeit das Medaillon mit mir herumschleppen zu müssen. Nicht zuletzt aus Angst, dass die latente Zauberkraft, die es besitzt, vielleicht schleichend ausstrahlen und mich beeinflussen könnte. Ich habe bereits eine Waldnymphe gesehen, die erschreckend echt wirkte. Ich sollte das Medaillon so schnell wie möglich zurückgeben. Man kann auch nicht wissen, wann Konsul Kahlius es sich in den Kopf setzt, Lisutaris zur Rede zu stellen und es sich von ihr zeigen lässt. Falls Harm der Mörderische tatsächlich plant, uns einen Besuch abzustatten, wäre es mir ebenfalls lieber, wenn Lisutaris im Besitz des Medaillons wäre und nicht ich. Soll sie sich doch mit seiner zauberischen Boshaftigkeit auseinander setzen. Ich darf keine Zeit mehr verschwenden. Ich muss Lisutaris finden.

Und ich brauche ein Bier. Die einzigen unmaskierten Leute in dem Garten sind die Lakaien.

»Ihr habt nicht zufällig auch ein Bier im Angebot?«, frage ich einen, während ich die Getränkeauswahl auf seinem Tablett unzufrieden beäuge.

»Ich glaube, im blauen Zelt gibt es Bier. Für die Musiker«, informiert er mich.

Ohne weitere Zeit bei der Suche nach Lisutaris zu verschwenden, leiste ich mir einen schnellen Abstecher ins blaue Zelt, in dem einige Paare zu der feierlichen Musik eines kleinen Orchesters tanzen. Der Lakai hat mich gut eingewiesen. Kein professioneller Musiker spielt eine ganze Nacht durch, wenn er nur auf Wein angewiesen ist. Es gibt tatsächlich Bier, und ich bediene mich. Ich proste dem Orchester mit meinem Krug zu und betrachte die Tänzer, während ich auf den nächsten Krug warte. Sie tanzen den langsamen, formellen und ziemlich komplizierten Hoftanz, der von Turais Tanzlehrern unterrichtet und in den vornehmsten Häusern bevorzugt wird. Ich habe sogar selbst einige Schritte davon gelernt, als ich noch im Palast gearbeitet habe, obwohl ich mich dabei niemals sehr wohl gefühlt habe. Ein Mann, der als eine Art Hofnarr verkleidet ist, schwenkt eine Frau in einem Nonnenkostüm herum und führt die Reihe der Tänzer an. Eine große Gruppe Piraten und Barbaren folgt den beiden über die Tanzfläche. Nach der Zahl der Tänzer in dem Zelt und der zivilisierten Zuschauer davor zu urteilen, scheint Lisutaris' Maskenball ein voller Erfolg zu sein. Ich sollte sie finden. Die Nacht ist außerordentlich warm. Ich trinke noch ein paar Krüge Bier, nur für alle Fälle, und gehe los. Ich beschließe, mein Glück im Haus zu versuchen. Vor dem Zelt treffe ich den Lakaien wieder.

»Habt Ihr Lisutaris gesehen?«, frage ich ihn. »Wisst Ihr, welches Kostüm sie trägt?«

Er sieht mich von oben herab an. »Also bitte!«, ruft er. »Ist Euch denn die Etikette eines Maskenballs nicht bewusst?«

»Und was für eine Etikette soll das sein?«

»Man darf nie jemanden fragen, wer er ist«, antwortet er hochmütig. »Das wäre der Gipfel an schlechten Manieren!«

Ich trolle mich gedemütigt in Richtung Haus. Der Vizekonsul kommt auf mich zu. Zitzerius trägt zwar eine Maske, aber er ist in seine Amtstoga gekleidet und daher leicht zu erkennen. Wenn er mich in dieser billigen Zitzerius-Maske erwischt, dann steht mir Ärger ins Haus. Ich springe in die Büsche neben mir. Dort finde ich mich von Angesicht zu Angesicht mit einem großen Mann wieder, der nur sehr unvollkommen als Eisfee verkleidet ist.

»Ich bin der reichste Mann der Welt«, sagt er.

»Schön für Euch.«

Plötzlich geben seine Beine nach, und er stürzt zu Boden. Ich knie mich hin und untersuche ihn. Er ist tot. Ein weiteres Opfer des Juwels? Das kann nicht sein. Das Schmuckstück ist sicher in meinem Beutel verstaut. Ich nehme dem Mann die Maske ab, aber ich erkenne ihn nicht. Irgendein Senator, der schon immer davon träumte, der reichste Mann der Welt zu sein. Dann fühle ich etwas Hartes unter meinem Knie. Es ist ein Schmuckstück, das mir irgendwie vertraut vorkommt. Das verschwundene Medaillon. Ich öffne den kleinen Beutel, den ich unter meiner Toga trage. Das verschwundene Medaillon blinkt mir entgegen. Ich habe jetzt also zwei verschwundene Medaillons. Aber eigentlich sollte es nur eins geben. Darin waren sich alle einig. Ich schiebe das zweite Medaillon ebenfalls in meinen Beutel und gehe zum Haus. Kurz vor der Tür kreuzt ein Einhorn meinen Weg. Die Leute applaudieren begeistert. Anscheinend halten sie es für einen Teil des Unterhaltungsprogramms.

Im Haus führen Angestellte die Gäste durch die Empfangshalle in den Garten und erlauben es niemandem, die Treppe zu den Privatgemächern der Zauberin hinaufzusteigen. Ich warte einen ruhigen Moment ab und drücke dann einem Jungen in einer schicken roten Uniform einige Münzen in die Hand.

»Eine Privatangelegenheit«, erkläre ich. »Sieh in die andere Richtung.«

Das tut er, und ich laufe hastig die Treppe hinauf. Mittlerweile kenne ich mich in dem Haus aus und weiß, dass Lisutaris sich in ihrer Suite am anderen Ende des Flurs befindet, wenn sie noch nicht erschienen ist. Dort lässt sie sich das Haar frisieren oder raucht Thazis. Makri taucht im Flur auf. Sie marschiert in ihrer beeindruckenden Orgk-Rüstung selbstbewusst an mir vorbei.

»Makri …«

Sie geht einfach weiter und ignoriert mich vollkommen.

»Geh doch zum Teufel!«, rufe ich ihr hinterher. Anscheinend ist sie immer noch sauer, weil ich mich auf den Ball geschmuggelt habe. Ich finde Lisutaris' Empfangszimmer und stürme hinein.

»Lisutaris, wir haben ein Riesenproblem.«

Die Herrin des Himmels sitzt vor ihrem Spiegel, während ein Haarstylist sich mit ihrer Frisur abmüht. Konsul Kahlius hockt neben ihr auf einer Couch. Er ist zwar als Pirat verkleidet, hat aber die Maske abgenommen. Makri steht am Fenster.

»Was für ein Problem?«, will der Konsul wissen.

»Den Musikern geht das Bier aus.«

Kahlius lacht und macht mir Komplimente wegen meiner amüsanten Zitzerius-Maske. Makri, die nicht hier sein kann, weil sie gerade an mir vorbeigegangen ist, wirkt überrascht, mich zu sehen. Lisutaris ist verärgert.

»Wer seid Ihr?«, will sie wissen.

Vor Kahlius kann ich mich nicht enttarnen, bevor ich alles geklärt habe.

»Die Etikette erlaubt es mir leider nicht, das zu verraten«, antworte ich.

»Verschwindet aus meinen Räumen, bevor ich Euch von meinen Angestellten auf die Straße werfen lasse!«, befiehlt Lisutaris.

Sie trägt ein großartiges Kostüm mit Flügeln. Es soll wohl den Engel des Südlichen Hurrikans darstellen.

»Die Musiker brauchen wirklich Bier. Und Vizekonsul Zitzerius sucht den Konsul wegen einer höchst dringenden Angelegenheit.«

Endlich erkennt Lisutaris meine Stimme. Sie wirkt beunruhigt und wendet sich zu dem Konsul um.

»Vielleicht könntet Ihr …«

Kahlius lächelt. Er wirkt ziemlich jovial. Nicht wie ein Mann, der soeben die Oberhexenmeisterin der Zaubererinnung des Hochverrats an der Stadt bezichtigt hat.

»Ich werde die Angelegenheit regeln«, verspricht er liebenswürdig. »Lasst Ihr Euch nicht stören, während Ihr Euch auf Euren großen Auftritt vorbereitet. Die Musiker brauchen Bier, sagt Ihr? Ich bin sicher, dass ich das klären kann. Und Zitzerius will mich sprechen? Wahrscheinlich wieder irgendeine Staatsangelegenheit. Der Vizekonsul kann sich nicht einmal bei einer solchen Festlichkeit ganz entspannen.«

Er erhebt sich, verbeugt sich höflich vor Lisutaris und verschwindet. Ich nehme meine Maske ab.

»Der Konsul scheint ja recht zufrieden zu sein.«

»Was macht Ihr denn hier?«, will Lisutaris wissen.

»Er hat es nicht ertragen, dass er nicht eingeladen wurde«, kommt mir Makri mit einer Antwort zuvor. »Er benimmt sich einfach kindisch. Genau wie die Elfenprinzessin in der Geschichte.«

»Welcher Geschichte?«

»Die Geschichte von der Elfenprinzessin, die sich vollkommen kindisch benommen hat.«

Ich starre Makri nicht zum ersten Mal verächtlich an. »So eine Geschichte gibt es nicht.«

»Gibt es doch. Ich habe sie letztes Jahr übersetzt.«

»Ist das wahr?«, erkundigt sich Lisutaris. »Ihr seid aus Groll in mein Haus eingedrungen?«

»Aus Groll?«, knurre ich sie an. »Habt Ihr vergessen, dass Ihr mich engagiert habt, damit ich einen Job für Euch erledige? Ich sollte dieses fantastisch wertvolle Juwel wiederbeschaffen. Nun, das habe ich auch getan.«

»Aber ich habe es doch schon längst wieder«, protestiert Lisutaris. »Ich habe das Juwel allein wiedergefunden. Ich habe es soeben dem Konsul gezeigt. Euch ist doch selbst aufgefallen, wie fröhlich er war.«

»Na ja, dann dürfte das hier vielleicht die allgemeine Fröhlichkeit etwas dämpfen«, erkläre ich und hole die beiden anderen Medaillons aus meinem Beutel.

»Das müssen ganz offensichtlich Fälschungen sein«, meint Lisutaris.

»Tatsächlich? Nun, in Eurem Gebüsch liegt ein Toter, der da anderer Meinung ist. Seht sie Euch an!«

Lisutaris nimmt mir die beiden Medaillons aus der Hand und starrt angestrengt in eines hinein. Sie runzelt die Stirn. Sie mustert das andere Juwel. Sie legt beide auf ihren Schreibtisch, öffnet eine Schublade und nimmt das dritte heraus.

»Sie sind alle echt.«

»Ihr habt nichts davon gesagt, dass es drei gibt.«

»Es gibt auch keine drei! Es gibt nur eines! Aber die drei sind alle echt!«

»Das ist allerdings ein Rätsel«, sage ich und mache es mir auf der Couch bequem. »Wenigstens erklärt es, warum die Leute überall in Turai noch über Einhörner gestolpert sind, nachdem ich das Juwel längst sichergestellt habe. Turai ist von magischen Medaillons geradezu überschwemmt.«

»Ihr sagt, da liegt ein Toter in meinem Garten?«

»Ja, aber ich habe ihn unter einigen Büschen gut versteckt.

Wir müssen wohl mit noch Schlimmerem rechnen. Die Erscheinungen gehen weiter, und ich weiß noch von einigen anderen Leuten, die behaupten, im Besitz des Medaillons zu sein. Was möglicherweise auch stimmt. Gott weiß, wie viele von diesen Dingern da draußen noch existieren. Jedes einzelne von ihnen ist potenziell tödlich. Falls sie alle gleichzeitig an einem Ort auftauchen sollten, dürften wir wohl einen unvergesslichen Maskenball erleben.«

Jemand klopft leise an die Tür, und eine Dienstmagd tritt ein. »Zentauren zerstören gerade das grüne Zelt, Herrin«, sagt sie höflich.

Lisutaris schaut Makri an.

»Ich kümmere mich darum«, sagt Makri und setzt ihren Helm auf, während sie davonstürmt.

»Ihr zieht es vor, zu bleiben?«, erkundigt sich Lisutaris.

»Es gibt da einiges, worüber wir reden sollten. Zum Beispiel darüber, warum es auf einmal so viele Medaillons geben kann. Und was wir diesbezüglich unternehmen wollen.«

»Ich kann mich auf meinem Ball wirklich nicht mit solchen Dingen abgeben«, beschwert sich die Zauberin. »Es wird Zeit für meinen Auftritt.«

»Ist Euch denn nicht klar, was da draußen gerade passiert? Wenn Zentauren Euer grünes Zelt auffressen, bedeutet es, dass sie von anderen Schmuckstücken geschaffen worden sind. Sehr wahrscheinlich werden alle da draußen in Euren Gärten sterben, weil sie eins finden werden und hineinglotzen. Oder es gibt eine Panik, wenn ein Zelt plötzlich Feuer zu fangen scheint. Oder möglicherweise tatsächlich in Flammen aufgeht. Und vergesst Harm den Mörderischen nicht. Er hat versprochen, Euch einen Besuch abzustatten. Was einen weiteren Auftritt von Georgius Drachentöter nach sich ziehen könnte. Außerdem hat Sarin die Gnadenlose nach wie vor im Sinn, ein Medaillon zu verkaufen. Ich würde sagen, dass sich die Nachwelt an dieses Fest als den Maskenball erinnern wird, auf dem alle Gäste gestorben sind.«

»Ihr versteht es wirklich, einem den Spaß zu verderben, hab ich Recht?« Lisutaris ist wütend und scheint mir die Schuld an allem zu geben.

»Habt Ihr eine Ahnung, auf welche geheimnisvolle Art und Weise sich das Medaillon vervielfältigt haben könnte? Gibt es einen Zauberspruch, der das bewerkstelligen kann?«

Lisutaris kämmt sich vor dem Spiegel immer noch ihr Haar. Es ist der größte, perfekteste Ankleidespiegel, den ich je gesehen habe. Ein solches Stück Glas muss ein richtiges Vermögen gekostet haben. Ich bezweifle ernsthaft, dass es im Kaiserlichen Palast einen schöneren Spiegel gibt.

»So etwas kann möglicherweise von einem sehr erfahrenen Magier vollbracht werden«, murmelt Lisutaris. »Aber es würde ein gewaltiges Können voraussetzen. Und warum sollte jemand so etwas überhaupt tun?«

Ich zucke mit den Schultern. »Seht Euch nur die Leute an, die an der Angelegenheit beteiligt sind. Zum Beispiel Harm oder Georgius. Niemand kann sagen, was ihre Motive sind. Harm hat Euch von Anfang an in Misskredit bringen wollen. Vielleicht hat er ja gehofft, das Medaillon Prinz Amrag übergeben und Euch damit narren zu können, indem er einige Fälschungen zurückließ. Vielleicht hat er listigerweise auch geplant, dass alle Schmuckstücke hier landen und Eure Gäste umbringen. Das wäre eine ausgezeichnete Methode, um die Führungselite von Turai auf einen Schlag loszuwerden. Wer auch immer dahinter steckt, wir müssen etwas gegen ihn unternehmen. Ihr solltet besser wissen als ich, dass ein Aufkommen von so vielen magischen Gegenständen an einem Ort höchst gefährlich ist. Was, wenn die Kopien instabil sind? Entweder wird dann der Magische Raum in Eurem Garten erscheinen, oder es wird sich eine gewaltige Explosion ereignen.«

Im letzten Jahrhundert hat aus nie ganz geklärten Gründen der große simnianische Zauberer Balanius der Mächtigste ein Duplikat von sich selbst erzeugt. Alle Berichte bestätigen, dass es eine absolut perfekte Kopie war, aber als er sich dann gratulieren wollte und seinem Ebenbild die Hand geschüttelt hat, ereignete sich eine Explosion, die seine ganze Stadt in Schutt und Asche legte. Man kann noch heute den Krater in Simnia sehen.

Lisutaris reißt sich von ihrem Spiegel los.

»Wir wissen nicht, ob es noch mehr hier in der Nähe gibt. Es könnten auch nur diese drei sein. Die kann ich kontrollieren.«

»Ich fühle, dass es noch andere gibt.«

»Wie denn?«

»Durch Intuition.«

Lisutaris hegt offenbar starke Zweifel an meiner Intuition. Sie tritt ans Fenster und schaut einen Moment in den Garten hinaus. »Bedauerlicherweise habt Ihr Recht«, sagt sie dann. »Ich nehme ebenfalls noch mehr Medaillons wahr. Ich weiß nicht genau, um wie viele es sich handelt. Ihr könntet auch Recht haben, was ihre Instabilität angeht. Einen Gegenstand von einer so großen magischen Kraft fehlerfrei zu kopieren ist beinah unmöglich.«

Lisutaris tritt zu einem Gemälde an ihrer Wand. Sie spricht es an, und das Bild gleitet zur Seite. Dahinter verbirgt sich ein Safe. Dann murmelt sie eine sehr lange Folge sehr alter Worte, und der Safe öffnet sich. Sie holt einen Beutel heraus.

»Dieser Beutel besteht aus Rotem Elfentuch. Wenn Ihr die Medaillons hier hineinlegt, sollte das ihre Wirkung dämmen. Aber seid vorsichtig, damit Euch niemand dabei beobachtet. Es ist für jeden Bürger illegal, dieses Tuch zu besitzen, selbst für mich. Der König wird wie ein Böser Bann über mich kommen, wenn er erfährt, dass ich es habe.«

Mir fällt auf, dass Lisutaris offenbar davon ausgeht, dass ich mal wieder die Drecksarbeit mache.

»Ihr wollt, dass ich eine unbekannte Anzahl gefährlicher magischer Medaillons einsammle? Es hat mich schon nervös genug gemacht, nur mit einem herumzulaufen. Könnt Ihr mir nicht dabei helfen?«

»Ich bin die Gastgeberin des Balls. Was sollen die Leute sagen, wenn ich mit einem Beutel herumhusche, statt mich mit meinen Gästen zu unterhalten? Und habe ich Euch nicht genau deshalb engagiert? Um meinen Ruf zu schützen? Lasst Euch auf keinen Fall von Konsul Kahlius dabei ertappen. Ich habe ihn gerade davon überzeugen können, dass ich das Original nicht verloren habe. Wenn ich in den Verdacht gerate, dass ich Schmuck fälsche, sieht das nicht gut aus. Nehmt das hier.« Lisutaris reicht mir ein Kupferarmband. »Es wird erglühen, wenn Ihr in die Nähe eines magischen Gegenstands kommt.«

»Es glüht ja jetzt schon.«

»Natürlich. Meine Räume sind voller magischer Gegenstände. Das Armband wird Euch helfen, wenn Ihr die Gärten durchsucht. Ich hoffe, dass es Makri gelungen ist, diese Zentauren zu vertreiben, bevor sie viel Schaden angerichtet haben. Wenn Ihr über noch mehr Leichen stolpert, wendet Euch an meine Dienstboten. Sie werden sie diskret wegschaffen.«

»Die ganze Sache gefällt mir wirklich nicht.«

»Wir haben keine Wahl. Ich werde alles versuchen, um diese Erscheinungen zu kontrollieren. Und jetzt muss ich gehen. Prinz Frisen-Lackal erwartet mich zum großen Eröffnungstanz.«

»Dann passt bloß auf, dass er Euch nicht auf die Zehen tritt.«

»Ich nehme an, dass sich das wohl kaum vermeiden lässt.«

Ich trete hinaus auf den Flur und wende mich in Richtung der Gärten. Doch dann zögere ich. Avenaris' Räume befinden sich im nächsten Stockwerk. Da mich im Augenblick niemand beobachtet, haste ich rasch die Treppe hinauf. Lisutaris wird zwar kochen, wenn sie mich dabei erwischt, wie ich die Räume ihrer Sekretärin durchsuche, aber was soll sie groß tun? Sie braucht mich, damit ich für sie die Drecksarbeit erledige. In dem Moment fällt mir ein, dass ich sie nach der anderen Person in der Orgk-Rüstung fragen wollte, die ich für Makri gehalten habe. Vielleicht hat es ja nichts zu bedeuten. Nein, es bedeutet etwas Schlechtes, das weiß ich. Könnte es Sarin sein? Doch um sie kann ich mich später immer noch kümmern.

Die Tür von Avenaris' Raum ist abgeschlossen. Ich versuche einen Minderzauber, aber er wirkt nicht. Also setze ich mein Körpergewicht ein, und die Tür gibt nach. Eine Tür, die sich meinem Gewicht widersetzt, ist eine gute Tür. Dahinter liegt eine Zimmerflucht, die zurückhaltend und sehr geschmackvoll möbliert ist. Nichts Buntes oder Auffälliges, das einem unangenehm ins Auge sticht. Ich mache mich an die Arbeit.

19. Kapitel

In den Gärten wird ausgiebig gefeiert. Abgesehen von der Musik, den Tänzen, den Kostümen und den köstlichen Speisen gibt es spektakuläre Lichteffekte und häufige Erscheinungen außerweltlicher Kreaturen. Die vornehmen Gäste halten sie nach wie vor für einen Teil von Lisutaris' magischer Unterhaltung und sind fasziniert.

Mir scheint, dass nur Makri und ich die Gefahr erkennen. Makri versucht, die Kreaturen davon abzuhalten, ernsthaften Schaden anzurichten. Das beschert uns den merkwürdigen Anblick einer Frau in einer Orgk-Rüstung, die durch den Garten marschiert und der eine lange Reihe von Zentauren und Einhörnern folgen. Zentauren sind im besten Fall höchst lüsterne Kreaturen und Makris Reizen offenbar hilflos ausgeliefert. Das habe ich schon einmal im Feenhain miterlebt. Obwohl Makri mit allen Mitteln versucht, sie zu verscheuchen, folgen sie ihr, bis die Magie, die sie erzeugt hat, schwächer wird und sie sich auflösen. Warum die Einhörner ihr folgen, weiß ich allerdings nicht. Es ist schließlich nicht so, dass sie reinen Herzens wäre.

»Ich habe so etwas noch nie gesehen«, bemerkt ein eher wohlhabend aussehender Pirat zu seiner Gefährtin, als eine ziemlich gehetzt wirkende Makri mit einer langen Reihe magischer Viecher im Gefolge an uns vorbeihastet. »Lisutaris versteht es wirklich, ihre Gäste zu unterhalten.«

Ein blauer Blitz entlädt sich über unseren Köpfen.

»Sie ist die beste Zauberin der ganzen Stadt!«, meint der Pirat begeistert.

Ich suche in der Zwischenzeit nach den Medaillons. Das

ist nicht so ganz einfach, weil Lisutaris' Armband auch jedes Mal aufleuchtet, wenn eine Meerjungfrau oder eine Nymphe auftauchen. Bei so vielen falschen Signalen fällt es mir schwer, mich zu konzentrieren. Als ich zwei Makris an verschiedenen Enden des Gartens entdecke, die eine mit und die andere ohne Einhörner, sprinte ich auf die einsame Gestalt zu. Ich habe das Gefühl, dass Makris Doppelgängerin mit all dem hier zu tun haben könnte. Als die Gestalt mich herannahen sieht, schlägt sie sich in die Büsche. Ich folge ihr. Und kaum bin ich im Dickicht, leuchtet mein Armband auf. Ein Mann im Kostüm eines Bischofs hockt im Schatten und hebt etwas auf. Ich springe ihn an und entwinde ihm einen Gegenstand.

»Das gehört mir!«, protestiert der Bischof.

Ich schiebe das Medaillon in den Beutel. Er gibt sich geschlagen, bedenkt mich aber mit Worten, die für einen Mann des Glaubens höchst unschicklich sind.

»Ihr werdet mir später dankbar sein«, erkläre ich und stürme weiter. Wenigstens ein kleiner Teilerfolg. Ich finde ein weiteres Medaillon in einem Brunnen voller Meerjungfrauen, und noch eines in den Händen eines Palastbonzen, der zusammenhanglos von einer Revolte stammelt, mit der er den Thron erobern will. Immerhin ist er noch nicht tot. Ich nehme ihm das Medaillon weg und lasse ihn seine Machtträume ausschlafen. Mittlerweile habe ich drei Schmuckstücke gefunden. Aber über dem Grundstück schwebt ein Komet, was bedeutet, dass ich noch einige einsammeln muss.

»Warum landen nur all diese Schmuckstücke ausgerechnet hier?«, frage ich laut. Ich bin wütend und verwirrt.

»Zum Teil ist es wohl meine Schuld«, antwortet eine Stimme in elegantem Hoch-Turanianisch neben mir. Sie gehört Harm dem Mörderischen, der als mystischer König der Meere verkleidet ist, mit Dreizack und allem Drum und Dran.

»Das habe ich mir gedacht.«

»Es war allerdings nicht mein ursprünglicher Plan«, gesteht mir Harm. »Als ich das Medaillon endlich in Händen hielt, wollte ich die Stadt verlassen. Bedauerlicherweise habe ich vorher ein zweites Medaillon gefunden. Da wurde mir klar, dass jemand sie verdoppelt hat. In den letzten Tagen bin ich auf einige weitere gestoßen.«

»Ihr habt dafür gesorgt, dass sie alle auf Lisutaris' Ball erscheinen?«

»Die Idee erschien mir sehr hilfreich.« Harm lacht. »Ich wollte schon immer mit ansehen, was passiert, wenn so viele unverträgliche magische Gegenstände zusammengebracht werden. Mit etwas Glück verschwinden wir alle in einer Explosion, welche die ganze Stadt in Schutt und Asche legt. Seht nur dort oben. Selbst die Sterne am Himmel vervielfältigen sich.«

Es sieht wirklich so aus. Eine Million Lichtpunkte zusätzlich. Sie werden größer und lösen sich in einem ungeheuren Schauer von Kometen auf, die zielsicher auf uns zufliegen. Dann regnen sie in den Garten hinunter, jeder Stern winzig und bunt. Die Gäste applaudieren begeistert.

»Das ist wirklich wundervoll«, meint Harm verzückt. »Sie werden alle sterben und beklatschen es auch noch. Und Ihr habt die Aufgabe, all diese Medaillons in einem Beutel zu sammeln! Wirklich, so etwas Komisches habe ich noch nie gesehen!«

In den Büschen raschelt es, und Makri taucht auf. Vielmehr ist es eine Frau in einer orgkischen Rüstung. Ich sehe sofort, dass es sich nicht um Makri handelt. Ich raste aus, als die Frau ein Medaillon aus ihrer Tasche zieht und es mir hinhält.

»Nicht so schnell, Sarin!«, rufe ich und verpasse ihr einen Hieb, so dass sie zu Boden fällt. Ich nehme ihr das Medaillon aus der Hand und schiebe es in meinen Beutel. »Glaubst du wirklich, dass du einfach so mit einem Medaillon vor meiner Nase herumpendeln kannst?«, schreie ich sie an, reiße ihr die Maske herunter und bohre ihr meine Nase ins Gesicht. Bedauerlicherweise ist es nicht Sarins Gesicht. Sondern das von Prinzessin Du-Lackai, der ranghöchsten Frau Turais, der Dritten in der Thronfolge.

»Entschuldigung, Prinzessin Du-Lackai. Das war ein Missverständnis.«

Aber aus diesem Fettnäpfchen kann ich mich nicht herausreden. Man kann nicht einfach eine königliche Prinzessin zu Boden schlagen und kommt dann ungestraft davon. Am Ende meines Weges wartet schon eine Gefängnisgaleere auf mich.

»Ich bin mit den Delfinen geschwommen«, meint die Prinzessin. Sie wirkt noch ein wenig benommen.

Natürlich. Sie hat in das Medaillon geschaut. Ihr ist nicht klar, was passiert ist. Ein Glück, dass sie es getan hat. Das heißt, sofern sie nicht stirbt. Das wäre nicht so gut. Ich lasse sie wieder sanft zu Boden gleiten. Harm der Mörderische lacht so sehr, dass er kaum noch Luft kriegt. Da ich die Prinzessin nicht in der Nähe eines bösartigen Zauberers zurücklassen will, setze ich ihr den Helm auf, werfe sie mir über die Schulter und marschiere zum Haus.

»Kümmert euch um diese Frau«, instruiere ich einige Dienstboten. »Sie hat zu viel getrunken und muss ihren Rausch ausschlafen.«

Mittlerweile habe ich die ganze Sache vollkommen satt. Ein Ende des Wahnsinns scheint nirgendwo in Sicht zu sein. Es könnten mehr als vierzig Medaillons hier herumschwirren. Ich bemerke, dass einige Gäste etwas nervös zusehen, als eine neue Herde von Zentauren durch ein Zelt galoppiert und keinerlei Anstalten macht, sich freiwillig aufzulösen, nicht einmal, als Makri sie mit ihren Schwertern bedroht. Lisutaris taucht zwar auf und bannt sie mit einem Zauber, aber es ist offensichtlich, dass die Dinge allmählich außer Kontrolle geraten.

»Einer hat mich gebissen!«, beschwert sich ein weiblicher Gast lautstark bei Lisutaris.

Ich muss wissen, wie viele Medaillons es hier gibt. Es wird Zeit, jemand ganz Bestimmten unter Druck zu setzen. Ich sehe mich nach dem höchsten Hausangestellten um, den ich finden kann.

»Ich muss sofort Lisutaris' Sekretärin sprechen. Welches Kostüm trägt sie?«

»Ich fürchte, das wäre eine Verletzung der Etikette ...«

Ich biete ihm Geld an, aber er wirkt uninteressiert. Also packe ich ihn am Hals und drücke ihn an die Wand. Ich ignoriere die konsternierten Mienen seiner Kollegen.

»Raus damit!«

»Sie trägt ein Waldnymphenkostüm mit gelben Blumen!«

Ich überschlage kurz meine Lage: Ich habe eine Prinzessin niedergeschlagen, Lisutaris' Angestellte bedroht und, nicht zu vergessen, Hauptmann Rallig bei der Ausübung seiner Pflicht mit einem Bann schlafen gelegt. Die Gerichte müssen sich wahrscheinlich einen neuen Strafenkatalog ausdenken, um mit meinen Verbrechen Schritt halten zu können.

Ich suche die Gärten nach einer Waldnymphe mit gelben Blumen ab. Makri sieht mich und eilt an meine Seite.

»Hast du die Medaillons schon alle eingesammelt? Nein? Du solltest dich besser beeilen. Die Sache gleitet uns allmählich aus der Hand. Überall sind Zentauren, und sie versuchen, mir meine Kleidung herunterzukauen.«

»So sind Zentauren eben. Irgendwelche Todesfälle?«

»Ein oder zwei. Soll ich für deine Wette mitzählen?«

»Nein. Ich wollte nur wissen, wie die Dinge so stehen. Aber da du es erwähnst, zähl ruhig mit. Ich suche nach Avenaris. Ich denke, sie kann mir sagen, wie viele von diesen Schmuckstücken es gibt.«

»Lisutaris wird sich auf dich stürzen wie ein Böser Bann, wenn du ihre Sekretärin belästigst.«

»Ich habe ihre Räume bereits durchsucht.«

»Das hast du getan?«

»Allerdings. Und ich habe einige Dinge gefunden, die auf Barius hinweisen. Sie hat eine Affäre mit Professor Toarius' Sohn. Und sie hat ohne Zweifel seine Boah-Sucht finanziert, nachdem sein Vater ihn aufs Trockene gesetzt hat.«

Ich erzähle Makri von Prinzessin Du-Lackai. Es ärgert Makri, als sie erfährt, dass eine königliche Prinzessin sich als orgkische Gladiatorin verkleidet hat.

»Das beleidigt mich.«

»Darum geht es nicht. Es geht darum, dass ich der Prinzessin einen Kinnhaken versetzt habe. Wenn sie sich daran erinnert, werde ich exekutiert.«

»Wir könnten uns unseren Weg freikämpfen.«

»Das müssen wir vielleicht auch. Und jetzt hilf mir bei der Suche nach Avenaris.«

Mittlerweile hat sich der Maskenball zu einer fantastischen Feier mit blitzenden Lichtspielen und herumtobenden magischen Kreaturen entwickelt. Es ist eine wahrlich fabelhafte Unterhaltung. Ich würde sie mir gern in Ruhe ansehen, wenn ich nicht wüsste, dass die ganze Stadt jeden Moment in die Luft fliegen könnte. Es fällt uns nicht ganz leicht, uns durch die Menge zu drängen. Selbst unter den grell gekleideten Zuschauern erregt Makris ungewöhnliches Kostüm Aufsehen. Und meine komische Zitzerius-Maske bringt mir einige Lächler ein, wenn auch nicht von Zitzerius selbst, als ich vor dem grünen Zelt auf ihn stoße. Er starrt mich verächtlich an, und ich sehe, wie er scharf überlegt, wo er diesen stattlichen Mann schon einmal gesehen hat.

»Waldnymphe mit gelben Blumen!«, ruft Makri, und wir machen uns an die Verfolgung.

Wir fangen Avenaris in der Nähe des Obstgartens ab.

»Sei nicht zu hart mit ihr«, bittet Makri mich.

Ein greller Blitz über unseren Köpfen kündigt den nächsten Meteoritenschauer an. Sie schlagen um uns herum in den Boden ein.

»Ich habe keine Zeit für Nettigkeiten«, knurre ich, schnappe mir Avenaris, zerre sie ins Dunkel zwischen die Bäume und reiße mir die Maske vom Gesicht.

»Ich brauche Antworten, und zwar auf der Stelle!«, herrsche ich sie an.

Avenaris zuckt zurück. »Geht weg!«, fleht sie.

Ich deute auf die Lichter am Himmel. »Seht Ihr all das? Es gerät außer Kontrolle, und es wird in einer gewaltigen Katastrophe enden, es sei denn, dass ich alle vervielfältigten Medaillons rechtzeitig einsammeln kann. Also sagt mir, wie viele es gibt.«

Die Sekretärin fängt an zu weinen. Tränen strömen unter ihrer Maske heraus. Ich ziehe mein Schwert.

»Es liegen hier schon überall tote Menschen herum. Sagt mir, was ich wissen will, oder ich bringe Euch auf der Stelle um!«

»Helft mir!«, jammert Avenaris und sieht Makri an.

Makri zieht ihr schwarzes Orgk-Schwert.

»Tut mir Leid«, sagt sie. »Es wird Zeit zu reden.«

Avenaris rutscht an einem Baumstamm herunter, bis sie mit dem Rücken daran gelehnt auf dem Boden sitzt. Sie sieht aus wie ein kleines Kind, schnüffelt und nimmt ihre Maske ab.

»Ich wusste nicht, dass dies alles passieren würde. Ich habe Barius das Medaillon gegeben. Er brauchte Geld.«

»Ich weiß, für Boah. Schlechte Wahl für einen Geliebten.«

»Er hat mir versprochen, es wieder zurückzugeben. Er wollte es kopieren und die Kopie verkaufen. Ich wusste nicht, dass er so viele Kopien machen würde.«

»Wie hat er die Kopie überhaupt herstellen können?«

»Ich habe einen Zauberspruch gestohlen«, gibt Avenaris schluchzend zu. »Aus Lisutaris' privater Bibliothek. Barius ist damit zu einem Zauberlehrling gegangen, den er kennt.«

»Ist Euch die Gefahr bewusst, in die Ihr die ganze Stadt gebracht habt?«

Avenaris wirkt zerknirscht, aber ob es wegen des Ärgers ist, den sie verursacht hat, weiß ich nicht. Vielleicht ist sie auch nur traurig wegen der Probleme, die ihr Freund hat.

»Das war sehr treulos Lisutaris gegenüber«, sagt Makri missbilligend.

Avenaris hebt den Kopf. Ein merkwürdiger Ausdruck zeigt sich auf ihrem Gesicht. Ich kann ihn nicht genau entschlüsseln, aber einen Moment lang wirkt sie beinah trotzig.

»Ich hätte eigentlich die Reiche von uns beiden sein sollen«, sagt sie. »Mein Vater war schließlich der Patriarch der Familie.« Dann senkt sie wieder kläglich den Kopf.

»Wie viele Kopien des Medaillons hat er angefertigt?«

»Fünfzehn. Dann hat der Zauberspruch nicht mehr funktioniert.«

»Ich habe neun Medaillons in meinem Beutel. Lisutaris hat drei. Macht zusammen zwölf. Also müssen wir noch vier einsammeln.«

»Drei«, meint Makri und zieht eines aus ihrer Tasche.

»Du hast eines gefunden? Und nicht hineingesehen?«

»Ich besitze auch Willenskraft«, erwidert Makri.

Wir eilen davon und lassen Avenaris heulend unter den Bäumen zurück. Wir müssen noch drei Medaillons suchen, die sich rasch auf zwei reduzieren, als wir über die Leiche eines jungen Mannes stolpern, der eines mit seinen Fingern umschließt. Ich schiebe es in meinen Beutel. Hoffentlich dämpft das Elfentuch ihre Wirkung wirklich so gründlich, wie Lisutaris behauptet.

»Wird die Stadt tatsächlich dem Erdboden gleichgemacht?«, will Makri wissen.

»Das ist durchaus möglich.«

»Aber ich muss morgen eine Prüfung ablegen. Und ich habe wirklich sehr hart dafür gelernt.«

Ein Einhorn trabt zwischen den Bäumen hervor. Es sind eigentlich sehr anmutige Tiere. Ich hätte nie gedacht, dass mich ihr Anblick eines Tages so anwidern würde. Es nähert sich Makri und fängt an, an ihrem Gesicht herumzulecken.

»Ich verstehe einfach nicht, warum Einhörner dich so gern haben. Schließlich bist du keine Jungfrau mehr.«

»Soll das eine Beleidigung sein?«, erkundigt sich Makri misstrauisch.

»Nein, nur eine schlichte Feststellung.«

»Ich bin sicher, dass Jungfernschaft nichts damit zu tun hat«, erwidert Makri und streichelt das Einhorn. »Es liegt wohl eher an meinem sonnigen Gemüt. Oder vielleicht auch an meinem Elfenblut. Ist das wirklich ein echtes Einhorn?«

»Das weiß ich nicht. Jedenfalls macht es keine Anstalten, sich aufzulösen. Genauso wenig wie die Meerjungfrau da drüben, die gerade dabei ist, den Mann in dem Seemannskostüm zu hypnotisieren. Komm, wir müssen noch zwei Medaillons finden.«

Mein Armband glüht auf. Ich steige in den Brunnen, verscheuche die Meerjungfrau und sammle ein weiteres Medaillon ein. Jetzt fehlt uns nur noch eines.

Lisutaris nähert sich uns in ihrem prachtvollen Engelskostüm. Sie befindet sich in Begleitung einer Person, die Prinz Frisen-Lackal sein könnte. Sein Kostüm ist aufwendig genug für einen Prinzen, und außerdem ist er vollkommen betrunken, also spricht alles dafür. Als Lisutaris uns sieht, fertigt sie den Prinzen mit einigen freundlichen Worten ab und fragt uns, welche Fortschritte wir gemacht haben.

»Ein Medaillon fehlt noch.«

»Seid Ihr sicher, dass nur noch eines fehlt?«

»Ja.«

»Dann sind wir fertig«, verkündet die Zauberin. »Ich habe es. Ich fand es bei zwei Senatoren, die es einem Einhorn weggenommen haben. Sie stritten sich gerade darum. Glücklicherweise konnte ich rechtzeitig eingreifen, bevor ihre verdorbenen Träume sie in den Wahnsinn treiben oder sie sich umbringen konnten.« Lisutaris atmet erleichtert auf. »Ich bin froh, dass jetzt alles vorbei ist. Allmählich wurde es etwas hektisch. Ich musste eine ganze Bande Bergtrolle wegzaubern, die dabei waren, das ganze Essen aufzufressen. Und der Konsul hatte sich mit einer verärgerten Dryade angelegt. Vielleicht war es auch nur ein verärgerter Bürger. Das konnte man schwer unterscheiden.«

Wir ziehen uns in die Abgeschiedenheit einer Baumgruppe zurück. Es ist eine warme Nacht, und hinter meiner Maske rinnt mir der Schweiß über das Gesicht. Makri nimmt ihren Helm ab und wischt sich über die Stirn. Lisutaris nimmt meinen Beutel mit den Medaillons und legt diejenigen, die sie bereits hat, hinzu. Dann wühlt sie eine Weile darin herum. Nach einigen Augenblicken zieht sie ein Juwel heraus.

»Das hier ist das echte.«

»Woher wisst Ihr das?«

»Bin ich die Oberhexenmeisterin der Zaubererinnung?«

»Ihr habt Euch schon vorher von einer Nachahmung täuschen lassen.«

»Da hatte ich aber die anderen zum Vergleich noch nicht. Außerdem musste ich dem Konsul ja etwas zeigen.«

Ich nehme das echte Medaillon in die Hand und vergleiche

es mit anderen aus dem Beutel. Für mich gibt es da keine Unterschiede. Aber in solchen Angelegenheiten muss man Lisutaris trauen. In Zauberfragen ist sie die Nummer eins am Platz. Ich gebe ihr den Beutel mit den Medaillons zurück.

»Glückwunsch«, ertönt eine vertraute Stimme. Sie gehört Harm dem Mörderischen. Er trägt immer noch sein Kostüm.

Lisutaris begrüßt ihn kühl. »Ich kann mich nicht daran erinnern, Euch eingeladen zu haben.«

»Ich wollte ein so schillerndes Fest auf keinen Fall versäumen. Und schon gar nicht die Chance, Makri wieder zu begegnen.«

Er verbeugt sich vor Makri, die verlegen wirkt und vielleicht sogar errötet. Hier im Schatten der Bäume ist das schwer zu erkennen. Harm betrachtet das Medaillon in Lisutaris' Hand.

»Wisst Ihr, es hat mich viel Mühe gekostet, um all diese Schmuckstücke auf Euren Ball zu bekommen. Einige habe ich durch Zauberei erhalten ... Donax zum Beispiel schien mir sein Medaillon nicht freiwillig geben zu wollen. Einige habe ich auch gekauft, was erhebliche Summen Goldes an Sarin erforderte ... Andere erhielt ich, indem ich die vorherigen Besitzer ... entfernte.«

»Was für ein Pech!«, mische ich mich ein. »Euer Plan ist fehlgeschlagen.«

»Mein Plan?«

»Eine so große magische Instabilität zu erzeugen, dass ein Desaster eintreten musste.«

»Ja«, stimmt Harm mir zu. »Das wäre wirklich ausgezeichnet gewesen. Allerdings war das nicht genau mein Plan. Sondern nur eine amüsante Lüge. Ich habe immer noch vor, das Medaillon Prinz Amrag in die Hände zu spielen. Nur konnte ich nicht sicher sein, welches das echte ist, solange ich nicht alle zusammen hatte. Und da es Euch, Lisutaris, bereits gelungen war, eines der Medaillons wiederzubeschaffen, schien mir Euer Ball als ein ebenso geeigneter Ort wie alle anderen, um sie zu versammeln. Und jetzt habt Ihr auch noch das richtige für mich identifiziert.«

»Eure Macht kann sich mit meiner nicht messen, Harm der Mörderische.«

»Da irrt Ihr. Sie kann es sehr wohl. Dennoch müssen wir uns jetzt nicht mehr bekämpfen. Ihr werdet mir einfach das echte Medaillon übergeben. Dann verzichte ich darauf, diese Hand voll Puder auf Euren Elfentuchbeutel zu streuen.«

»Was?«

»Es ist mein Hausrezept und lässt das Rote Elfentuch in wenigen Sekunden verrotten. Und wenn die fünfzehn Medaillons nicht mehr von der magischen Barriere des Tuchs geschützt sind, werden sie durch ihre unmittelbare Nähe zueinander meiner Meinung nach einen derartig gewaltigen magischen Vorfall erzeugen, dass wohl nur wenige Eurer Gäste am Leben bleiben dürften.« Harm sieht mich an. »Bitte unterlasst jede plötzliche Bewegung. Ich bin diesmal darauf vorbereitet. Ihr würdet sterben. Lisutaris, das Medaillon, bitte.«

Wir sind matt gesetzt. In einer solchen Situation muss man schnell reagieren und sich einen guten Plan ausdenken. Mir fällt jedoch nichts ein. Harm lässt etwas Staub durch die Finger rieseln, und das Rote Elfentuch fängt an, sich vor unseren Augen aufzulösen.

»Euch bleibt ja immer noch ein nachgemachtes Juwel, mit dem Ihr den Konsul täuschen könnt«, sagt Harm und streckt die Hand aus. Lisutaris hat keine Wahl. Alle hier würden sterben. Sie reicht ihm das Original. Harm verstaut das Schmuckstück in den Falten seines Kostüms und nimmt dann überraschend seine Maske ab. Er tritt einen Schritt näher an Makri heran und beugt sich ziemlich langsam vor.

Dann küsst er sie zart auf die Lippen. Makri steht da wie angewurzelt. Harm tritt wieder zurück.

»Ihr werdet eines Tages mein Königreich besuchen«, sagt er, bevor er auf dem Absatz kehrtmacht und davoneilt. Er lässt eine verlegene Makri zurück.

Aber Harm kommt nicht weit. Eine maskierte Gestalt tritt hinter einem Baum hervor. Sie hat einen kurzen Knüppel in der Hand und zieht ihn Harm über den Schädel. Harm fällt wie vom Blitz getroffen zu Boden. Gute Arbeit. Die Gestalt bückt sich und reißt Harm das Medaillon aus den Händen.

»Gute Leistung, Demanius!«, rufe ich.

Die maskierte Gestalt blickt überrascht hoch.

»Ich habe Eure Handhabung der Keule wiedererkannt. Und jetzt gebt das Medaillon Lisutaris, damit wir uns anschließend Harms entledigen können.«

Der Ermittler schiebt seine Maske hoch und zeigt sein Gesicht. »Das geht leider nicht, Thraxas. Ich arbeite für Rhizinius im Palast. Ich muss ihm das Medaillon bringen.«

»Das ist doch lächerlich.«

»Ich werde nicht dafür bezahlt, darüber zu diskutieren.«

Es ist unerträglich. Nun haben wir so viel mitgemacht, und das Medaillon ist immer noch nicht in unserem Besitz. Ich überschlage gerade in Gedanken die Konsequenzen, wenn Demanius das Medaillon tatsächlich zu Rhizinius zurückbringt, als der Ermittler sich anschickt, wegzugehen.

»Haltet ihn auf!«, ruft Lisutaris.

Demanius hat schon fast den Rand des Wäldchens erreicht, als er zurückzuckt. Ich glaube zuerst, dass Lisutaris ihn mit einem Bann aufgehalten hat. Doch als sein Körper sich dreht und zu Boden stürzt, sehe ich den Armbrustbolzen aus seiner Brust herausragen. Eine andere maskierte Gestalt taucht hinter einem Baum auf. Sie ist groß und schlank, bückt sich, greift sich das Medaillon und verschwindet sofort in der Menge. Im nächsten Augenblick ist sie nicht mehr auszumachen. Sarin die Gnadenlose. An wen sie es wohl diesmal zu verschachern versuchen wird?

20. Kapitel

»Ihr habt sie nicht gefunden?«

Makri taucht eine Weile nach Demanius' Tod in Lisutaris' Privatgemächern auf. Sie schüttelt nur voller Unglauben den Kopf.

»Sarin ist nur sehr schwer zu fassen«, tröste ich sie. »Wahrscheinlich ist sie über die Umfassungsmauer geklettert, während du immer noch die Zelte abgesucht hast.«

»Du hast es anscheinend nicht für nötig befunden, uns zu Hilfe zu kommen«, beschwert sich Makri und lässt sich auf eine vergoldete Couch fallen.

»Ich bin schon genug herumgerannt.«

Lisutaris setzt sich niedergeschlagen auf eine andere Couch.

»Ihr habt doch noch jede Menge Fälschungen«, versucht Makri sie zu trösten.

»Im Palast werden sie die Nachahmungen sofort erkennen. Ich kann nicht glauben, dass wir das Medaillon doch noch verloren haben, nachdem wir so viel Schwierigkeiten auf uns genommen haben.«

Um Demanius tut es mir Leid. Er war ein guter Mann. Seine Leiche wurde von Lisutaris' Angestellten diskret weggeschafft und liegt jetzt in einem Keller neben den beiden anderen Unglücklichen, denen das Medaillon den Tod brachte. Zwei tote Gäste. Das ist längst nicht so schlimm, wie es hätte enden können.

Vermutlich kann Lisutaris es auf natürliche Todesursachen schieben. So wie manche ältere Senatoren trinken und tanzen, darf man schon mit einigen Todesfällen rechnen.

Ich ziehe eine Flasche Wein unter meiner Toga hervor.

»Bedient Euch gern an meinen Vorräten«, meint Lisutaris bissig.

»Ich dachte, ich hätte es verdient.«

Ich bin versucht, eine Erklärung dafür zu fordern, warum ich nicht zu dem Ball eingeladen wurde. Das wurmt mich immer noch. Aber ich unterdrücke die Bemerkung. Es ist überflüssig, mir in allen Einzelheiten von Lisutaris erklären zu lassen, dass ich einfach nicht zu der genehmen Sorte Mensch gehöre.

»Ihr wisst mittlerweile, dass diese ganze Angelegenheit von Eurer Sekretärin losgetreten worden ist?«, sage ich stattdessen.

»Das behauptet Ihr.«

»Ich behaupte es nicht nur. Ich weiß es. Ich habe ihre Zimmer durchsucht. Ihr wärt überrascht zu erfahren, was ich dort alles gefunden habe. Zum Beispiel Briefe von Barius. Und ein Tagebuch voller höchst interessanter Beobachtungen über Euch. Dann noch einige Gegenstände, die sie vermutlich in der ganzen Zeit gestohlen hat. Habt Ihr sie denn gar nicht verdächtigt?«

»Ich habe Euch gesagt, dass Ihr sie aus dem Spiel lassen sollt!«

»Ihr wisst, wie sehr sie es Euch verübelt, dass Ihr das Familienvermögen geerbt habt? Es würde mich nicht verwundern, wenn sie Euch auch die Schuld für den Tod ihres Vaters gibt.«

Lisutaris schaut mich finster an. »Thraxas, glaubt Ihr wirklich, das wüsste ich nicht? Seid Ihr ernstlich der Meinung, mir wäre nicht klar, dass die Tochter meines Bruders vielleicht eifersüchtig auf meine Stellung ist? Und dass sie möglicherweise unklug reagiert hat aus Wut, weil ich den größten Teil des Familienvermögens geerbt habe?«

»Solltet Ihr dann nicht allmählich etwas dagegen …?«

Die Zauberin hebt ihre Hand. »Ich tue ja etwas. Ich beschütze sie. Ich habe eine Pflicht meiner Familie gegenüber. Ihr werdet ihre Rolle in dieser Geschichte niemandem gegenüber verraten und Ihr werdet außerdem auch mich nie wieder darauf ansprechen. Schätzt Euch glücklich, dass ich Euch nicht dafür bestrafe, dass Ihr ihre Räume durchsucht habt.«

Ich zucke mit den Schultern. Wenn Lisutaris unbedingt eines Tages mit einem Messer zwischen den Rippen aufwachen möchte, an dem noch Grüße ihrer verärgerten Nichte kleben, dann ist das ihr Problem.

»Ihr habt mich engagiert, damit ich Euch das Medaillon zurückbringe. Ich habe getan, was ich tun sollte. Das war meine Aufgabe.«

»Ihr habt versagt.«

Die arme Lisutaris. Ihr Maskenball ist nach wie vor ein fantastischer Erfolg, und sie hockt hier oben auf einer Couch, qualmt Thazis und sieht so mürrisch aus wie eine niojanische Hure. Das Leben als Oberhexenmeisterin der Zaubererinnung ist schon hart.

»Versagt? Ich? Das Konzept des Scheiterns ist Thraxas, dem Detektiv, gänzlich fremd.« Ich ziehe das echte Medaillon aus meinem Beutel. »Ich bin die Nummer eins, was Ermittlungen angeht, wie ja allgemein und vollkommen zu Recht behauptet wird.«

Lisutaris springt von der Couch hoch und reißt mir das Schmuckstück förmlich aus der Hand. »Wie seid Ihr darangekommen?«

»Ich habe es natürlich in meine Hand gleiten lassen und versteckt, als Ihr damit herumgeprahlt habt. Und zwar direkt unter Eurer Nase. Es ist ein alter Trick. In so was bin ich ziemlich gut.«

»Aber warum habt Ihr das getan?«

»Warum? Glaubt Ihr, ich hätte Euch das Medaillon überlassen, solange es in Euren Gärten von Leuten wie Harm und Sarin wimmelte? Das schrie doch geradezu nach Ärger.«

»Hättest du mir das nicht sagen können, bevor ich mich auf die Verfolgung von Sarin gemacht habe?«, knurrt Makri.

»Du bist so schnell davongestürmt. Du bist sehr impulsiv, Makri, das habe ich dir schon häufiger gesagt. Außerdem wolltest du sie doch umbringen, und da wollte ich dir nicht im Weg stehen. Mach dir keine Sorge, du bekommst bestimmt noch eine Chance.«

Lisutaris ist jetzt ganz und gar nicht mehr so mürrisch wie eine niojanische Hure, sondern gratuliert mir freudestrahlend. »Ich habe das Medaillon. Und ich habe alle Fälschungen. Diejenige, welche Sarin hat, wird sich bald auflösen. Ich bin gerettet!«

»Das seid Ihr allerdings. Bedauerlicherweise bin ich das nicht. Ich stecke bis zum Hals in Schwierigkeiten, zum Beispiel, weil ich der Vorladung vor die Palastwache nicht gefolgt bin.«

»Die kann ich aufheben«, erklärt Lisutaris.

»Und ich habe einen Hauptmann der Wache mit einem Schlafzauber außer Gefecht gesetzt.«

»Das kann ich vermutlich auch aus der Welt schaffen«, meint Lisutaris.

»Und ich habe Prinzessin Du-Lackai niedergeschlagen.«

»Ihr steckt bis zum Hals in Schwierigkeiten«, stimmt mir die Zauberin zu. »Ich könnte vor Gericht als Charakterzeugin auftreten.«

Sie bietet mir etwas Thazis an, und ich bediene mich dankbar. Als ich den beißenden Rauch inhaliere, spüre ich, wie sich mein Körper entspannt.

»Und was«, fragt Lisutaris an Makri gewendet, »hat Euch bewogen, Harm den Mörderischen zu küssen?«

»Ich habe ihn nicht geküsst. Er hat mich geküsst.«

»Ich habe nicht gesehen, dass Ihr Euch verzweifelt dagegen gewehrt hättet.«

Das stürzt Makri aufs Neue in Verlegenheit. »Er hat mich überrumpelt.«

Aber das scheint Lisutaris nicht zu überzeugen. »Ich habe erwartet, dass Ihr ihn anschließend schlagen würdet.«

»Das habe ich schon versucht«, erklärt Makri. »Es scheint ihn nicht zu entmutigen.«

Lisutaris runzelt die Stirn. »Ich kann verstehen, dass er auf seine blasse, markante Art gut aussieht. Aber Ihr solltet wirklich vorsichtig sein, Makri. Ihr wollt Euch sicher nicht wirklich mit jemandem wie Harm einlassen. Wisst Ihr, dass die Gerüchte besagen, Harm der Mörderische wäre bereits einmal tot gewesen?«

»Thraxas hat es bereits erwähnt«, nuschelt Makri und inhaliert einen tiefen Zug aus der Wasserpfeife. Offenbar möchte sie nicht weiter über dieses Thema sprechen.

»Na ja, jetzt ist er jedenfalls verschwunden«, fährt Lisutaris fort. »Ich habe die Gärten überprüft. Falls er zurückkommt, empfehle ich Euch, einen großen Bogen um ihn zu machen.«

»Er hat Makri eine Position als Befehlshaberin seiner Armeen angeboten«, verrate ich ihr.

»Wirklich?«

»Könnten wir vielleicht endlich aufhören, darüber zu sprechen?«, sagt Makri verkniffen.

Wir lassen das Thema fallen. Vermutlich ist es wirklich nicht Makris Schuld, wenn ein verrückter Zauberer ein Auge auf sie wirft. Allerdings würde das wohl nicht so schnell passieren, wenn sie endlich lernte, sich ordentlich zu kleiden. Ein Mann wie Harm, der draußen in den kargen Ödlanden haust, muss natürlich auf komische Gedanken kommen, wenn er in die Stadt kommt und als Erstes auf eine Makri in ihrem Kettenhemdzweiteiler stößt.

Ich lasse Makri und Lisutaris allein. Sollen sie sich doch mit Thazis bedröhnen, bevor sie das Ende des Balles genießen. Mein Maß an Aufregungen ist voll, und ich beschließe, nach Hause zu gehen. Aber in der Empfangshalle des Hauses stoße ich auf Vizekonsul Zitzerius.

»Ihr seid Thraxas, nehme ich an«, sagt er eisig.

»Das bin ich. Die Maske kann ich erklären. Es war die einzige, die ich in der Eile finden konnte …«

»Eure groteske Ähnlichkeit mit mir kümmert mich nicht. Mich besorgt eher Eure Behandlung von Prinzessin Du-Lackai.«

Jetzt kommt's. Thraxas bekommt einen Freifahrtschein für eine Gefängnisgaleere.

»Sie hat mir gesagt, dass sie im Garten von einem Einhorn angegriffen wurde und Ihr sie gerettet habt. Stimmt das?«

Anscheinend leidet die Prinzessin unter höchst verstümmelten Erinnerungen.

»Allerdings stimmt das. Aber ich wollte nicht viel Aufhebens darum machen. Es war zwar sehr gefährlich, aber jeder andere hätte dasselbe getan. Vielleicht.«

»Dennoch war es eine sehr mutige Handlung. Einige Amüsements von Lisutaris waren viel zu abenteuerlich. Es erzürnt mich im höchsten Maße, dass unsere Königliche Prinzessin in Gefahr geraten ist.«

Der Vizekonsul gehört zu den glühendsten Anhängern der Königlichen Familie dieser Stadt. Er ist mir aufrichtig dankbar.

»Glaubt Ihr, dass ich meine Detektivlizenz wieder bekommen könnte?«

»Ja«, sagt Zitzerius. »Dafür werde ich sorgen.«

»Und könnt Ihr auch die Anklage wegen Desertion niederschlagen und dass ich meinen Schild weggeworfen hätte?«

»Bedauerlicherweise nicht. Das muss seinen vorgeschriebenen Weg gehen. Ihr irrt Euch übrigens, was die Rolle von

Prätor Raffius diesbezüglich angeht. Er hat die Anklage nicht initiiert. Es war Professor Toarius. Er hat offenbar alles versucht, Euch davon abzuhalten, seinen Sohn zu befragen.«

»Das passt ja. Wusstet Ihr, dass sein Sohn ein Boahsüchtiger ist, der noch in große Schwierigkeiten geraten wird?«

Zitzerius zieht es vor, darauf keinen Kommentar abzugeben. Als ich ihn verlasse, betrachtet er gerade angewidert einige tanzende Mädchen, die offenbar Senatorentöchter sind. Sie benehmen sich absolut unschicklich. Vielleicht aber auch nicht. Senatorentöchter sind berüchtigt für ihre Verderbtheit.

Am nächsten Nachmittag sitze ich im Schankraum der *Rächenden Axt.* Ghurd leistet mir an meinem Tisch Gesellschaft. Er müht sich mit einem Brief an Tanrose ab. Offenbar bereitet ihm das erhebliche Schwierigkeiten.

»Ich habe noch nie zuvor einen Brief geschrieben.«

»Das liest sich bisher ganz gut. Aber schreib noch mehr Komplimente hinein. Und erwähne, dass Thraxas zusehends abmagert.«

»Das glaubt sie mir nie.«

Ich ermutige Ghurd, seine Beziehung mit der Köchin zu reparieren. Wir können beide nicht ohne sie weiterleben.

Ich bin recht zufrieden mit dem Gang der Ereignisse. Die meisten Dinge haben sich sehr gut entwickelt. Ich habe gute Dienste geleistet, für die Lisutaris mir äußerst dankbar ist, und der Vizekonsul steht auch wieder auf meiner Seite. Der einzige Wermutstropfen ist, dass ich immer noch dieser Anklage wegen Feigheit entgegensehe, in einem Fall, der jetzt schon siebzehn Jahre zurückliegt. Ob Professor Toarius sie weiterbetreiben wird, jetzt, wo sein Sohn des Diebstahls überführt wurde? Er wollte mich daran hindern, es herauszufinden. Aber da die Wahrheit über die Verfehlungen seines Sohns herausgekommen ist, lässt er die Klage vielleicht fallen. Ich seufze. Boahsüchtige. Sie verlieren jedes Gefühl für Verantwortung. Und sind sogar bereit, fünf Gurans aus einem Spind und das wertvollste Gut der Stadt zu stehlen. Für sie macht das keinen Unterschied.

Ich behalte den Nebentisch im Auge, an dem der junge Moxalan, umringt von Neugierigen, die Zahlen auf einem Blatt Papier zusammenrechnet. Es ist ein schwieriges Unterfangen, die genaue Zahl von Toten herauszubekommen, die mit dem Fall des verschwundenen Medaillons zusammenhängen. Schließlich gab es in der ganzen Stadt eine Menge Tote, und viele davon können direkt oder indirekt mit dem Medaillon in Verbindung gebracht werden.

Die Tür fliegt auf und Makri schreitet herein. Sie liefert einen dramatischen Auftritt. Sie lässt ihren Beutel auf den Boden fallen, zieht sich ihr Wams über den Kopf, schleudert es gegen die Wand und marschiert dann in ihrem knappen, zweiteiligen Kettenhemd herum, die Arme in die Luft gereckt und einen triumphierenden Ausdruck auf dem Gesicht. Solch ein Verhalten habe ich von ihr noch nie erlebt. Wahrscheinlich hat sie das in den Gladiatorsklavengruben gelernt, wenn sie irgendwelche Gegner niedergemetzelt hatte.

Makri stolziert im ganzen Raum herum, die Arme immer noch erhoben. Sie grinst so arrogant, dass die Leute anfangen zu applaudieren, obwohl sie gar nicht wissen, warum eigentlich.

»Makri«, verkündet sie schließlich. »Die Nummer eins, was Prüfungen angeht.«

»Du hast bestanden?«

»Bestanden? Das Wort ›bestanden‹ wird meiner Vorstellung nicht im Geringsten gerecht. Ich habe neue Maßstäbe gesetzt. Noch nie hat jemand so kompetent vor einem Kurs deklamiert. Die Studenten waren baff vor Ehrfurcht. Als ich meine Rede beendet habe, sind sie aufgesprungen und haben gejubelt.«

Ghurd grinst. Dandelion ist immer noch hier. Sie bringt Makri rasch ein Bier, damit sie feiern kann.

»Gut gemacht. Ich wusste, dass du es schaffen würdest.«

»Es war ein Triumph!«, schwärmt sie. »Nicht einmal Professor Toarius konnte etwas dagegen sagen. Ich sage dir, es war großartig. Und das alles ohne Schlaf. Weißt du, dass ich die ganze Nacht auf dem Ball getanzt habe? Es war das gesellschaftliche Spitzenereignis der Saison. Lisutaris wurde gefeiert. Ich bin heute Morgen von ihrer Villa in die Hochschule gegangen und habe meine Prüfung abgelegt. Und jetzt beginne ich mein letztes Jahr als beste Studentin. Übrigens hat sich die Sache mit Barius herumgesprochen. Niemand hält mich mehr für eine Diebin.«

Wo man auch hinblickt, war es ein guter Tag. Und er wird vielleicht noch besser. Moxalan ist fertig und gibt das Ergebnis bekannt.

»Mithilfe meiner Kollegen Punktrichter«, verkündet er, »gebe ich hiermit bekannt, dass die endgültige Zahl der Toten im Fall Thraxas und das verschwundene Medaillon auf dreiundsechzig festgesetzt wird.«

Ein allgemeines Stöhnen in dem Raum antwortet ihm. Niemand scheint auf diese Gesamtzahl gesetzt zu haben. Moxalans Augen glitzern gierig.

»Keiner bei dreiundsechzig? Dann kommen wir jetzt zu den niedrigeren Quoten für Wetten, die am dichtesten daran liegen. Hat jemand auf zweiundsechzig getippt? Nein? Einundsechzig? Hm. Sechzig?«

»Ich!«, schreit Makri und springt erneut auf die Füße. »Ich habe auf sechzig gesetzt!« Sie macht ihren Beutel auf und sucht nach dem Beleg.

»Das gefällt mir aber gar nicht«, beschwert sich Parax, der Schuhmacher. »Sie hat vielleicht vertrauliche Informationen erhalten.«

Viele misstrauische Blicke richten sich auf mich. Ich stottere vor Entrüstung. »Makri hat keinerlei vertrauliche Informationen von mir bekommen. Ich habe diese Wette von Anfang an verabscheut, weil sie meines Erachtens von absolut schlechtem Geschmack zeugt. Ihr widert mich alle an, und deshalb ziehe ich mich jetzt nach oben zurück und versuche zu vergessen, dass ich euch jemals begegnet bin.« Ich verlasse den Schankraum mit Würde. Und einem Bierkrug.

Eine Weile später taucht Makri oben auf. Sie ist immer noch beseelt von ihrem Triumph in der Prüfung. Und fängt an, das Geld aus ihrem Beutel aufzuteilen. In drei Teile. Für Lisutaris, für sich selbst und für mich.

»Zwanzig zu eins, das ist nicht schlecht. Wir haben zwar eine Menge Geld bei unseren ersten Wetten verloren, konnten jedoch trotzdem noch einen guten Gewinn machen. Das langt für die ersten Gebühren an der Hochschule für nächstes Jahr. Es war eine gute Wette, Thraxas. Du hast auf sechzig getippt, und das hast du gut gemacht.«

»Ich bin eben so spitz wie ein Elfenohr, was Wetten angeht. Übrigens, hast du Lisutaris letzte Woche zufällig erzählt, dass sie mich nicht zu ihrem Ball einladen sollte, weil ich an solchen Veranstaltungen überhaupt keinen Spaß hätte?«

»Nein. Nein!«, sagt Makri scharf. »Wie um alles in der Welt kommst du denn auf so etwas?«

»Durch meine detektivische Spürnase.«

»Na, diesmal hat sich deine Nase eben geirrt. Sie ist längst nicht so fein, wie du immer glaubst, weißt du? Hier, dieser Haufen Geld gehört dir. Steck es ein, dann fühlst du dich bestimmt gleich wieder besser.«

ENDE